HEYNE
BÜCHER

Vom gleichen Autor erschienen außerdem
als Heyne-Taschenbücher

Saphir im Garten der Sinne · Band 01/6526
Saphir und die Pikanterien der High Society · Band 01/6605

P. J. ROYCE

SAPHIR UND DAS NACKTE EBENBILD

Roman

Deutsche Erstveröffentlichung

WILHELM HEYNE VERLAG
MÜNCHEN

HEYNE ALLGEMEINE REIHE
Nr. 01/6704

Titel der amerikanischen Originalausgabe
SAPHIRE STAR Nr. 3: PICTURE PERFECT
Deutsche Übersetzung von Antoinette Gittinger

Printed in Germany 1986
Umschlaggestaltung: Atelier Ingrid Schütz, München
Satz: werksatz gmbh, Freising-Wolfersdorf
Druck und Bindung: Ebner Ulm

ISBN 3-453-02308-0

Der Mann in der Tür...
beobachtete die beiden nackten Frauen, die immer noch auf dem Boden lagen, und sagte mit leiser Stimme: »Schatz.«

»Ja, Marc«, erwiderte Beth leicht amüsiert.

»Du hast mir nicht gesagt, daß wir Gäste erwarten. Dann hätte ich mich etwas formeller angezogen.«

»Wie du siehst«, meinte Beth mit einer vagen Geste, »besteht kein Kleiderzwang.«

»Ja, anscheinend. Kenne ich deine Freundin, oder...« Plötzlich schwieg er, beugte sich vor und musterte Saphir intensiv. Dann stieß er keuchend hervor: »Du!«

In Saphirs Kopf schlug eine Alarmglocke an. Irgend etwas, irgendein undefinierbarer Instinkt sagte ihr, daß Marc Antoine Charles über ihre Anwesenheit nicht so erstaunt war, wie er sie gerne glauben machen wollte. Doch ihr schnell aufflackernder Instinkt war genauso schnell wieder eingeschlafen und machte ungeheurer Erleichterung Platz. Die Reise hatte sich gelohnt. Sie hatte tatsächlich jemanden gefunden, der sie von früher her kannte, der ihr einen Tip über ihre Vergangenheit geben konnte. Alles entwickelte sich prächtig.

1. Kapitel

Die Sonne blinzelte überrascht, bedeckte ihr Angesicht vor der strahlenden Helle der Frau da unten.

Die Sonne war ehrlich verblüfft. Es kam nicht häufig vor, daß eine Frau eine solche Reaktion bei ihr hervorrief. Auf jeden Fall nicht in letzter Zeit. In der Vergangenheit hatte der große Feuerball mit ein paar Frauen darum wetteifern müssen, wer am schönsten sei.

Die Sonne überlegte einen Augenblick, versuchte sich an die Namen zu erinnern. Da war diese Helena; sie war recht bekannt gewesen. Und dann dieses französische Mädchen – Jeanne. Sie sah recht durchschnittlich aus, doch in ihr brannte ein inneres Feuer, das die Männer für sie entflammte. Und auch Helena hatte ihre Anbeter gehabt. Doch hier gab es etwas Neues: jene Frauen, die in fernen Zeiten gelebt hatten, besaßen ihre Bewunderer, die ihnen huldigten, für sie in den Krieg zogen, doch da war jetzt diese Frau, die keineswegs vor einer Helena hätte zurückstehen müssen. Sie streifte am Strand entlang, ging leichtfüßig durch den Sand, den die Sonne eifrig aufheizte – und kaum jemand drehte sich nach ihr um! Die nackten und halbnackten Sonnenanbeter aalten sich in der Sonne, plauderten miteinander, hörten Radiomusik oder spielten im Sand, ließen ihn sanft durch die Finger fließen, in der gleichen trägen Art, wie die Tage am Strand von St. Tropez verstrichen.

Die Sonne beobachtete sie, wie sie sich ihren Weg durch die Menge bahnte; ihr einfaches weißes Baumwollhemd umschloß ihren Körper, brachte ihre vollendeten Formen zur Geltung. Die Sonne freute sich über die bräunende Wirkung ihrer Strahlen auf der Haut des Mädchens, dieser goldbraunen Haut, deren Färbung so intensiv war, daß sie leicht den Herbst und Winter überstehen, bis zum Frühling, ja Sommer halten würde. Ihre Haarfarbe war von einem erstaunlichen Rot, als ob ihre Haare in Flammen stünden. Die Blicke wurden davon angezogen, wie die Augen der Menschen immer von dem Anblick eines lodernden Feuers gebannt werden. Ihr Gesicht war wie gemeißelt, ohne kalt zu wirken, ihr Kopf drehte sich geschmeidig auf ihrem langen Hals, und ihr aufmerksamer Blick registrierte alles um sie herum. Der Sand war sauber, goldfarben und weich. Die Wellen, die sanft ans Ufer spülten, platschten gegen die Sonnenanbeter, die nicht nur am Strand herumliegen wollten.

Die Sonnenhungrigen sahen wirklich knackig aus. Die meisten Frauen waren ›oben ohne‹. Sie lagen auf ihren Handtüchern, und ihre Brüste hoben und senkten sich in gleichmäßigen Atemzügen. Einige waren ganz nackt. Auch viele Männer verzichteten auf eine Badehose, präsentierten ihre gut gewachsenen Körper, was hier an der Französischen Riviera keine Seltenheit war. Viele lagen auf der Seite und boten der Sonne und ihrer neuesten Gefährtin den Anblick eines festen, runden Hinterteils, gelegentlich auch eines weicheren, weniger muskulösen Fleischhügels. Einige lagen auf dem Rücken; ihre Penisse, so entspannt wie sie selber, eingebettet in flaumige Dreiecke, deren Farbe von nordischem Blond bis zu kräftigem italienischem Schwarz reichte.

Menschen aller Nationen, aller sozialen Schichten kamen nach St. Tropez, diesem Fischerstädtchen an der Côte d'Azur, um sich von ihren Alltagssorgen zu lösen. Viele der Dauerbesucher waren berühmte Leute, Jet-Setter, die versuchten, den Anforderungen ihres täglichen Lebens zu entkommen, indem sie ihre Hemmungen und ihre Kleider ablegten und einfach zu einem nackten Körper unter vielen wurden, die sich in den lebensspendenden Strahlen in der Sonne aalten. Und die Sonne hieß sie willkommen, denn sie waren ihre Kinder, und in ihren Augen waren sie alle gleich. Ausgenommen davon war der glänzende Rotschopf, der anders war als die anderen.

Die Sonne war bestürzt, da niemand von ihrer neuesten Gefährtin Notiz nahm und erwog, sich hinter einer Wolke zu verstecken und somit den anderen den Tag zu verderben. Aber das würde auch den Tag des Rotschopfs verderben, und so begnügte sie sich damit, sich zurückzulehnen, zu beobachten und die Schönheit mit der Wärme und Sanftheit zu liebkosen, zu der nur sie fähig war.

Die junge Frau wählte einen Platz und breitete ihr weißes Strandtuch aus. Einen Augenblick blieb sie auf dem Handtuch stehen, freute sich, daß sie nicht direkt auf dem heißen Sand stehen mußte. Dann zog sie sich ihr einziges Kleidungsstück über den Kopf. Die Sonne seufzte bewundernd auf. Die Frau war von Kopf bis Fuß braun. Wo war sie gewesen; warum hatte man sie nicht vorher bemerkt?

Sie war fülliger als die anderen Frauen am Strand, die der Ansicht waren, daß es schön sei, wenn man alle Rippen zählen konnte, wenn sie sich im Sand zurücklegten. Sie hatte volle Brüste, weder zu groß noch zu klein. Sie waren fest, mit kleinen Aureolen, die sich leicht kräuselten. Ihre langen Beine endeten in vollen Hüften, und der Haarflaum, der ihre Weiblichkeit umgab, war eine Spur dunkler als das Rot ihrer Haare. Sie hatte kein Gramm Fett zuviel – war ganz einfach geschmeidig.

Sie verharrte einen Augenblick, als ob sie für Botticellis Venus Modell stünde, aber ohne deren künstliche Bescheidenheit, denn sie ließ die Hände locker herunterbaumeln. Ihre Haltung war entspannt. Ein Bein hatte sie leicht angewinkelt. Es schmeichelte ihrer Eitelkeit, daß einige Männer sie mit unverhohlener Neugier anstarrten, und obwohl alle in Begleitung waren – was sie zweifellos zurückhalten würde –, freute sie sich über das Interesse.

Am Himmel strahlte die Sonne vor Stolz, und die Strandbesucher genossen die ungewöhnliche Wärme.

Sie legte sich auf dem Handtuch zurück, fühlte sogar durch den Stoff den heißen Sand. Sie suchte sich die bequemste Lage aus, schloß die Augen und verschmolz mit ihrer Umgebung. Das Plätschern der Wellen vermengte sich mit dem Geplätscher der Unterhaltung, das sich wiederum mit dem Lachen der Kinder und der mißtönenden Musik und dem Geplärre aus den Radios vermischte. Sie ließ die Geräusche langsam in ihr Hirn eindringen, identifizierte jedes, ordnete es ein und ließ es Teil des Mischmaschs von Geräuschen werden, die sie in ihrem Bewußtsein zu einem dauernden Stimmengewirr reduzierte.

Irgendwie hatte sie Schuldgefühle. Obwohl ihr frisch erworbener Adoptivvater keine Einwendungen gemacht hatte, war ihr nicht wohl dabei, die lange Strecke von Florida nach St. Tropez nur zum Spaß zurückzulegen. Doch sie hatte bereits ihre Strafe erhalten, als sie versuchte, in einem Verkehrsflugzeug einen Platz in der Touristenklasse zu buchen.

Rex hatte ihr den Gedanken an die Flucht eingegeben, und ihr ehemaliger Verlobter achtete darauf, daß sie seinen Vorschlag befolgte, und zwar in dem Stil, an den sie sich, seiner Meinung nach, unbedingt gewöhnen sollte.

»Ich wollte einfach Geld sparen«, hatte sie zu Rex gesagt.

Er amüsierte sich darüber. »Ah, ma petite ist eine hoffnungslose Spießbürgerin, eh? Meine liebe Saphir, mach dir keine Sorgen, denn von jetzt an steht dir ein Leben im Überfluß, der Muße und internationaler Berühmtheit und unbegrenzter Geldmittel zur Verfügung.«

»Donnerwetter, das hört sich ja fade an.«

Er nickte nüchtern. »Das ist es auch. Es ist die Hölle. Es ist ein ruhiger Job, aber jemand muß ihn ja machen.«

Dann lachte er, als er ihr Gesicht sah. »Vielleicht kannst du wieder etwas fröhlicher schauen, ma petite?«

»Ich weiß nicht.« Sie war unsicher hin und her gelaufen. »Nach all der Unruhe, die ich verursacht habe, scheint es mir nicht richtig...«

»Du meinst, Urlaub zu machen?«

»Vielleicht sollte ich warten, bis sich alles wieder beruhigt hat...«

Er schüttelte den Kopf. »Die Dinge beruhigen sich nie«, sagte der hochgewachsene, braungebrannte Franzose. »Immer, wenn du gerade tief Luft holst, kommt etwas anderes.«

»Möchtest du damit sagen, daß ich nie einen Augenblick Ruhe haben werde?«

»Non. Ich möchte damit sagen, wenn sich dir die Gelegenheit bietet, zur Ruhe zu kommen, solltest du sie nicht verstreichen lassen.«

»O Rex, ich möchte überzeugt werden.«

»Komm her.« Er hatte sie in die Arme genommen, diese goldenen, starken Arme, die sich an glatten Felswänden festklammern konnten und einer Frau das Gefühl völliger Sicherheit gaben. Seine starken Hände hatten ihre Haut durch ihre Seidenbluse massiert und unter dem Stoff wurden ihre Brustwarzen zwei runde, harte Schwellungen der Leidenschaft, die gegen den Stoff drängten. Er hatte sie dann lang und hingebungsvoll geküßt und zu ihr gesagt: »Ich werde dich so lange lieben, bis du erschöpft und matt bist und nicht mehr protestieren kannst, wenn ich dich in das Flugzeug Richtung Provence verfrachte.«

»Hm, du wirst zuerst schlaff werden.«

Sie liebte es, sich an ihn zu pressen, denn er war so stark wie ein Fels, und sie konnte spüren, wie seine Kraft sich auf sie übertrug. Sie genoß diesen Augenblick, in dem sie sich an seine breite Brust schmiegte.

Ihre Träumerei wurde unterbrochen.

Ein Schatten fiel über sie. Da sie die Augen geschlossenhielt, fühlte sie ihn mehr, als daß sie ihn sah. Sie winkelte ein Bein an und blinzelte dem Ankömmling entgegen, der die Kühnheit besessen hatte, sie in ihren Gedanken zu stören.

Der Anblick, der sich ihr bot, war keineswegs abschreckend. Da sie sich gerade so intensiv mit Rex beschäftigt hatte lag es nahe, daß sie diesen Unbekannten mit ihm verglich. Wenn man davon ausging, daß es kein Mann auf der Welt mit Rex aufnehmen konnte, so besaß dieser Mann zumindest eine eigene Attraktivität.

Dieser Mann, der mit gekreuzten Armen vor ihr stand, war schmächtiger, drahtiger als Rex. Seine Beine waren fast genauso schlank wie die ihren. Er trug eine kleine schwarze Badehose, die in der Mitte eine verheißungsvolle Schwellung zeigte. Aus der linken Seite des Slips ragte ein Kamm. Er war schlank und ziemlich behaart, besonders an den Schultern hatte er dichtes, schwarzes Gekräusel, was die rothaarige Frau recht anziehend fand. Sein Gesicht war fröhlich. Seine dunklen Augen musterten sie von Kopf bis Fuß, zeigten Bewunderung. In seinem Haar, einer Fülle schwarzer Locken, glänzte das Sonnenlicht.

Sie streckte ihr Bein wieder aus und verschränkte die Arme hinter dem Kopf. Dadurch wirkten ihre Brüste sehr einladend, was ihr aber keineswegs bewußt zu sein schien. Ihr Bewunderer gab durch keinen Laut zu verstehen, daß ihn dieser Anblick nicht kühl ließ. Lächelnd bemerkte sie, daß die Schwellung in seiner Badehose größer geworden war.

Er folgte ihrem Blick und lächelte zurück. Dann ließ er sich zu ihren Füßen nieder, beugte sich zu ihr vor und blickte ihr in die Augen.

»Violette Augen«, murmelte er. »Das ist wirklich eine Seltenheit.«

Sein Französisch hatte einen noch stärkeren Akzent als

das von Rex. Sie fragte sich, ob es ihr Schicksal sei, immer nur Franzosen kennenzulernen. Aber, überlegte sie, wenn sie Männer verschiedener Nationalitäten kennenlernen wollte, hätte sie nicht nach Frankreich kommen dürfen.

»Danke«, sagte sie.

»Haben Sie bei Ihrer Bräune nachgeholfen?«

»Nicht daß ich wüßte. Alles, was Sie sehen, ist echt.«

Er lächelte anerkennend. »Ja...«, dann schnalzte er mit den Fingern, als ob ihm gerade etwas eingefallen wäre. »Natürlich. Sie kamen mir bekannt vor. Sie sind doch Saphir Star, oder?«

»Ja, ich bin Saphir Star.«

»Sie sind tatsächlich so wunderschön, wie erzählt wird. Obwohl ich vor kurzem einige verwirrende Dinge über Sie gelesen habe...«

Sie schloß die Augen, um sich vor der Sonne und dem, was er sagen wollte, zu schützen. »Ich bin zur Erholung hier und nicht um Presseberichte aufzuwärmen.«

»Ist schon gut. Ich bitte Sie um Entschuldigung, Mademoiselle. Das ist jetzt wirklich nicht der richtige Zeitpunkt dafür.«

Sie hörte das Knirschen des Sandes, hörte, wie er sich neben sie legte. Sie öffnete ein Auge und sah ihn da liegen, den Kopf auf die Hand gestützt. Er lächelte sie unwiderstehlich an. Sie stellte fest, daß er zwischen seinen Schneidezähnen eine kleine Lücke hatte und fand das sehr aufregend.

»Und Sie sind...«

»Pierre. Meine Geschäftspartner nennen mich »Le Grand Pierre.«

»Der große Peter«, übersetzte sie. Ihre Augen wanderten nach unten. »Haben Sie aus den augenscheinlichen Gründen diesen Namen bekommen?«

»Nein«, erwiderte er vergnügt. »Zumindest nicht aus den Gründen, die für Sie offensichtlich sind. Ich bin in dem, was ich tue, recht geschickt.«

»Und was ist das?«

»Pst«, sagte er und legte ihr einen Finger auf den Mund. »Wie Sie sagten sind wir hier, um den Problemen der irdischen Welt zu entkommen.«

»Habe ich das gesagt? Hm, ich bin wohl recht wortreich. Übrigens haben Sie als erster von Geschäften angefangen.« Sie malte kleine Kreise in den Sand.

»Nein, meine Liebe, Sie haben davon angefangen.«

Sie musterte seine Badehose und sagte sich, daß es tatsächlich sie war, denn die Schwellung war beträchtlich größer als vorher. Die Umrisse waren eindeutig. Sie war entzückt von dem, was sie sah, und stellte fest, daß sie noch mehr sehen wollte. Aber noch nicht, nicht hier. Es war besser, die Leidenschaft dieses Franzosen etwas abzukühlen, bevor es ernst wurde.

Langsam setzte sie sich auf, lockerte ihre Schultern und ließ ihre sehnigen Muskeln spielen. Sie winkelte erneut ein Bein an und ließ ihren Kopf zurückfallen, enthüllte somit ihren schlanken Hals. Dann stand sie unvermittelt auf und befreite sich vom letzten Sandkorn. Bei dieser Tätigkeit hüpften ihre Brüste auf und ab; sie wirkte jetzt wie eine Katze, die mit unnachahmlicher Anmut darauf achtete, daß alles sauber sei.

Er wedelte mit dem Finger in ihre Richtung. »Mam'selle ist ganz bewußt verführerisch.«

Sie hielt inne und sah ihn von der Seite an: »Das klingt genauso, als ob eine Biene ganz bewußt fliegt.«

Er nickte voll milder Zustimmung.

»Ich nehme alles zurück.«

»Okay, akzeptiert.«

Er grinste sie anzüglich an.

Sie seufzte und tat so, als ob sie verärgert wäre, was keineswegs stimmte. Hier in der Wärme der Provence-Sonne spielte sie mit Pierre das Spiel von Geben und Nehmen, trug mit ihm ein Wortgefecht aus, das das wachsende Interesse, das sie füreinander hatten, kaschieren sollte, ein Interesse, das sich in vielerlei Arten enthüllte. Saphir gab ihre wortlosen Signale.

Die Neigung ihres Kopfes, ihre entspannte Haltung, die Art, wie sie ihn anlächelte, all das wirkte vielversprechend auf ihn.

Und sie beobachtete ihn aufmerksam, beobachtete, wie sein Blick erneut ihren fantastisch gewachsenen Körper musterte. Sie war in ihrer Nacktheit so vollkommen wie die meisten Leute nur in Kleidern, ja sogar noch mehr. Und gerade dieses Nicht-Bewußtsein fand er anziehend. Er sprang auf und nahm eine Haltung ein, die sie amüsierte. Er stellte sich mit gegrätschten Beinen so, als ob er einer Welle, die ihn plötzlich überrollen könnte, trotzen wollte. Die Hände hatte er in die Hüften gestemmt und das Kinn nach oben gereckt. Tatsächlich, jetzt sah er aus wie Superman im Fernsehen, wie er selbstbewußt und unverwundbar dastand und beobachtete, wie ein Kugelhagel von seiner Brust abprallte.

Natürlich, überlegte sie, wollte Pierre den Eindruck erwecken, als ob er immun gegen Schmerz sei. Wenn man Liebe und Zärtlichkeit sucht, den warmen Körper eines anderen, den man in den Armen halten kann, von dem man Genuß erhalten und dem man Genuß vermitteln kann, mußte man einen gewissen Grad der Achtsamkeit außer acht lassen. In keinem Augenblick kann ein Ego leichter gekränkt werden, als wenn ›man auf ein Abenteuer aus ist‹. Zu keiner Zeit ist der Zweck so eindeutig, das Ziel, das man anstrebt, so klar erkennbar, als wenn zwei Menschen sich in den Fängen der Leidenschaft befinden, wenn ihre intimsten und persönlichsten Quellen der Befriedigung in der Glut ihrer Liebe zu einer einzigen unzerstörbaren Einheit geschmiedet werden und sich im sanften, doch drängenden Rhythmus auf ein gemeinsames Ziel hin zubewegen.

»Wollen Sie mit mir schlafen?« fragte sie.

Er blinzelte, wußte nicht, wie er reagieren sollte. »Soll es gleich sein?«

»Ja, vielleicht. Sie sind...« Sie schwieg, als sie seinen Gesichtsausdruck sah, hielt sich die Hand über den Mund und verkniff sich das Lachen. »Es tut mir leid. Ich weiß auch nicht, was mich manchmal überkommt. Es ist einfach wie ein Zwang – ich kann es mir auch nicht erklären.«

Er quälte sich ein Lächeln ab. »Ich glaube, ich kann es mir erklären. Sie möchte die Leute testen, sehen, welche Reaktion sie zeigen. Stimmt das?«

Sie blickte vor sich hin. »Vielleicht. Es tut mir leid.«

Er griff sie unters Kinn und zwang sie, ihn anzusehen. Seine dunkelblauen Augen blickten amüsiert. »Alles okay. Ich gebe zu, daß es mir von Zeit zu Zeit genauso geht. Vielleicht tut es mir ganz gut, daß ich jetzt mal derjenige bin, der einstecken muß. Sie haben mich nicht geschockt, wirklich nicht. Es schien mir nur in diesem Augenblick, als ob Sie in Gedanken meilenweit entfernt wären. Es war nur erstaunlich, als Sie plötzlich ›unter die Gürtellinie‹ gingen. Ich glaube, so sagt man doch.«

»Ich habe den Ausdruck etwas anders in Erinnerung. Doch das klingt einleuchtend, und wenn es Ihnen nichts ausmacht, werde ich bei späterer Gelegenheit darauf zurückgreifen.« Sie schlug sich auf die Schenkel, und das feste Fleisch vibrierte kaum. »Was halten Sie vom Schwimmen?«

Er lachte amüsiert. »Meine Liebe, wir sind hier in St. Tropez. Schwimmen beeinträchtigt die Bräune und die lächerlich kurzen Badeanzüge. Hier geht niemand ins Wasser.«

»Prima«, sagte sie und schüttelte den Kopf. »Ich bin nicht ›niemand‹«. Dann rannte sie zum Ufer und wirbelte Sand auf.

Er blickte ihr nach und spürte dieses lästige Zittern in den Lenden, das eine Mischung aus Schmerz und Lust war. Er bemerkte, daß sie nicht ›wie ein Mädchen rannte‹. Ihre schlanken, muskulösen Beine bewegten sich anmutig. Sie lief mit gestrafften Schultern, ihre rote Mähne flatterte hinter ihr her, ließ sie aussehen wie eine Sternschnuppe. Oft hatte er den Begriff ›gazellenhaft‹ gelesen, ohne ihn richtig zu begreifen oder sich darum zu kümmern. Zum erstenmal verstand er das ganze Ausmaß von Geschmeidigkeit und Bewegung, das dieses Wort enthielt. Wie eine Gazelle. Wenn eine Gazelle wirklich so aussah, wie konnte dann ein einziger Mensch auf dieser Erde den Wunsch haben, solch wunderbare Geschöpfe abzuschießen? Vielleicht, überlegte er, deshalb, weil das der einzige Weg war, sie zu besitzen.

Doch sie war, auch wenn es so aussah, keine Gazelle. Sie war eine wunderbare Frau, und es gab andere Möglichkeiten, sie zu besitzen. Obwohl er wußte, daß sie außer Hörweite war, winkte er mit der Hand und rief: »Warten Sie!« bevor er ihr nachlief. In der Vergangenheit hatte er sich immer gebrüstet, daß er in Top-Form sei, doch jetzt fühlte er sich ausgesprochen linkisch. Sie schien kaum den Sand berührt zu haben, und er kam sich vor wie ein tapsiger Bär. Wenn er nicht mit eigenen Augen gesehen hätte, wie sie durch den Sand gerannt war, hätte man meinen können, sie wäre durch die Luft geflogen.

Bevor er die halbe Strecke hinter sich gebracht hatte, war sie am Ufer angelangt. Durch das Geplärr der Radios, die Unterhaltungsfetzen und das Geplätscher der Wellen hörte er ihr Lachen. Es war ein herzhaftes Lachen. Niemand kann, nicht einmal im Urlaub, seine Alltagssorgen ganz hinter sich lassen. Nur ein Kind oder jemand mit einem kindlichen Gemüt könnte nur dem Augenblick leben, ohne je einen Gedanken an vergangene oder zukünftige Probleme zu verschwenden. Doch er entschied, daß er unrecht hatte. Saphir konnte das. Sie stand mit dem Rücken zu den Wellen, die sie zu Boden warfen. Sie quietschte vor Vergnügen, wirkte anstekkend. Eine nackte Wassernymphe. Es war, als ob man sich in einer griechischen Legende befände, zu einem Teich gelangte, wo Artemis und ihre Nymphen im Wasser plätscherten und spielten, sich im Bewußtsein ihrer Unsterblichkeit sicher fühlten und die Welt um sich herum vergaßen. Genauso verhielt es sich mit Saphir.

Er stürzte sich ins Wasser, zwang seinen Körper, die spielerischen Bewegungen zu machen, die ihm als Kind so vertraut gewesen waren. Doch fühlte er sich unbeholfen und plump, bis Saphir aus ihrer knienden Stellung zu ihm aufblickte. Ihre nassen Haare klebten ihr am Kopf. In ihren Augen blitzte es teuflisch. Sie rutschte auf ihn zu. Das von der Sonne aufgewärmte Wasser umspülte sie.

»Sie sehen wie ein Bo Derek-Poster aus«, sagte er zu ihr.

Aus dem donnernden Geräusch hinter ihr schloß sie, daß eine Riesenwelle auf sie zukam. »Und Sie«, erwiderte sie, »sehen zu majestätisch aus.«

Plötzlich fiel sie zurück, versuchte, ihr Gewicht mit dem rechten Arm aufzufangen. Sie verlagerte das Gewicht auf das linke Bein und umschlang von hinten Pierres rechtes Knie, so daß er in den Sand fiel.

Sie hatte den richtigen Zeitpunkt gewählt. Er hatte nur einen kurzen Augenblick gezögert, und genau in diesem Moment rollte die Welle an. Sein Gesicht drückte Erstaunen aus, doch dieser Ausdruck wurde von der Welle, die ihn überrollte, ausgelöscht. Sein bestürzter Schrei wurde vom Wasser erstickt. Sekunden später war alles wieder ruhig. Pierre lag auf dem Rücken im Sand, spuckte das Wasser aus und wußte nicht, sollte er entrüstet oder amüsiert sein. Er blinzelte und versuchte seine Augen zu trocknen, um zu sehen, wo Saphir steckte.

Sie war verschwunden.

Er stand auf, suchte das Ufer ab, konnte sie aber nicht finden. Dann blickte er aufs Meer hinaus.

Dort schwamm sie ins offene Meer hinaus. Sie schwamm mit einer Anmut, um die sie eine Meerjungfrau beneidet hätte, ließ sich von den Wellen tragen, winkte ihm zu, lächelte. Sein Grinsen wirkte recht gezwungen, als er zurückwinkte.

Sie rief ihm etwas zu, doch er konnte sie nicht verstehen. Also blieb er stehen und wartete ab. Als sie sah, daß er nicht reagierte, versuchte sie es mit der Zeichensprache. Mit einer Armbewegung gab sie ihm zu verstehen, er solle zu ihr rausschwimmen.

Auch wenn Pierre kein Sportler war, so war er doch ein guter Schwimmer, und mit schnellen Stößen schwamm er Saphir hinterher. Sie wartete auf ihn, schaukelte auf den Wellen auf und ab, bis er nur noch ein paar Meter von ihr entfernt war. Dann drehte sie ihm plötzlich den Rücken zu und schwamm weiter, parallel zur Küste.

»Wohin schwimmen Sie?« rief er ihr zu.

Sie schwamm ruhig weiter, doch er hörte sie sagen: »Keine Sorge, es wird sich für Sie lohnen.«

Er seufzte. »Diese Amerikanerinnen«, murmelte er vor sich hin. »Gott bewahre uns vor den Amerikanern, vor allem vor den Amerikanerinnen.« Doch trotz seiner Unmutsäußerung schwamm er ihr entschlossen nach.

Und so durchquerten sie das Meer, die Nymphe und ihr Verfolger. Von Zeit zu Zeit konnte Pierre einen Blick auf ihr nacktes Hinterteil erhaschen, das aus den Fluten auftauchte. Und er folgte ihr mit neuem Eifer. Er begehrte sie, denn er erkannte ihre Stärke. Das hatte er an ihrem Gang erkannt und bekam es jetzt bestätigt, wenn er sah, wie sie sich mühelos durch das unruhige Meer bewegte. Instinktiv erkannte er, daß sie eine ausgezeichnete Liebhaberin war, daß es ihr Spaß machen würde, sich ihm hinzugeben.

Sie wollte testen, wieviel Kraft er besaß.

Solch ein Geschöpf würde nicht mit jedem Hergelaufenen schlafen. Ihre Liebhaber müßten es mit ihr aufnehmen können, physisch und geistig, denn in sexueller Beziehung war sie bestimmt keine Flutwelle, sondern ein Strudel... Sie zog die hinunter, die sie würdig fand, lud sie ein zu einem wirbelnden Tanz, einem Wasserballett, das in einer verwirrenden Wirbelbewegung hinunter in dunkle, feuchte Tiefen führen würde.

Sein Herz pochte, als er seine Anstrengungen verdoppelte, und dann erblickte er ihr voraussichtliches Ziel – einen Felsen mit Öffnungen, wahrscheinlich den Eingängen zu einer Höhle. Hie und da hatten sich natürliche Felsbänke gebildet, auf denen sich Sonnenanbeter aalten, die entspannen wollten, ohne daß irgendwelche Strandbesucher über sie stolperten oder sie das Geplärr der Radios oder das Geschrei der Kinder ertragen mußten.

Zum x-ten Mal drehte sie sich nach ihm um, um zu sehen, ob er noch hinter ihr wäre. Als sie sich davon überzeugt hatte, schenkte sie ihm ein aufmunterndes Lächeln. Ihm wurde warm ums Herz – allein dieses Lächelns wegen hatte sich der Schwimmarathon, den er gerade hinter sich brachte, gelohnt. Es war, als ob die Sonne aufgegangen wäre. Sie wies auf eine Bucht zur Rechten und schwamm darauf zu. Er folgte ihr. Die Mattigkeit in seinen Armen und Beinen verschwand, die Steifheit seiner Gelenke war wie weggeblasen. Sein Herz raste immer noch, aber nicht von der Anstrengung.

Er schwamm an einer Klippe vorbei, konnte sie aber nicht sehen. Doch gab es hier eine Höhlenöffnung, mehr eine Grotte als eine Höhle. Dort mußte sie wohl sein.

Er schwamm auf die Stelle zu, genauso vertrauensvoll wie einst Odysseus. Und tatsächlich: sie war in der Grotte, ausgestreckt auf einem flachen Felsstück, das aus dem Wasser ragte. Ihr linkes Bein baumelte im Wasser, das rechte hatte sie angewinkelt, stützte ihr Kinn darauf.

Sie wirkte kühl, doch ihre Augen blitzten, als er betont ruhig auf sie zuschwamm.

»Ich bin überrascht«, sagte er. Er schwamm zum Felsen, blieb jedoch im Wasser. Er erweckte den Anschein, als ob er sich Zeit ließe, doch in Wirklichkeit rang er nach der Anstrengung nach Atem. Und hier war weder der Ort noch die Zeit, außer Atem zu geraten.

»Ich dachte, hier in dieser stillen Bucht wäre das Wasser kälter, doch es scheint noch wärmer zu sein.«

»Hm. Sehen Sie da oben?« Sie zeigte in die Richtung. »Eine Art natürlicher Sonnendächer, die die Sonnenstrahlen auffangen. Stein«, sagte sie und klopfte auf die Wand hinter sich, »kann sehr kalt sein, aber auch sehr warm.«

»Tatsächlich?« Nachdem er sich erholt hatte, kletterte er zu ihr auf den Felsen. »Sie haben recht. Sogar die Luft ist warm.«

»War das nicht eine lustige Verfolgungsjagd?« fragte sie ihn spöttisch.

Er lachte und stellte überrascht fest, daß die Grotte das Echo seines Lachens widergab.

»Ein schönes Echo«, sagte er.

Beide schwiegen. Man hörte nur das leise Geplätscher, das er mit seinen Füßen im Wasser verursachte. Er betrachtete Saphir, die neben ihm nackt auf dem Felsen saß. Ein warmes Gefühl durchströmte ihn, ein vages Unbehagen, das von seinen Lenden nach außen strahlte, ihn erglühen ließ.

Er begehrte sie. Er war sich allerdings nicht darüber im klaren, ob sie ihn auch begehrte oder ihn einfach an der Nase herumführte. Amerikanerinnen, insbesondere so bekannte wie Saphir Star, waren unberechenbar. Doch ob sie ihn wollte oder nicht, er mußte sie haben. Doch er wollte behutsam vorgehen, aus Angst, eine brüske Bewegung könnte sie veranlassen zu fliehen, ins Wasser zu tauchen und wie die Nymphe, der sie glich, zu verschwinden. Ihr Kopf ruhte immer noch auf ihrem angewinkelten Bein. Sie beobachtete ihn mit unverhüllter Neugier. Auch sie spürte Verlangen, doch sie hatte es in der Gewalt. Auf die Dauer konnte sie das innere Beben wohl nicht unterdrücken, doch sie konnte sich im Zaum halten, um zu beobachten, was er tun würde. Sie hatte in ihrem Leben bereits einen Franzosen als Liebhaber aufzuweisen, und er war zweifellos dem Ruf, die Franzosen seien gute Liebhaber, voll und ganz gerecht geworden. Doch Rex war sowieso ganz anders als die übrigen Männer.

»Haben Sie die ›Ilias‹ oder die ›Odyssee‹ gelesen?« fragte er.

Sie schüttelte den Kopf, ließ ihn nicht aus den Augen. Er fühlte, wie sich ihr Blick in seine Seele bohrte, die Teile seines Wesens, die er tief in seinem Inneren verschlossen hielt, nach oben kehrte. Er war davon überzeugt, daß diese geheimnisvolle Frau mit den erstaunlich violetten Augen wie in einem offenen Buch in ihm las.

Die Augen wanderten zu seiner Badehose, dann zurück zu seinem Gesicht. »Dieses schwarze Taschentuch, das Sie als Badehose bezeichnen, sitzt sehr knapp«, sagte sie beiläufig. »Warum ziehen Sie sie nicht einfach aus? Ich glaube nicht, daß Sie sie benötigen.«

Er machte eine zustimmende Kopfbewegung, stand auf und war mit einem Ruck aus dem Slip geschlüpft. Voller Stolz betrachtete er die Erektion, die sich enthüllte. Obwohl ihr Blick ebenfalls darauf haftete, war ihr Gesichtsausdruck unverändert. Er erwartete eine anerkennende Bemerkung von ihr. Er fand, daß das, was er zeigte, wirklich begehrenswert war.

»Was hat es mit der ›Odyssee‹ auf sich?« fragte sie, als ob er nicht mit seiner geballten Lust vor ihr stünde.

Er konnte es nicht glauben. Am liebsten hätte er losgebrüllt, sie auf den Rücken geworfen und sich auf sie gelegt. Doch dann änderte sich ihr Blick, verwandelte sich von Gleichgültigkeit in Belustigung, gab ein stilles Versprechen: Laß mir doch meinen Spaß. Immer schön langsam. Du bekommst ja, was du willst, und ich das, was ich möchte, doch wir haben Zeit, es besteht kein Anlaß zur Eile.

Und natürlich hatte sie recht. Doch sie war so anziehend, daß er sie so schnell wie möglich besitzen wollte, bevor sie sich wieder aus seinem Leben schlich.

Er legte sich auf dem Felsen zurück und rückte dieses Mal näher an sie heran, wobei sich ihre Hüften fast berührten. Er spürte ihre Wärme und den Schmerz in seinen Lenden, doch er achtete nicht darauf.

»Ja, die ›Odyssee‹, die Geschichte von Odysseus, der nach dem Trojanischen Krieg nach Hause zurückkehrte.«

»Interessant. Was war das für ein Krieg?«

»Es war der Krieg, der wegen der schönen Helena von Troja ausgetragen wurde. Hunderte von Männern kämpften und starben für sie.«

Sie verzog das Gesicht. »Manche Leute halten das für romantisch. Männer, die wegen einer Frau kämpfen – das sagt mir nicht viel.«

»Helena wurde von Paris geraubt. Sie wollen also nicht, daß ich Ihnen, wenn Sie von der Stadt Paris entführt werden, zu Hilfe komme?«

Sie hob eine Augenbraue. »Könnte ich von einer Stadt entführt werden?«

»Paris stiehlt die Herzen vieler junger Frauen.« Er rückte näher an sie heran, so daß sich ihre Hüften berührten. Begierde durchströmte ihn. Es war das erste Mal, daß er mit ihrer wunderbar gebräunten Haut in Berührung kam. Die Weichheit und die Wärme ihres Körpers entflammten seine Leidenschaft, doch er hielt sich zurück. Er würde sich ihren Spielregeln beugen. Langsam. Im übrigen wollte er, daß sie ihn genauso begehrte wie er sie.

»Doch das geschieht weder hier noch dort«, fuhr er sanft fort und legte seine Hand auf ihren Schenkel.

Einen kurzen Augenblick trafen sich ihre Augen. Dann sagte sie leise: »Ich möchte, daß Sie Ihre Hand da wegnehmen.«

Er blinzelte überrascht. Seine Härte drängte gegen ihren Schenkel, und er mußte alle Selbstbeherrschung aufwenden, sie nicht an sich zu drücken, sich über sie zu werfen und in sie zu tauchen.

»Wirklich?«

»Ja, wirklich.« Sie ergriff sein Handgelenk und legte seine Hand in ihren warmen Schoß. Seine Fingerspitzen berührten das rote Gelock ihres dunklen Dreiecks. Die Hitze ihres Schoßes übertrug sich auf seinen Arm, entflammte ihn, und als er sprach, war seine Stimme heiser. »Ja, so ist es besser. Ich dachte ...«

»Hm?« Langsam fuhr sie sich mit der Zunge über die Lippen.

»... daß Sie mich sehr an die Sirenen erinnern.«

»Oh?«

»Ja. Diese unbeschreiblich schönen Frauen saßen auf den Felsen und sangen unglaublich süße Melodien. Die Seeleute lauschten ihrem verführerischen Gesang und zerschellten mit ihrem Schiff am Riff. Odysseus Männer gingen der Gefahr aus dem Weg, indem sie sich die Ohren mit Wachs verstopften.«

Er versteifte sich, als ihre Hand zu seinem Schoß wanderte, zärtlich die weiche Innenseite seiner Schenkel berührte. Dann suchte ihre Hand den Weg nach unten, bis sich seine Hoden in ihre Hand schmiegten.

Sie waren klein und fest, und mit größter Behutsamkeit verstärkte sie ihren Griff. Er stöhnte laut, und das Echo hallte durch die Höhle.

»Haben Sie zufällig Wachs dabei?« fragte sie.

Er schüttelte den Kopf.

»Anscheinend haben Sie kein Glück.«

Er hatte die Augen halb geschlossen, sah aber nichts, da er so fasziniert war von dem Geräusch, das entstand, als sie mit ihrer rosafarbenen Zunge die Innenfläche ihrer linken Hand leckte. Dann griff sie nach unten, und er schloß die Augen, als sie sein Glied in die Hand nahm, es liebkoste. Er ließ seine Finger durch ihr rotes Dickicht wandern, drang mit Daumen und Zeigefinger vor. Saphir war bereits feucht – also begehrte sie ihn auch! Sie hatte sich hinter der Maske der Gleichgültigkeit versteckt, doch das war jetzt vorbei. Als sie ihn liebkoste und dabei rhythmisch den Kopf bewegte, spielte er mit der kleinen Knospe, dem Mittelpunkt ihrer Lust. Sie sprang auf; ihre harten, aufgerichteten Aureolen wirkten provozierend. Und dann drang plötzlich ganz überraschend eine volle Altstimme aus ihrem Inneren, erfüllte die kleine Höhle mit einer Melodie, die an die Sirenen erinnerte.

Obwohl Pierre die Stelle mit den Sirenen in der Odyssee viele Male gelesen hatte und versucht hatte, sich vorzustellen, eine Frau sei so schön oder singe so verführerisch, daß die Männer gerne für sie in den Tod gingen, war ihm das nie gelungen. Seine Fantasie reichte anscheinend nicht aus, doch hier erlebte er es.

Er erinnerte sich an das erste Mal, als er eine Frau geliebt hatte. Es war in einem blühenden Garten gewesen, und die Frau war von auffallender Schönheit und hatte bemerkenswerte Brüste. Sie liebten sich hinter blühenden Azaleen. Verlockende Bilder tauchten vor seinem inneren Auge auf, ineinander verschlungene Körper, schweißüberströmt und unerreichbar. Saphirs prachtvoller Körper unter ihm, den er aufwühlte, wurde für ihn das Symbol der Liebe schlechthin. Sie hatte sich auf dem Felsen zurückgelegt, hatte die Augen halb geschlossen, ihr Mund war geöffnet, und ihr Atem ging stoßweise.

Dann führte ihn ihre Hand und er glitt so leicht wie ein Windhauch in sie, und dann gab es keinen Anfang und kein Ende.

Und immer noch hatte er den Sirenengesang im Ohr. Erneut fühlte er sich zurückversetzt, doch dieses Mal in Windeseile. Ihre Hüften bewegten sich im gleichen Rhythmus, als Bilder an ihm vorbeiflogen.

Schlafzimmer aller Art... knarrende Betten aller Größe, in denen leidenschaftliche Paare höchsten Liebesgenuß erlebten... glänzende Kleider und hauchdünne Nachthemden, die raschelnd zu Boden fielen, ausgestreckte Arme, Beine, feste, doch weiche Hinterteile und flache Leiber, die sich gegen ihn drängten, Schweiß und Meerwasser, Seufzer der Vergangenheit vermischten sich mit der Serenade des Jetzt und dem sanften Plätschern des Wassers gegen den Felsen, auf dem sie lagen.

Ihr Atem ging immer kürzer; ihr Körper unter seinem war gespannt, der Griff, mit dem sie ihn an sich preßte, wurde immer stärker, als ob übermächtiger Hunger sie erfasse. Er stellte fest, daß ihr Gesang sich in ein langes Stöhnen verwandelt hatte, als die Ströme der Lust aus ihr hervorbrachen. Er war bereit, ihr die Ekstase, nach der ihr Gesang verlangte, zu geben, doch sein eigener Höhepunkt näherte sich mit rasender Geschwindigkeit.

Er tauchte immer tiefer in sie ein, brachte ihren Körper zum Vibrieren. Mit geschlossenen Augen wand sie sich unter ihm, stöhnte seinen Namen. Dann öffnete sie die Augen, biß ihn ins Ohr, und er explodierte in ihr und führte sie dem Höhepunkt entgegen. Ihr Gesicht war tränenüberströmt; ihre Tränen vermengten sich mit dem aufspritzenden Wasser. Sie lachte und weinte zugleich und drückte ihn an sich.

Allmählich verebbte die Glut, sein Atem ging stoßweise, und sein Herz schlug, als wenn es seinen Brustkorb sprengen wollte. Er schüttelte den Kopf, um ihn klar zu bekommen, und blickte in das Gesicht, das zu ihm hochlächelte.

»Ich bin mir nicht ganz sicher«, keuchte er, »doch soeben ist mein Leben an mir vorübergezogen.«

»Im allgemeinen erlebt man das, wenn man stirbt. Doch du bist noch voll da. Obwohl« – und sie tätschelte seine Hüften – »ich glaube nicht, daß du noch lange hier bleiben wirst. Los.« Sie versetzte ihm einen lautstarken Klaps auf sein Hinterteil. »Auf mit dir.«

Er drückte sie an sich, hielt mit einer Hand ihre Brust umfangen, betrachtete sie und fragte dann: »Wer bist du?«

Sie sah ihn an und versuchte ein gleichmütiges Lächeln. »Wenn du es jetzt immer noch nicht weißt, tust du mir leid.«

Doch sie wußte, was ihn dazu getrieben hatte, diese Frage zu stellen, und sie wußte, daß die Frage, nachdem sie ausgesprochen war, im Raum schweben würde.

»Zeitungen haben Andeutungen gemacht, doch wenn du nicht darüber sprechen möchtest...«

»Nein, ist schon gut.« Sie stützte ihren Kopf auf die Hand und wandte sich ihm zu. »Hör zu. Ich erzähle dir in Kürze alles, und wenn du Fragen hast, bewahre sie dir bis zum Schluß auf. Okay?« Saphir Star, die Millionenerbin, Tochter des reichen Schiffmagnaten Diogenes Dokks, kam bei einem Flugzeugabsturz in den Rocky Mountains ums Leben. Während Suchtrupps ihren Leichnam suchten, tauchte ich in Los Angeles, Kalifornien, auf und konnte mich nicht erinnern, wer ich war oder wie ich dorthin gekommen war.

Aufgrund verschiedener Ereignisse wurde ich in einen Plan verwickelt, Saphir zu spielen und bei Dokks kräftig abzusahnen. Doch ich mochte Dokks und versuchte, aus dem Komplott auszusteigen. Damit brach alles zusammen. Schließlich fand man Saphirs Leiche doch noch, doch Dokks mochte mich genauso gern wie ich ihn und so beschloß ›Poppa‹, daß ich bei ihm bleiben und Saphirs Identität annehmen solle. – Das Problem war, daß sich das Gerücht verbreitete, ich sei eine Doppelgängerin, und darüber waren alle schockiert. Doch die High Society kann flexibel sein, wenn sie möchte, und mit Hilfe einiger guter Freunde ist es mir gelungen, daß ich halbwegs akzeptiert werde. Das ist zumindest ein Anfang. Ich hoffe, es wird noch besser.«

Er schüttelte den Kopf. »Incroyable. Und du erinnerst dich immer noch nicht, wer du in Wirklichkeit bist? Ist es möglich«, sagte er nach kurzem Nachdenken, »daß du in Wirklichkeit doch Saphir bist? Daß es eine Verwechslung gab und...«

Sie schüttelte den Kopf. »Befürchte nein. Die echte Saphir hatte ein Geburtsmal in Form eines Diamanten. Dieses entscheidende Merkmal fehlt mir, ein weiterer Beweis, daß ich lediglich eine unglaubliche Kopie bin.« Sie hielt inne, lächelte und sagte in sarkastischem Ton: »Enttäuscht?«

»Und wie.« Er gab ihr Lächeln zurück. »Doch ich muß damit leben. Essen wir heute abend zusammen?«

»Ich habe damit gerechnet.«

Sie stand auf und hob das kleine weiße Dreieck, das auf dem Felsen lag, auf. »Sollen wir zurückgehen?«

»Bien sûr. Könnte ich bitte meine Badehose haben?«

»Sicher.« Sie machte daraus ein kleines Knäuel, schloß ihre Faust darum, tauchte sie ins Wasser und rief: »Doch du mußt sie dir holen.«

»Oh, non«, stöhnte er und folgte ihr ins Wasser.

Als er abends das Lokal betrat, wartete sie bereits auf ihn an einem kleinen Tisch mit einem Kerzenleuchter und zwei Weingläsern. Sie hatte ihr Haar zu einem Knoten zusammengesteckt und trug einen eleganten Overall, schwarz mit leuchtend roten Streifen über der Schulter. Der Overall hatte lange, capeartige Ärmel, die am Handgelenk eng waren, genauso war die Hose geschnitten. Der rote Gürtel war auf die roten Streifen über ihrer Schulter abgestimmt.

»Sehr charmant«, sagte er, als er vor ihrem Tisch

stand.« Im Vergleich zu dem Zustand, in dem du mich am Strand zurückgelassen hast, bist du gut verpackt«, fügte er hinzu.

Sie lächelte ihn unschuldig an. »Was um alles in der Welt meinst du damit, Grand Pierre?«

»Ich hätte dir wirklich nicht zugetraut, daß du zwanzig Meter vom Ufer entfernt meine Badehose schwenken und mir lauthals zurufen würdest: »Komm und hol sie dir.«

»Oh, du hast süß ausgesehen, wie du so bis zur Taille im Wasser standest und mich verfluchtest. Was hast du übrigens gesagt? Es klang vertraut, war aber kein Französisch.«

»Arabisch. Arabische Flüche sind sehr plastisch.« Es war ihm unmöglich, seine vorwurfsvolle Haltung zu bewahren und es fiel ihm schwer, angesichts ihrer koketten Frechheit ernst zu bleiben. »Ich habe einige Zeit darauf verwandt, einiges über deine Vorfahren zu sagen.«

»Sag, was du willst. Denn soviel ich weiß, könntest du recht haben. Vielleicht ist mein Vater rauschgiftsüchtig, mein Bruder ein Zuhälter – nun, vielleicht bist du sogar mein Bruder...« Sie nippte an ihrem Wein und schlug die Augen zu ihm auf. »Überleg mal, Liebling, du könntest dich mitten in einer griechischen Tragödie befinden und es nicht einmal wissen.«

»Welch charmante Gedanken dir durch den Kopf gehen«, sagte er unsicher und setzte sich ihr gegenüber. »Ein hübsches Lokal, wie?«

Sie blickte sich um. »Wirkt recht gekünstelt. Ist etwas für Touristen. Die Einheimischen bevorzugen andere Lokale, um essen zu gehen.«

Er lächelte. »Schon wieder zynisch, die Dame. Versuch die Bouillabaisse! Einigen Leuten wird davon hundeelend, aber ich weiß, du packst sie. Wie ich sehe, hast du bereits Wein bestellt – einen vollmundigen Bordeaux...

Ausgezeichnet.« Er ließ seinen Kennerblick über das Etikett schweifen.

Sie musterte ihn nachdenklich. Sie hatte ihm große Beachtung geschenkt und wußte immer noch nicht, was sie von ihm halten sollte. Wenn sie mehr von ihm wissen wollte, mußte sie ihn fragen. Doch bevor sie damit anfangen konnte, stellte er ihr eine Frage, die sie überraschte.

»Kennst du Rex Sauvage?«

Sie hob eine Augenbraue. »Rex?« wiederholte sie und stützte sich auf den Tisch, der ins Wanken geriet. Sie versuchten verzweifelt, die Gläser und den Wein vor dem Umkippen zu bewahren, was ihnen schließlich auch gelang. »Ja, natürlich kenne ich ihn. Er ist... war... mein Verlobter.« Ohne daß sie es wollte, mußte sie an dieses einmalige Exemplar von Mann denken, an seine tiefbraune Haut und seine starken Muskeln.

Pierre hob tadelnd den Finger. »Aha. Er war der Verlobte der ursprünglichen Saphir. Daher mein Widerstreben anzunehmen, daß du mit dem Gentleman bekannt bist.«

»Nun, ich bin es wirklich.«

Er betrachtete nachdenklich das Glas in seiner Hand. »Ich verstehe. Er ist ein ganzer Mann, eine legendäre Figur. Wissenschaftler, Abenteurer, Verfechter von Recht und Ordnung. Soviel ich weiß, hat er dir sogar das Leben gerettet.«

»Ja, das stimmt.« Sie erinnerte sich an den entsetzlichen Flug in einer Boeing 747, als sie geheimnisvoll von einem Fokker-Dreidecker angegriffen wurden, der darauf versessen war, sie abzuschießen. Rex war es durch eine kühne Aktion gelungen, sie und die anderen Fluggäste zu retten.

»Warum, möchtest du dich mit ihm treffen?«

Er lachte. »Kaum, Saphir. Es ist nur... nun ich befürchte, ich muß dir sagen, wer ich bin. Ich bin Theateragent – Kino, Fernsehen und dergleichen.«

»Uff«, sagte sie. »Auch noch so was. Ich nahm an, du hättest einen anständigen Beruf, z. B. Mafiakiller oder dergleichen. Nun weiß ich die Wahrheit. Wie langweilig.«

»So ist nun mal das Leben.« Er zuckte mit den Schultern. »Immerhin habe ich einige recht beeindruckende Kunden.«

Sie gab sich ein gelangweiltes Aussehen. »Wenn du ein internationaler Jet-Setter bist wie ich, gibt es auf der ganzen weiten Welt kein menschliches Wesen, das dich auf Anhieb beeindruckt. Mit Ausnahme von Rex Sauvage, natürlich. Aber warum interessierst du dich so für Rex?«

»Weil sein Leben filmreif ist. Sein Auftreten, seine Abenteuer, die Romantik...«

»Einen Augenblick.« Sie hob die Hand. »Willst du mir damit sagen, daß du einen Film über Rex drehen möchtest? Über Rex?«

Er nickte, und sie brach in Lachen aus.

»Das gefällt mir. Das ist ganz einfach prima.«

»Findest du die Idee gut?« Seine Begeisterung nahm zu. »Stimmst du mir zu, daß Monsieur Sauvage der Typ Mann ist, mit dem man Filme macht?«

»Oh, unbedingt. Ich finde, das ist eine glänzende Idee.« Sie wischte eine Lachträne ab.

»Nun dann«, sagte er und rieb sich die Hände, »wann können wir Monsieur Sauvage dazu bringen, einen Vertrag zu unterzeichnen?«

Sie nippte wieder an ihrem Wein und stieß hervor: »Wenn die Hölle einfriert.«

Wie sie erwartet hatte, war er verblüfft. »Pardon?«

»Schau, Pierre, ich möchte dir keine Illusion zerstören. Doch Rex würde nie und nimmer einwilligen. Versteh – ich finde die Idee ausgezeichnet. Doch wenn du mit Rex rechnest, kannst du das Projekt vergessen.«

Sein freudiger Ausdruck schmolz wie ein Eiswürfel.

»Nun, das ist echt ein Jammer. Ich hatte sogar bereits einen Schauspieler, der die Rolle gespielt hätte, auch den Regisseur...«

»Wen hattest du als Schauspieler ins Auge gefaßt?« Sie betrachtete das Etikett auf der Weinflasche und schwenkte ihr langstieliges Glas. Auch wenn dieses Thema eigentlich abgeschlossen war, hatte sie die Neugier gepackt, wer wohl den unvergleichlichen Rex Sauvage darstellen könnte, oder Rex Savage, wie sie ihn nannte.

»Einer meiner Klienten und zudem ein guter Freund. Jean-Paul Gascon. Vielleicht hast du...«

Die Kellner und die anderen Gäste wandten sich erstaunt um, als sie klirrendes Glas hörten.

Pierre sah bestürzt auf die kleine Lache roter Flüssigkeit, die sich um Saphirs rechten Fuß gebildet hatte, und auf die Glasscherben. Ein Ober kam an den Tisch, bewaffnet mit Besen und Schaufel. Er murmelte Entschuldigungen, als ob er es gewesen wäre, der das Glas hatte fallen lassen und nicht diese seltsame Amerikanerin.

Sie schien nicht zu bemerken wie die Scherben, die sie verursacht hatte, beseitigt wurden. »Einer deiner Klienten ist Jean-Paul Gascon? *Der* Jean-Paul?«

Er war ehrlich überrascht und zeigte es auch. »Du kennst ihn? Du mit deinem verminderten Erinnerungsvermögen kennst J. P.?«

»Noch nicht lange. Auf dem Herflug zeigte man einen seiner Filme. Ich glaube, er hieß *Cat Thief*.«

Pierre nickte und lächelte. »Ja, das war sein jüngster Erfolg. Er spielte darin einen Fassadenkletterer. Zudem kleidet ihn Schwarz sehr gut.«

»Ihm würde alles stehen, oder er würde auch ohne Kleidung gut aussehen«, fügte sie listig hinzu, warf aber schnell ein: »Ich möchte dich ja nicht eifersüchtig machen, aber...«

»Ist ja schon gut. Ich kann dir versichern, ich bin daran gewöhnt. Ein Agent muß ein dickes Fell haben. Aber ich dachte, du hättest gesagt, jemand Berühmter könne dich nicht beeindrucken.«

»Ich sagte unter Menschen und meinte damit nicht eine Figur aus der griechischen Mythologie. Ihr Götter, ist er umwerfend! Könnte ich etwas für ihn tun?«

Er maulte. »Du kannst dafür sorgen, daß sein Film ein Erfolg wird.«

»Aber du hast doch gerade gesagt, sein jüngster Film sei ein Erfolg gewesen.«

»Leider war das schon vor fünf Jahren. Seit damals hat er drei unglaubwürdige Schundfilme gemacht, da er von seinem Agenten schlecht beraten war.«

»Ich dachte, du seist sein Agent.«

»Genau. Und ich möchte es auch gerne bleiben. Doch mein untrüglicher Instinkt hat mich im Stich gelassen, leider, und ich bin auf dem absteigenden Ast.«

Sie musterte ihn. »Du Bastard. Bestand dein Plan darin, mich dazu zu verführen, das zu tun, was du wolltest, um deine Karriere zu retten?«

»Nein. Mein einziger Plan in bezug auf dich bestand darin, mit dir zu schlafen. Erst später kam mir dieser Gedanke.« Er schenkte ihr in das neue Glas, das der Ober gebracht hatte, Wein ein und schien ehrlich durcheinander. »Bitte, versteh... Ich habe in meinem Leben viele Leute benutzt, doch ich würde nie...«

Sie gab ihm ein Zeichen aufzuhören und sagte: »Bitte spar dir deine Worte. Ich weiß nicht, soll ich dir glauben oder nicht. Im übrigen kümmert es mich keinen Deut. Um ganz ehrlich zu sein« – und sie kicherte hinter vorgehaltener Hand –, »wenn ich mir überlegt hätte, daß mich ein Love-in mit dir Jean-Paul Gascon näherbringen würde, hätte ich mich sofort dafür entschieden.«

»Nun, ich weiß nicht, was ich dazu sagen soll.«

»Gut«, erwiderte er fröhlich. »Hör zu, Pierre, was Rex angeht, kann ich dir gar nichts versprechen. Nein, ich nehme das zurück. Ich kann dir das eine mit Sicherheit versprechen – daß er nicht zustimmen wird. Wenn das also dein einziges Motiv ist, dann...«

»Nein«, sagte er schnell und hielt dann inne. Es schien so, als ob er zu schnell mit etwas herausplatzen wollte, das besser ungesagt bliebe. Dieser plötzliche Stimmungsumschwung entging ihr nicht. Sie legte ihre Hand auf seine.

»Spaß beiseite, worum geht's?«

»Saphir, es tut mir leid, ich kann es nicht sagen. Ich habe bereits zuviel gesagt.«

Sie bestellten das Dinner, doch die Unterhaltung war schleppend. Irgend etwas hing unausgesprochen in der Luft, und keiner von beiden fühlte sich wohl dabei. Doch Saphir erkannte, daß Pierre irgend jemandem ein Versprechen gegeben hatte, das ihm nun die Lippen verschloß.

Sie ließ sich ein halbes Dutzend Möglichkeiten durch den Kopf gehen, doch dann gab sie es auf. Sie wollte das Versprechen, das Pierre gegeben hatte, respektieren. Sie mußte ihre Neugier bezähmen, doch sie studierte das gemusterte Tischtuch vor ihr, als ob es ein Schachbrett wäre.

»Ich möchte dich nicht drängen«, sagte sie schließlich. Obwohl sie seit einer halben Stunde das Thema nicht angeschnitten hatten, wußte er sofort, was sie meinte. »Doch einen Punkt möchte ich klären: Was immer es auch sein mag, worüber du nicht reden kannst, es hat etwas mit Jean-Paul zu tun, wie?«

Er nickte zustimmend. »Ja, wenn du Lust hast, können wir ihn morgen besuchen.«

»Er lebt hier in der Nähe?«

»Mehr oder weniger. Ein paar Stunden mit der Bahn. Er wohnt in einer Villa in einer hübschen kleinen Stadt namens Cassis, in der Nähe von Marseille.«

»Marseille?« Ihre Augen leuchteten auf. »Nicht sehr weit entfernt?«

»Ungefähr zwanzig bis fünfundzwanzig Kilometer, nicht mehr. Warum... Oh«, und er lachte in sich hinein. »Du kannst dir nicht vorstellen, daß der *Cat Thief* in Marseille wohnt, nicht wahr?«

»Das ist bestimmt eine sehr romantische Stadt.«

»Ich hasse es, das zu sagen«, sagte er fröhlich, »doch der Ruf dieser Stadt ist bei weitem übertrieben. Obwohl, wofür ist ein Ruf gut, wenn er nicht übertrieben wird? Natürlich gibt es dort Gegenden, in die sich eine Frau ohne Begleitung nicht begeben sollte, wie zum Beispiel die Rue longue des Capucins. Jede Stadt hat zwei Seiten. Aber Marseille ist kaum die Hochburg der Seeräuberei, wie es uns die Filme von Jean-Paul oder eurem Monsieur Bogart weismachen wollen. Nun, du kannst dir ja dein eigenes Urteil bilden. So, meine liebe Saphir, wohin gehen wir jetzt?«

Sie lächelte. »Was hast du zu bieten?«

»Nur wenn du Lust hast, könnten wir ja wieder zum Strand von Pampelonne gehen, zu diesem wunderbaren Strand, wo wir uns begegneten. O Gott, es scheint erst ein paar Stunden her zu sein.«

»Es ist erst ein paar Stunden her.« Sie lachte, schlüpfte aus den Sandalen und berührte spielerisch mit den Zehen sein Knie. »Im übrigen, sollen wir wirklich schon wieder dorthin gehen?«

»Wir könnten auch zum Tahiti-Strand. Dort halten sich die reichen Leute auf. Ich bin überrascht, daß du heute nicht dort warst und statt dessen am Pampelonne-Strand.«

»Zu Hause bin ich von genügend reichen Leuten umgeben. Warum machen wir nicht einfach einen Bummel?«

Er klatschte begeistert in die Hände. »Une idée excellente«, und machte dem Ober ein Zeichen, daß er zahlen wollte.

Die Abendsonne tauchte St. Tropez in ein sanftes, romantisches Licht. Auf den Straßen tummelten sich viele Paare, und Saphir lehnte den Kopf an Pierres Schulter, als sie beobachteten, wie die Sonne langsam dem Horizont zuwanderte. Saphir konnte an keinem farbenfrohen Geschäft vorübergehen und Pierre ertrug geduldig, wie sie durch Geschäfte mit atemberaubenden Preisen streifte, Antiquitäten und schreiend grelle Ölgemälde begutachtete. Sie zeigte auf ein besonders abscheuliches Werk und schwärmte davon, brachte Pierre dazu, sich vor Abscheu zu schütteln, bis er merkte, daß sie ihn auf den Arm nahm. Dann lachte er und spielte das Spiel mit, machte überschwengliche Komplimente über die »Meisterwerke«, denen er sonst keinen Blick geschenkt hätte.

Sie kosteten das Spiel aus. Pierre und Saphir äußerten sich enthusiastisch über ein wirklich häßliches Kleid in einem Schaufenster. Sie lobten es so lautstark, daß ein vorübergehendes amerikanisches Paar stehenblieb und die Frau ihren Begleiter überredete, das Kleid für sie zu kaufen. Pierre und Saphir machten sich aus dem Staub, bevor sie in Gelächter ausbrachen.

Sie schlenderten zum Hafen, setzten sich dort auf ein Geländer und betrachteten die schmucklosen Lokale, die unbedingt attraktiver hätten gestaltet werden müssen. Dann machten sie lauthals einem Mann mit Hängebauch und einer unglaublich molligen Dame ohne Bikini ›aufrichtige‹ Komplimente. Die Empfänger dieser Komplimente fühlten sich geschmeichelt und winkten ihnen freundlich zu.

Später kletterten sie zu der Zitadelle hoch, einem eindrucksvollen Bauwerk, von dessen Spitze aus sie einen atemberaubenden Blick auf den ganzen Golf hatten. Die Sonne blinzelte hinter den Wellen hervor, als ob sie einen Augenblick verweilte, um einen letzten Blick auf ihren neuesten Liebhaber zu werfen, bevor sie sich zur Ruhe begab.

Saphir beugte sich vor und sagte nachdenklich: »Weißt du, ich könnte beschwören, daß mir die Sonne gerade zugewinkt hat.«

Pierre lachte. »Du hast viel Fantasie. Saphir, weißt du, was ich an dir mag? Bei dir fühle ich mich jung.«

»Du bist kaum als alt zu bezeichnen.«

»Vielleicht. Doch bei meiner Art von Job altert man schnell.« Er legte den Arm um sie und flüsterte ihr ins Ohr: »Möchtest du mich noch jünger machen?«

Sie kaute an der Unterlippe und lächelte. »Gehen wir zu mir oder zu dir?«

Sie gingen zu ihrem Hotelzimmer, einem hübschen Raum mit weißen Stuckwänden, erlesenen Wandteppichen und einem Himmelbett. Das fast hektische Begehren ihrer ersten Begegnung wurde jetzt durch langsamere, zärtlichere Bewegungen ersetzt. Mit großer Behutsamkeit öffnete er den Reißverschluß ihres Overalls, streifte ihn bis zur Taille und streichelte ihre samtweichen Schultern. Dann ließ er ihn bis zu ihren Knöcheln gleiten. Sie schloß die Augen, gab sich dem Genuß seiner Küsse auf ihrem Hals, ihren Brüsten hin. Seine Zunge liebkoste ihre aufgerichteten Rosetten. Sie seufzte kehlig und gab dem Overall mit dem Fuß einen Schubs, um endlich ganz befreit zu sein.

Mit genießerischer Langsamkeit entkleidete sie ihn Stück für Stück, bis er vibrierte vor Verlangen. Dann legten sie sich aufs Bett. Das kalte weiße Linnen verursachte ihnen Gänsehaut, die nur durch die Hitze ihres Körpers gemildert wurde.

Dieses Mal waren ihre Berührungen entspannt und sicher. Seine Finger umkreisten ihre Hüften, strichen ihren Rücken entlang. Sie bearbeitete mit ihrer Zungenspitze sein Ohr, schnellte in die Ohrmuschel vor. Es durchlief ihn heiß.

»Du bist wirklich großartig«, keuchte er.

Sie löste ihren Knoten, ließ das Haar über die Schultern fallen und schüttelte den Kopf, um die Haare zu lokkern. Dann lächelte sie, und klammerte ihr Bein um seines, zog ihn an sich, genoß sein Drängen.

»Weißt du, was ich fühle?« fragte er.

Sie lachte. »Ich weiß, was ich fühle, und ich glaube, dir geht es genauso.«

»Mir ist, als ob wir schon in einem früheren Leben Liebende gewesen wären, denn nie zuvor war ich bei einer Frau so entspannt.«

»Ich mache mir keine Gedanken über vorherige Leben, denn ich finde das augenblickliche verwirrend genug.« Sie umklammerte ihn. »Im übrigen«, sagte sie mit belegter Stimme, »finde ich dich keineswegs so entspannt.«

Sie setzte sich auf ihn, und dieses Mal drang er sofort in sie ein. Er erfüllte sie mit dem Feuer und der Hitze seines Verlangens. Sie warf den Kopf zurück. »Mein Gott, du bist ja noch umwerfender als vorhin.«

Er lächelte. »Die Vorahnung ist nichts im Vergleich zu... ah... dem wirklichen Wissen, was auf einen zukommt.«

»Ich weiß bestimmt, was kommt.« Sie beugte sich zu ihm hinunter, bewegte ihren Oberkörper, streifte mit ihren Brüsten seine mit Flaum bedeckte Brust, ihre hochaufgerichteten Brustwarzen glitten über seine Haut, entflammten all seine Sinne. Auch als sie anfing, ihre Hüften zu bewegen, aufgespießt auf dem Schaft seiner Leidenschaft, fuhr sie fort, ihre Brust gegen seine zu reiben. Saphir liebte immer mit dem ganzen Körper, nicht nur mit einem Teil. Die Haare hingen ihr ins Gesicht, und er konnte kaum ihre leidenschaftlich glühenden Augen sehen.

Als sie schließlich beide den Höhepunkt erreichten, waren sie ein Körper, ein Geist, und sie bewegten sich in völligem Gleichklang, keuchten und stöhnten, bis sie ihren Orgasmus voll ausgekostet hatten.

Sie hielten sich in den Armen, fühlten sich in der Wärme des anderen geborgen. Schließlich rollte Saphir von ihm und kuschelte sich in seinen Arm.

Eine Zeitlang ruhten sie so, bis er sich schließlich zärtlich verabschiedete, sich ankleidete und zu seinem Hotel ging, um Vorbereitungen für ihre morgige Reise nach Cassis zu treffen.

Gegen ein Uhr morgens wachte Saphir mit revoltierendem Magen auf und eilte ins Badezimmer, um den Franzosen, der die Bouillabaisse erfunden hatte, zu verfluchen.

2. *Kapitel*

Der Zug schaukelte unsanft hin und her, was Saphirs empfindlicher Magen gar nicht schätzte. Pierre saß neben ihr in dem engen Zugabteil, lächelte mitleidig und tätschelte ihr Knie. Sie wandte sich ihm zu und versuchte zu grinsen. Doch das gelang ihr nur teilweise, und er blickte sie fragend an. Sie zuckte die Achseln und sah aus dem Fenster.

Er trug eine schwarze Hose und ein schwarzes Pierre Cardin-Hemd, das bis zum Nabel aufgeknöpft war. Damit versuche er die Jugend, die sie ihm zurückgegeben habe, zu demonstrieren, hatte er Saphir erklärt.

Saphin dagegen hatte eine weiße durchgeknöpfte Oxfordbluse aus reiner Seide und einen khakifarbenen Wickelrock aus Popelin an. Sie trug die Sandalen, die sie gestern getragen hatte und hatte einen kleinen Koffer mitgenommen, in der Hoffnung, daß sie über Nacht wegbleiben würden.

Der Zug tuckerte die Côte d'Azur entlang, vorbei an leuchtend weißen Stränden. Saphir schloß die Augen und lehnte den Kopf an. Sie war müde, da sie den größten Teil der Nacht nicht gut geschlafen hatte, doch sie wollte sich das Pierre gegenüber nicht anmerken lassen.

Pierre stieß sie an. Sie öffnete die Augen und warf einen Blick auf ihre Cartier-Uhr. Zu ihrer Überraschung waren anderthalb Stunden vergangen, und sie fühlte sich jetzt viel frischer.

»Saphir, wir müssen gleich aussteigen«, sagte Pierre, und sie bemerkte, daß der Zug die Fahrt verlangsamte. Sie griff nach ihrem Gepäck und ging hinter Pierre her. Ihr Magen war wieder in Ordnung. Die Vorstellung,

Jean-Paul Gascon zu treffen und sich dabei sterbenselend zu fühlen, war nicht gerade verlockend gewesen.

Sie kletterten aus dem Zug, und Saphir blickte sich auf dem kleinen Bahnhof um. Was sie sah, war nicht beeindruckend.

Sie hatte damit gerechnet, daß es hier malerisch sei, doch es sah nicht danach aus. Sie beobachtete die anderen Reisenden, die aus dem Zug stiegen. Es waren meistens junge Leute mit Rucksäcken. Saphir vermutete, daß es Studenten wären. Sie stellte sich vor, wie es sein müßte, mit dem Rucksack durch Europa zu ziehen, in primitiven Jugendherbergen zu übernachten und fünf Dollar pro Tag zur Verfügung zu haben. Noch nicht lange war es her, daß sie zu Reichtum gelangt war, und der Gedanke, ein Leben ohne Luxus zu führen, war ihr jetzt ein Greuel. Sie konnte sehr wohl das Lippenbekenntnis ablegen, daß Geld ihr verhaßt sei, und war doch auf dem besten Wege, ein reicher Snob zu werden. Sie mußte auf sich aufpassen.

»Wie weit müssen wir noch fahren?« fragte sie.

»Nun, ich wollte eigentlich ein Taxi nehmen, denn Cassis ist einen halbstündigen Fußmarsch von hier entfernt...«

Sie versetzte ihm einen Klaps auf die Schulter. »Na, alter Mann, du drückst dich wohl vor der Anstrengung?« Sie hängte sich ihre Tasche über die Schulter. »Los, marschieren wir.«

Er zuckte die Achseln. »Wer bin ich, daß ich es wagen würde, Saphir Star Widerstand zu leisten?«

»Ganz richtig.« Sie nickte zustimmend.

Als sie die Richtung nach Cassis einschlugen, verweilte ihr Blick auf dem blauen Meer, auf den Segelbooten, die aufs Ufer zusteuerten und in ihr den Wunsch erweckten, auch zu segeln. Doch das mußte wohl warten!

Sie gingen die Küste entlang und erreichten schließlich den Hafen, der viel freundlicher wirkte wie in St. Tropez.

Als sie die engen Gassen und gewundenen Treppenaufgänge durchschritten, verliebte sich Saphir auf Anhieb in die kleine Stadt. So mußte wohl die Riviera ursprünglich gewesen sein, bevor sie der Mittelpunkt der Jet-Setter wurde.

Sie gingen an Gärten voller Blumenpracht vorüber. Saphir freute sich wie ein Kind, alle Blumen wollte sie zu einem Strauß zusammenbinden, ihr Gesicht darin vergraben und den köstlichen Duft einatmen. Einheimische und Touristen streiften an ihnen vorbei, meistens Studenten, die in einer Mischung aus fließendem Französisch, gebrochenem Französisch und genauso fließendem und gebrochenem Englisch parlierten.

Über eine Stunde waren sie unterwegs und erkundeten den Ort, bevor Pierre sagte: »Ich glaube, wir sollten jetzt zu Jean-Paul gehen. Es sei denn, du bist müde und möchtest 'ne kleine Siesta halten, du bist schon ganz schön lange auf den Beinen...«

»Was?« sagte sie spöttisch. »Möchtest du damit behaupten, daß ich so schnell erschöpft bin?« Sie hob ihren Rock bis zu den Schenkeln hoch, achtete nicht auf die bewundernden Blicke der Passanten und wies auf ihre muskulösen Beine. Die braune Haut gab unter ihrer Hand kaum nach. »Schau dir meine Beine an. Jeder Langstreckenläufer würde mich darum beneiden.«

Er blickte amüsiert. »Wir leiden nicht gerade an übertriebener Bescheidenheit, nicht wahr?«

»Einer von uns nicht«, sagte sie herzlich und strich sich wieder ihren Rock glatt. Sie kreuzte die Arme: »Wo wohnt J. P.?«

»Dort.«

Pierres Arm umschrieb einen Winkel von 45 Grad, und Saphir folgte überrascht seinem Finger. Sie blickte hoch, über die Dächer der malerischen Häuser und üppigen Gärten hoch zum blauen Himmel, an dem ein paar weiße Federwolken dahinzogen. Sie sah zu den Hügeln hoch, die sie vorher gar nicht beachtet hatte. Dort erkannte sie ein paar weiße Villen.

Er zeigte mit dem Finger auf eine der am weitesten entfernten. Sie war so weit weg, daß sie wie ein Kinderspielzeug wirkte. »Dort oben in der Villa wohnt Jean-Paul.«

Saphir wandte sich um, winkte mit der Hand und rief: »Taxi.«

»Eine gute Entscheidung«, sagte Pierre und zwängte sich in das enge Taxi neben Saphir. Er erlaubte sich ein breites Grinsen.

»O Gott«, erwiderte sie.

Das Taxi ließ die Stadt hinter sich und kletterte den langen, mühseligen Weg zur Villa hinauf. Der Taxifahrer redete ununterbrochen. Die Straße verengte sich immer mehr, wurde immer kurvenreicher, was sich aber nicht auf die Fahrweise des Fahrers auswirkte. Nun grinste Saphir hämisch, als Pierre so weiß wie die Wolken über ihnen wurde.

Wenn sie aus dem Fenster blickten, bot sich ihnen ein prächtiger Anblick über das ganze Meer. Als sie aber um eine Kurve bogen, sahen sie eine entmutigende Steigung, die das Taxi nehmen mußte. Pierre dachte mit Schrecken daran, daß ein entgegenkommender Lastwagen sie mit Sicherheit in den Abgrund drängen würde.

»Sag, Pierre«, sagte sie honigsüß, »warum siehst du so schlecht aus? Ich weiß ein gutes Mittel dagegen: eine Bouillabaisse.«

»Oh, sei ruhig«, entgegnete er verdrießlich.

Als das Taxi sie endlich vor der Villa absetzte, wandte sie sich amüsiert wieder an ihn. »Das verstehe ich nicht. Du warst doch schon mal hier, oder?«

»Ja, und ich hasse den Weg jedesmal von neuem.« Doch allmählich fing er sich wieder. Er hakte sie unter und fragte: »Sollen wir hineingehen und den Filmstar begrüßen?«

»Auf alle Fälle.«

Es war eine prächtige Villa, ganz in Weiß mit einem Terrakotta-Dach erinnerte sie an spanische Häuser. Eine lange, enge Treppe führte zur Eingangstür. Als Pierre den Türklopfer betätigte – die Klingel mißachtete er –, spähte Saphir durch ein großes Flügelfenster in einen Raum, der wohl das Wohnzimmer darstellte. Sie hielt den Atem an. Was sie sah, war absolut fantastisch. Die große Flügeltür öffnete sich, und der griechische Gott stand in der Tür.

Sie trat neben Pierre und war erstaunt. Es war doch ein Unterschied, ihn auf der Leinwand zu erleben und jetzt in natura. Er war wirklich schön, hochgewachsen, gut gebaut, doch mehr konnte man nicht sagen, denn er trug einen hellbraunen Bademantel, der rot eingefaßt war. In der Mitte war er mit einer roten Schärpe gegürtet. Seine Gesichtszüge waren gutgeschnitten, wirkten aufrichtig. Seine schwarzen Haare klebten ihm am Kopf – offensichtlich war er gerade unter der Dusche gewesen oder im Swimmingpool. (War er wohl nackt unter dem Bademantel? Allein die Vorstellung wirkte prickelnd auf Saphir.) Er hatte dichte Augenbrauen und Samtaugen oder Schlafzimmeraugen. Dunkle Augen, die funkelten vor sexueller Energie. Sie wanderten über Saphirs schönen Körper, zogen ihn in Gedanken aus. Offensichtlich gefiel ihm, was er sah. O Gott, was ist mit mir los, überlegte sie. Noch niemals habe ich auf einen Mann so reagiert, nicht einmal auf Rex. Am liebsten würde ich auf der Stelle unter diesen Bademantel schlüpfen und...

»Jean-Paul, das ist Saphir«, sagte Pierre höflich. »Nur griechische Götter können Eindruck auf sie machen.«

Er hatte Französisch gesprochen, und Jean-Paul nahm Saphirs zarte Hand und gab ihr einen Handkuß, was sie sehr charmant fand.

»Mein Englisch«, sagte er befangen, »ist nicht sehr berühmt.«

Saphir wechselte sofort auf Französisch über. »Ich glaube nicht, daß das ein Hindernis ist.«

»Ah!« Er strahlte. »Als Pierre mich anrief und mir erzählte, er wolle eine charmante Amerikanerin mitbringen, verschwieg er mir, daß Sie fließend Französisch sprechen.«

»Vielen Dank für das Kompliment.«

»Ihr Französisch ist wirklich bewundernswert, aber ich bin auch fasziniert von Ihrem Akzent.« Er küßte seine Fingerspitzen und schnalzte wie ein Küchenchef, der gerade eine seltene Delikatesse gekostet hatte. »Das ist wirklich erstaunlich.« Er machte eine einladende Geste, ihm ins Innere des Hauses zu folgen. »Bitte, kommt herein, besucht einen griechischen Gott in seiner Einsamkeit.«

Sie betraten das Haus, und Saphir war beeindruckt von der heiteren Atmosphäre, die es ausströmte. Hohe, mit Balken versehene Decken und pastellfarbene Wände vermittelten, zusammen mit den großen Fenstern, Licht und Heiterkeit. Sie nahmen im Wohnzimmer Platz, und Jean-Paul legte sich in voller Länge auf ein Sherrill-Sofa, während Pierre und Saphir sich an einem kleinen Teetisch gegenübersaßen, in farblich aufeinander abgestimmten Bergere-Stühlen.

Jean-Paul sagte aus seiner entspannten Haltung: »Übrigens habe ich eine Botschaft für dich, Pierre. Dotrice möchte, daß du ihn anrufst.«

Pierre nahm Haltung an. »Wenn Dotrice ruft, bleibt mir nichts anderes übrig als zu folgen. Entschuldigt mich bitte, mes petits.«

Sie blickte ihm nach, dann wandte sie ihre Aufmerksamkeit wieder Jean-Paul zu, der sie anlächelte.

»Sie sind wirklich sehr charmant«, sagte er. »Sie und Pierre kennen sich schon lange?«

»Hm?« In Gedanken war sie ganz woanders. »O nein«, erwiderte sie automatisch. »Wir sind nur Freunde. Gute Freunde«, fügte sie nach einer Weile hinzu.

»Intime Freunde?« Er lächelte hintergründig.

Sein Lächeln war ansteckend. Sie stand auf und bewegte sich graziös über die braune Brücke. »Ich dachte, die Franzosen seien diskret«, sagte sie leichthin.

»Wenn es sein muß«, erwiderte er. »Sonst können wir genauso neugierig wie die anderen sein. Wir möchten immer wissen, wer mit wem schläft.«

»Damit Sie Ihre eigene Frau schützen können?«

»Non. Es dient nur dazu, damit wir wissen, wann welche Frau frei ist.«

Sie lachte und sah zum Fenster hinaus, auf das Meer, das so weit entfernt da unten lag. »Sie haben eine wunderbare Aussicht von hier.«

»Von hier ist sie auch schön«, sagte Jean-Paul von der Couch her.

Sie errötete unter ihrer Bräune. »Fallen Ihnen all die Komplimente selber ein oder stammen sie von einem Drehbuchautor? Im übrigen möchte ich Ihnen sagen, daß Sie mir in *Cat Thief* gut gefielen.«

»Danke. Sie sind zu freundlich. Die Kritiker haben mich weniger sanft behandelt.«

»Zum Teufel mit den Kritikern«, sagte sie und drehte sich entschlossen auf dem Absatz um.

Das amüsierte ihn sichtlich. Man vernahm das Geräusch von Pierres Schritten, der zurückkehrte. Bevor er ins Blickfeld rückte, schrie Jean-Paul mit lauter Stimme: »Schnell, lassen Sie mich los, er kommt zurück.«

Saphir unterdrückte das Lachen, als Pierre um die Ekke bog. Einen Augenblick lang sah er verwirrt aus, dann seufzte er laut und wirkte so wie jemand, der stark gestreßt ist.

»C'est ca! Das Leben eines Agenten ist wahrlich kein Honiglecken. Dotrice möchte mich sofort sehen.«

»Wer um Himmels willen ist Dotrice?« fragte Saphir.

»Ein Produzent, ma chérie, ein sehr bedeutender. Er hat ein paar der größten Breitwandfilme Europas produziert – er ist unser Gegenstück zu eurem Dino Di Laurentiis.«

Sie maulte. »Er ist wohl kaum unser Dino Di Laurentiis.«

»Nun, sei es, wie es wolle, wenn Dotrice ruft, muß ich gehen.«

»Aber wir sind doch gerade erst gekommen«, protestierte sie. »Müssen wir wirklich schon so bald wieder aufbrechen?« Sie warf Jean-Paul einen Blick zu, der ihre Neugier kaum verbergen konnte. »Wir fingen gerade an, uns kennenzulernen.«

»Keineswegs. *Ich* muß ja nur gehen, du kannst hier bleiben, so lange du möchtest. Vorausgesetzt, daß es dir recht ist, Jean-Paul?«

Er betrachtete Saphir mit unverhohlenem Interesse. »Hört sich verheißungsvoll an, Saphir.«

»Kann ich Ihnen trauen?« fragte sie keck.

»Überhaupt nicht.«

»Hört sich gut an.«

Jean-Paul richtete sich auf. »Doch wo bleiben meine Manieren? Möchte einer von euch einen Drink? Pierre, einen auf den Weg?«

»Vielleicht einen Scotch mit Soda, bitte.«

Jean-Paul begab sich zu einem großen geschnitzten Wandschrank, der eine gut sortierte Bar beherbergte, und nahm drei Gläser heraus. »Und Sie, Saphir?«

»Wodka pur, bitte.«

Er runzelte die Stirn. »Pierre, du hast mir ja eine Trinkerin angeschleppt.«

»Es sieht ganz danach aus.«

Jean-Paul goß sich auch ein Glas ein, und sie standen zu dritt beisammen. Jean-Paul vergrub eine Hand in seiner Manteltasche, hob das Glas und sagte: »Auf l'amour.«

Während sie darauf warteten, daß Pierre abgeholt wurde, führte sie Jean-Paul in der zweistöckigen Villa herum. Jeder Raum war geschmackvoll mit modernen französischen Möbeln ausgestattet. In einem kleinen Abstellraum hatte Jean-Paul seine Filmpreise aufbewahrt, darunter auch den Publikumpreis für den beliebtesten ausländischen Schauspieler. Jean-Paul tat so, als ob ihn diese Preise nicht interessierten, doch es war eindeutig, daß das nur eine Geste war und daß ihn die Statuen und Medaillen, die die Regale verzierten, erfreuten.

Saphir studierte seine geschmeidigen Bewegungen unter dem Bademantel. Er war ein Mann von bemerkenswerter sexueller Anziehungskraft, und sie fühlte sich von ihm angezogen wie die Motte vom Licht.

»Sie bewegen sich so graziös«, sagte sie zu ihm. »Hatten Sie mal Tanzunterricht?«

»Nein, doch das ist sehr nett von Ihnen. Ich habe das Tanzen nie gelernt, obwohl ich Ihnen natürlich jederzeit eine Pirouette vorführen kann.« Er sprang in die Luft und wirbelte durch den Flur. Sein Bademantel öffnete sich, und Saphir sah zu ihrer Enttäuschung, daß er eine ganz gewöhnliche hellblaue Badehose trug. Er hielt inne, die Beine gespreizt und die Arme ausgestreckt, als ob er auf Applaus wartete, den Pierre und Saphir sofort spendeten.

Dann hörten sie plötzlich ein Dröhnen, das von außen kam. Saphir und Jean-Paul sahen sich fragend an. Pierre stellte sein Glas ab. »Ich muß gehen«, sagte er.

»Doch wie ...« Da dämmerte es ihr. »Man holt dich mit dem Hubschrauber?«

»Aber natürlich. Unser lieber Dotrice macht alles mit Stil. Unter einem Hubschrauber geht es nicht. Im übrigen, wenn du ernsthaft geglaubt haben solltest, daß ich wieder die Landstraße nehme ...«

Jean-Paul reckte den Hals. »Ich glaube, sie landen in der Nähe des Pools.«

»Du hast recht.«

Die drei gingen hinaus zum Pool, wo ein Hubschrauber mit zwei Mann gerade zur Landung ansetzte. Die Stühle wackelten, und das Wasser war aufgewühlt.

Pierre schrie aus voller Kehle. »Ich rufe dich an, damit du mir sagen kannst, wann ich dich abholen soll«, doch der Wind trug seine Stimme davon.

»Was?« schrie Saphir zurück. Jean Paul legte die Hand über die Ohren, schüttelte den Kopf.

Pierre zuckte resigniert die Achseln und bellte: »Vergeßt es.«

»Was? Zum Teufel was denn?«

Er winkte zum Abschied und stieg in den Hubschrauber, der sogleich abhob.

Jean-Paul hatte den Arm um Saphirs Schultern gelegt und so sahen sie dem Hubschrauber hinterher, wie er wendete und in Richtung Stadt flog, sich mit erstaunlicher Geschwindigkeit fortbewegte, bis er außer Sicht war.

Sie blickten sich an.

»Warum habe ich das Gefühl, als ob ich gerade verkuppelt worden wäre?« fragte sie.

Er lachte unbeschwert. »Haben Sie das Gefühl, ausgenutzt zu werden?«

»Ich glaube nicht.« Sie schlang die Arme um ihn. »Du hast mich ja noch nicht benutzt.«

»O je, o je. Bist du immer so direkt?«

»Nein. Manchmal bin ich aber wirklich aggressiv.«

Er schlüpfte aus seinem Bademantel. »Hast du Lust zu schwimmen? Die Sonne geht bald unter, und dann wird es hier oben etwas kühl. Jetzt wäre gerade die richtige Zeit.«

»Gern.« Sie lächelte und fing an, ihre Bluse aufzuknöpfen.

»Okay. Hast du einen Badeanzug dabei?«

Sie zögerte. »Neeeein...«, sagte sie vorsichtig. Sie hätte es gern als Scherz aufgefaßt, doch es war eindeutig, daß dieser Sexgott, dieses Traumbild von Millionen Frauen, es auch so meinte. »Nein, ich habe vergessen, einen einzupacken.«

»Kein Problem. Da drüben in der kleinen Kabine hängt einer. Du kannst ihn anziehen, er ist für Gäste gedacht.«

»Danke, das ist nett.«

Sie zog sich in die Kabine zurück und kehrte ein paar Minuten später in einem einteiligen roten Badeanzug wieder, der so aufregend wie der der Miß Amerika war.

Jean-Paul drehte bereits seine Runden im Pool und rief ihr zu: »Komm rein, das Wasser ist herrlich.«

Sie nickte, und obwohl ihre Gedanken flatterten, landete sie einen perfekten Hechtsprung in das nierenförmige Becken. Unter Wasser sah sie in der Entfernung seine paddelnden Beine, und als sie wieder auftauchte, hatte sie alles begriffen. Sie hatte vergessen, wie es mit einem Mann war, der sich Zeit lassen wollte, keine Hast liebte. Die meisten Männer rissen sich, wenn sie erkannt hatten, daß sie an ihnen interessiert war, ein Bein aus, um sie zu besitzen, als ob sie ihrem Glück nicht trauen würden. Sogar Pierre hatte sich so verhalten. Doch Jean-Paul war ein Mann mit einem ausgeprägten Selbstbewußtsein. Und warum auch nicht? Sie war mit ihm allein, er hatte sie ganz für sich allein und sah keinen Grund, sich wie ein Jugendlicher zu benehmen, der Angst hatte, seine Eltern könnten hereinplatzen, bevor er mit dem Mädchen auf dem Sofa fertig wäre.

Immer schön langsam. Er wollte eine kleine Romanze erleben. Es war Zeit, daß die Amerikanerin Saphir lernte, wie man in Europa l'amour anging.

Sie schwamm auf ihn zu, tauchte vor ihm auf, paddelte so lange, bis sie merkte, daß sie stehen konnte.

»Ich habe über dich nachgedacht«, berichtete sie ihm.

»Wirklich?«

»Ja. Ich habe beschlossen, daß du neben Mr. Rex Sauvage, den du so sehr bewunderst, vielleicht einer der natürlichsten, echtesten Männer bist, denen ich je begegnete. Du weißt, wie man eine Frau behandelt.« Sie küßte ihn ganz züchtig auf die Wange.

Er strahlte. »Danke. Schwimmen wir vor dem Dinner noch ein paar Runden?«

»Apropos – wer bereitet das Dinner? Hast du einen Koch?« Er schnaubte verächtlich. »Kaum. Ein echter Mann, um deine Worte zu gebrauchen, kann so etwas selber machen. Das Essen brutzelt bereits im Ofen.«

»Wie schön. Was essen wir?«

»Ein französisches Gericht – eine Quiche.«

»Oh, Mist«, erwiderte Saphir.

»Wohin möchtest du morgen gehen?« fragte Jean-Paul.

Das Dinner, das köstlich gewesen war, war beendet, das Geschirr abgespült und aufgeräumt (was Saphir besorgt hatte). Sie hatte gesagt: »Ich muß das Geschirr aufräumen, da der Herr wußte, daß ich nicht imstande gewesen wäre, das Essen, das darauf aufgetragen wurde, zu bereiten.« Jetzt befanden sie sich im Wohnzimmer und entspannten sich bei einem Glas Wein. Saphir belegte das eine Ende des Laura Ashley-Sofas und Jean-Paul das andere. Seine Hand ruhte in Saphirs Schoß. Saphir trug wieder die Kleidung, in der sie gekommen war. Sie hatte ihre Haare zu einem Knoten verschlungen und fuhr ihm zärtlich über den Kopf. Obwohl seine Haare jetzt völlig trocken waren, waren sie ziemlich glatt.

»Was gibt es in der Gegend zu sehen?« fragte sie.

»Nun, wenn du Lust hast, könnten wir eine Tour durch die ›calanques‹ machen.«

»Was ist das?«

»Das sind Felsbuchten. Die Felsen können oft eine Höhe von zweihundert Meter erreichen. Wir könnten ein Boot mieten...«

»Oh...«

»Das hört sich nicht gerade begeistert an.«

»Bin ich auch nicht.«

»Nun, vielleicht ist das nicht dein Geschmack. Okay.« Er erhob sich von der Couch und ging zu seinem Stereogerät, aus dem die Jupiter-Symphonie erklang, doch fast unhörbar. Er stellte den Apparat lauter.

»Ich möchte nach Marseille fahren.«

Er blickte sie überrascht an. »Ehrlich? Hat das einen besonderen Grund?«

»Ja – ich war noch nie dort.«

Er nickte. »Einleuchtend«, sagte er feierlich und duckte sich dann, als sie ein Kissen nach ihm warf. »Du solltest nicht damit werfen«, schalt er sie.

»Das sind doch Wurfkissen, oder?« fragte sie verdrießlich. Dann grinste sie und gab ihre aufsässige Haltung auf, als er zu ihr kam und Platz nahm.

»In Ordnung. Dann fahren wir also morgen nach Marseille.«

»Und heute abend?«

Er blickte sie offen an. Einen Augenblick lang wußte sie nicht, wie sie sich verhalten sollte. Da Saphir sich an viele Dinge in ihrem Leben nicht erinnern konnte, verließ sie sich im allgemeinen auf ihren Instinkt. Und im Augenblick sagte ihr Instinkt, daß Jean-Paul, der legendäre französische Filmstar, sie begehrte, sich aber aus irgendeinem unerklärlichen Grund zurückhielt. Befürchtete er, sie zu kränken? Oder war ihr Ruf ihr vorausgeeilt, und das kränkte ihn?

»Aber du bist doch Franzose, verdammt noch mal«, beendete sie ihren Gedanken laut.

»Das ist nicht abzustreiten«, erwiderte er verblüfft.

Sie legte ihre Hand auf seine, beschloß, offen zu sein. Sie vertraute auf ihren Status als Amerikanerin (es war allgemein bekannt, daß die Amerikanerinnen kein Feingefühl besaßen und daß man ihnen das zugute halten mußte) und sagte leise: »Ich bin irgendwie müde. Ich dachte, vielleicht könnte man schlafen gehen?« Sie hob bedeutungsvoll eine Augenbraue, und er machte es ihr nach.

»Sehr gut«, sagte er mit der gleichen seltsamen Gleichgültigkeit, mit der er auf ihre Bitte, nach Marseille zu fahren, reagiert hatte. »Das wäre oben. Hast du etwas für die Nacht dabei?«

»Im Wohnzimmer.«

Er stand auf, und sie folgte ihm ins Wohnzimmer, wo ihr Koffer vor einem der Bergere-Stühle lag. Er ging schnurstracks auf die Treppe zu, die nach oben führte, und sie rannte ihm hinterher. Nur um etwas zu sagen, rief sie: »Mir gefällt dein Haus.«

»Danke. Gott sei Dank ist es bezahlt, denn die Einnahmen meiner letzten drei Filme hätten bestimmt nicht gereicht, es zu halten.«

Er sagte dies leichthin, doch Saphir spürte, daß sie einen wunden Punkt getroffen hatte. Bevor sie weitersprechen konnte, blieb er vor einem Zimmer stehen.

»Das ist dein Zimmer«, sagte er. Es war sehr hübsch ausgestattet, mit einem Queen-Size-Himmelbett, einem kunstvoll geschnitzten Baldachin und Füßen aus Ahorn mit Walnuß-Furnierung, einem weiß-blau gewobenen Teppich auf dem Parkettfußboden, zwei Queen-Anne-Stühlen und einem Ahornschrank mit Messingeinfassung und -griffen.

»Du kannst deine Sachen hier in den Schrank hängen.«

»Ich könnte die Kleider aller Leute in Cassis in diesen Schrank hängen«, sagte sie beeindruckt. Sie wandte sich um und bemerkte, daß sein Blick umherirrte und spürte, daß sie ihn verlor. Sie entschied, daß sie den Stier bei den Hörnern packen wollte.

Sie sagte so unverfänglich wie möglich. »Ist alles an dir von so beeindruckender Größe?«

Er begegnete ihrem Blick und lächelte dann liebenswürdig.

»Das meiste.« Er hauchte ihr einen Kuß zu. »Gute Nacht, Saphir«, dann ging er hinaus und schloß die Tür hinter sich.

Sie stand mitten im Raum, den Koffer zu ihren Füßen, und war aufs äußerste verblüfft.

Sie blickte nach oben.

»Du möchtest mich prüfen, nicht wahr?«

Fünfzehn Minuten später ging sie wieder hinunter; ihre Kleider verursachten nicht das geringste raschelnde Geräusch, denn sie trug einen Hauch von nichts, eine so aufreizende Reizwäsche, daß sie in mehreren Staaten verboten worden war. Ihr Büstenhalter hatte einen tiefen Ausschnitt und ihre Röschen lugen durch das Blumenappliqué auf dem sexy Nylonnetzwerk. Sie trug keine Strümpfe und keinen einschnürenden Hüfthalter und oberhalb des Minislips kräuselten sich rote Löckchen recht einladend.

Ein Beobachter hätte ihre Anmut bewundert, das Spiel der Muskeln unter der sonnengebräunten Haut. Im Wald hätte sie sich an ein ahnungsloses Kitz heranschleichen und ihm einen Nasenstüber versetzen können, bevor es überhaupt gemerkt hätte, daß sie es war. Nicht einmal Saphir selbst kannte ihr Talent, sich heimlich anzuschleichen – viele ihrer Talente entdeckte sie erst im Laufe der Zeit.

Sie schlich zu Jean-Pauls Zimmer und ging in die Hokke, um zu sehen, ob Licht brannte. Nichts. Prima. Wenn er schlief, würde sie ihm zu ein paar angenehmen Träumen verhelfen.

Sie drehte den Türgriff, doch er gab nicht nach. Sie biß sich auf die Lippen und versuchte es noch einmal, rüttelte sogar daran, doch er war unnachgiebig.

Sie fluchte in sich hinein und wünschte sich, sie könne ein Türschloß knacken. Tatsächlich konnte sie es, wußte es aber nicht. Verärgert, frustriert tat sie schließlich doch das, was sie unter keinen Umständen tun wollte. Die Rothaarigen sind bekannt für ihr hitziges Temperament, dabei war Saphir geduldiger als die meisten. Doch auch sie hatte ihre Belastungsgrenze. Sie trommelte mit der

Faust gegen die Walnußtür, so heftig, daß ihr der ganze Arm wehtat. Und sie brüllte: »Ich lasse meine verdammte Tür immer offen.«

Dann rannte sie in ihr Zimmer zurück, warf die Tür ins Schloß und warf sich aufs Bett, kochte vor Wut und Demütigung. Sie konnte nicht glauben, daß sie gerade einem relativ Fremden fast die Tür eingerannt hätte, wütend darüber, weil er nicht mit ihr schlafen wollte. Welcher Teufel hatte sie geritten? War es seine Anziehungskraft? Nein, es war mehr. Es war die sexuelle Spannung in ihm. Plötzlich erkannte sie ganz deutlich, daß er sie noch mehr brauchte als sie ihn. Und noch etwas: mit dem ›verkuppeln‹ hatte sie wohl ins Schwarze getroffen. Es würde sie nicht überraschen, wenn Pierre diesen plötzlichen Anruf arrangiert hätte. Nein, es war tatsächlich so. Er hatte sie mit Jean-Paul allein gelassen, damit sie ihm irgendwie helfen konnte, und ihre Unfähigkeit, diesem umwerfenden Mann zu helfen, war in sexueller Hinsicht das gleiche, wie wenn Fingernägel über eine Wandtafel kratzen.

In diesem Augenblick erkannte sie, was wohl das Problem war, und mit dieser Erkenntnis kam die Scham über ihr Verhalten. Sie handelte wie ein frustrierter, geiler Teenager... ›...und nicht wie eine frustrierte, geile Erwachsene‹, beendete sie ihre Überlegung und lachte selbstironisch.

Sie lag da, ohne Decke, lauschte, ob sich draußen etwas rührte. Doch es blieb ruhig, und sie hoffte, daß er sie vielleicht gar nicht gehört hatte. Nicht sehr wahrscheinlich, aber immerhin eine Hoffnung, an die sie sich klammern konnte.

»O wär ich eine Sexgöttin«, sagte sie, legte sich auf den Rücken und starrte an die Decke. Nach einer Stunde schlief sie ein. Er kam um Mitternacht zu ihr.

Sie hatte das Licht brennen lassen. Eine Hand tastete danach, knipste es aus, und das Zimmer war dunkel.

Saphir bewegte sich, schlief aber weiter.

Nun versuchte er, sich lautlos durch den Raum zu schleichen, doch nicht jeder ist so geschickt wie Saphir Star – Jean-Paul stieß gegen einen der Queen-Anne-Stühle, die auf dem Parkettfußboden standen.

Das Geräusch war gedämpft, doch Saphir schlug die Augen auf. Im Nu war sie hellwach, hatte alle Sinne gespannt. Sie wollte nicht, daß der Eindringling merkte, daß sie wach sei, wollte aber so schnell wie möglich seinen Standpunkt ausmachen. Ein Hauch von Aftershave verriet ihr, daß es Jean-Paul war und sie entspannte sich, wenn auch nicht ganz. Sie spielte mit dem Gedanken, ihm etwas zuzuflüstern, ließ ihn aber dann wieder fallen. Sie war allzu gespannt zu erfahren, was er vorhatte.

Er bewegte sich auf sie zu, und sie konnte in der Dunkelheit seine Umrisse erkennen. Er stellte sich an das Kopfende des Bettes, um sie besser betrachten zu können. Durch das Fenster schien der Mond, tauchte ihn in sein Licht.

Ihr plötzlich vorsichtiges Atmen, das heißt, das Heben und Senken ihrer Brust, hätte sie verraten können, doch sie dachte rechtzeitig daran, unbefangen weiterzuatmen. Er war nackt, und er strahlte eine Stärke aus, die sie vorher nicht bemerkt hatte. Sie hatte seinen Oberkörper gesehen, seine nackten Beine und war nicht beeindruckt gewesen. Doch jetzt war das anders. Die sexuelle Kraft, die sie vorher nur ahnen konnte, war jetzt offensichtlich. Das einzige, was fehlte, war eine Erektion.

Er trat aus dem Mondlicht und näherte sich ihr. Nun stand er am anderen Ende des Bettes, wirkte so, als ob er mit einer schweren Entscheidung kämpfe. Sie hätte sich am liebsten vorgebeugt und ihn zu sich heruntergezogen, doch sie wollte ihn nicht vertreiben.

Sie gähnte, als ob sie immer noch tief schlafe, und räkelte sich. Sie blieb auf dem Rücken liegen, öffnete ihre Schenkel weit und einladend.

Es fiel ihr schwer, gleichmäßig zu atmen, denn seine Nähe ließ ihr Herz schneller schlagen, das Blut in ihren Schläfen dröhnen. Sie fühlte einen kribbelnden Schmerz in der Leistengegend, bat ihn im Geiste zu gehen oder zu bleiben, etwas zu tun, nicht einfach dazustehen. Es war eine Qual für sie, diesen Mann anblicken zu müssen, der unerreichbar war.

Er legte seine Hand auf ihr Knie. Die Berührung allein durchlief sie wie elektrischer Strom, erregte sie.

Langsam ließ er seine Hand ihren Schenkel hinaufwandern, unendlich sanft und behutsam. Sie vibrierte innerlich. Jetzt legte er die andere Hand auf ihr anderes Bein und wiederholte den Vorgang, bis er bei ihrer Hüfte gelandet war.

Seine Finger spielten mit dem Gummi des Slips. Sie wußte, er wollte ihn ihr abstreifen, und sie war so glücklich darüber, daß sie am liebsten geheult hätte. Sie wußte nicht, wieso dieser Mann und seine Anziehungskraft so wichtig für sie geworden waren, versuchte auch nicht mehr, dies in Frage zu stellen.

Langsam streifte er den Slip über ihre Hüften. Das ging so mühelos, daß sie nicht einmal mithelfen mußte. Er zog ihn über ihre Füße, und der kooperative Mond schmeichelte ihrer Nacktheit mit seinem Licht. Sie schloß die Augen, doch sogar in der Dunkelheit konnte sie erkennen, daß ihr Anblick ihn berührt hatte.

Sie räkelte sich erneut in ihrem ›Schlaf‹, hob ein Bein hoch und bot ihm einen betörenden Blick auf die Köstlichkeiten, die ihn erwarteten. Sie bot sich ihm an, betete, daß er sie nehmen möge, daß er alles nehme, was sie zu bieten hatte und ihr gebe, was sie ihrerseits benötigte.

Sie stöhnte leise, als er in ihr Bett schlüpfte. Sie beschloß, daß sie jetzt aufwachen müßte, um ihn nicht mißtrauisch zu machen. Sie murmelte mit schwacher Stimme, drehte ihren Oberkörper, als ob sie bemerkte, daß sie etwas störe, doch unfähig wäre zu erkennen, was das sei.

Dann fühlte sie die Berührung seiner Lippen auf der Innenseite ihrer Schenkel. Es durchlief sie ein Zittern, das sie nicht unterdrücken konnte. Ihre Hände krallten sich in die Laken unter ihr. »Was...«, murmelte sie. »Was...«

Er sagte nichts, ließ seine Lippen höher wandern. Hier verweilte er voller Andacht. Sie spürte, wie die Säfte aus ihr strömten. Jetzt mußte es geschehen! Plötzlich schnellte er vor, erforschte ihre geheimsten Stellen, stürzte den Damm ihrer Leidenschaft ein, brachte ihn zum Überfließen.

Sie gab nicht mehr vor zu schlafen, konnte es nicht, auch wenn sie es gewollt hätte. Ihre Hüften bewegten sich auf und ab, ihre Hände zogen seinen Kopf noch weiter herunter. Ein Teil von ihr schrie auf, daß das nicht reichte, daß sie ihn ganz in sich spüren wollte. Sie wollte seine eiserne Härte in sich fühlen, doch sie tat nichts, um seiner oralen Stimulation Einhalt zu gebieten. Sie lachte und weinte, als seine Zärtlichkeiten sie hinaufhoben, hochtrugen.

»O Gott, Jean-Paul, bitte«, keuchte sie. »Mehr. Noch mehr...«

Ihr Orgasmus kam plötzlich. Ihre Knie krampften sich zusammen, doch dann hörte sie ganz entfernt einen Mann aus einer anderen Zeit und an einem anderen Ort im schleppenden Cowboyton sagen: »Einst mußten die Frauen gehorchen«, und mit äußerster Anstrengung ließ sie ihre Schenkel geöffnet. Die Klimax erfaßte sie wie ein Taifun, ihr Leib hob und senkte sich, bis ihre Erregung abgeflaut war. Dann lag sie da, japste und war befriedigt. Sie deutete Jean-Paul an, er solle sich neben sie legen.

Als er neben ihr lag, tastete sie nach seinem Glied.

Er war genauso entspannt wie vorher.

Sie zog die Hand zurück und sagte mit ruhiger Stimme:

»Möchtest du darüber reden?«

In der Dunkelheit erkannte sie, daß er lächelte. »Wie wär's, wenn wir zuerst eine Zigarette rauchten?«

»Das ist nicht das Thema. Weißt du, wenn ein Mann, mit dem ich schlief, eine... Fehlfunktion hatte, war ich immer recht verständnisvoll und sagte mir, nächstes Mal geht's besser. Doch ich hege den Verdacht, bei dir handelt es sich um ein Dauerproblem. Habe ich recht?«

»Ja... seit einiger Zeit«, gab er langsam zu, ganz sachlich.

»Seit wann, wenn du mir die Frage erlaubst?«

»Ich weiß nicht ganz genau. Nach dem ersten Jahr verliert man das Zeitgefühl.«

Ihre Stimme klang kläglich. »O mein Gott.«

»Du kannst das Problem ja erkennen.«

»Ja, ich glaube, ich habe es in der Hand. Verzeih, aber hast du eine Ahnung, was die Ursache dafür sein könnte? Etwas, das in deinem Kopf herumspukt.«

»Nicht in meinem Fall. Bei mir liegt das Problem am Kassenerfolg.« Er lächelte schwach. »Weißt du, Saphir, wir sogenannten Kinostars sind in jeder Beziehung Geschöpfe der Leinwand. Das Publikum sieht uns in dieser Riesenaufnahme auf der Leinwand und früher oder später entdecken wir, daß wir ein legendäres Image schützen müssen. Insbesondere jemand wie ich, der immer den sexy Mann, den Urmann darstellte. Man erreicht einen Punkt, an dem sich die Leinwandidentität mit der wirklichen vermischt. Der Maßstab meiner Persönlichkeit wird auf der Leinwand angelegt. Diese fünfunddreißig Millimeter-Zelluloidstreifen haben ein bestimmtes Image von mir festgehalten, dem ich meiner Meinung nach gerecht werden sollte. Ob gut oder schlecht, mein Image ist identisch mit mir.«

»In diesem Fall schlecht, finde ich.«

»Das könnte sein. Und wie du ja bemerkt hast, waren meine letzten Filme nicht erfolgreich. Ich vermute, dafür gibt es viele Gründe, einschließlich schlechter Schnitt, falsche Werbung, keine guten Schauspieler. Und doch, glaube ich, liegt das Hauptproblem in mir selbst. Die Kinogänger haben mich satt, das tollkühne Image, das ich verkörpere. In der heutigen Zeit möchten die Kinobesucher, daß die Schauspieler ein Risiko eingehen. Dustin Hoffman gibt sich sensibel, Burt Reynolds spielt unsichere, geschiedene Männer, Jerry Lewis – der Himmel segne ihn, welch ein Genie! – spielt ernste Rollen. Saphir, ich befürchte, mir fehlen diese Talente. Ich glaube, ich kann nichts anderes als den Superman spielen, wie gehabt. Und die Tatsache, daß mir das Publikum entgleitet, wirkt zermürbend auf mich, ja noch schlimmer...«

»... macht dich unfähig«, beendete sie seinen Satz, und er nickte kläglich. Sie strich ihm traurig über die Wange. »Oh, J. P., das ist lediglich eine Frage des Selbstvertrauens. Deines ist durch die Publikumsmeinung untergraben, die sowieso zweifelhaft ist, denn das Publikum ist bekanntlich ein wankelmütiger Liebhaber. Doch ich bin nicht das Publikum.«

Er lächelte. »Natürlich bist du es. Bist du hierher gekommen, weil du mein Interesse für klassische Musik testen wolltest? Oder weil du feststellen wolltest, ob ich einen interessanten Begleiter für einen Museumbesuch abgebe? Nein, natürlich nicht. Du hast einen Film gesehen und gedacht, ich wäre genauso wie im Film. Nun weißt du, daß dem nicht so ist. Bist du enttäuscht?«

»Vielleicht bestürzt. Doch nicht um meinetwillen, sondern weil da ein anständiger, fürsorglicher Mensch ist, der Hilfe braucht und...« sie strich ihm mit den Fingern über die Brust »...ich nicht weiß, wie ich ihm helfen kann.«

Er tätschelte ihre Hand. »Wir müssen versuchen, meinen Glauben an meine Männlichkeit wiederherzustellen.«

»Großartig.«

Nachdem sich Jean-Paul seinen Kummer von der Seele geredet hatte, schlief er tief und ruhig. Saphir wachte den größten Teil der Nacht, wartete auf das Aufgehen der Sonne und hoffte auf eine Inspiration, wie sie dem schlafenden Filmstar helfen könnte.

3. Kapitel

Diogenes Dokks
Dokks Estates, Florida, USA

Lieber Poppa,
hier ist es herrlich. Machte einen Einkaufsbummel in St. Tropez und bin toll braun. Wenn möglich könnte ich noch etwas Geld brauchen. Wenn ja, bitte überweise es an mein Hotel in St. Tropez. Verbringe gerade ein paar Tage bei J. P. in Cassis. Schicke dieses Telegramm vom Postamt in Cassis. Vielleicht gehe ich noch nach Marseille. Grüße an Kelly, Briggs und die Bitch. Und natürlich an Rex, dessen Idee diese Reise war. Auch Grüße an Justine – J. P. würde ihr gefallen – und natürlich liebste Grüße an Dich selbst.
Deine Saphir

Miß Saphir Star
Cassis, Côte d'Azur, Provence, Frankreich
c/o J. P.

Liebste Saphir,

ich freue mich, daß Du eine schöne Zeit erlebst. Ich vermute, Cassis ist klein genug, daß das Postamt weiß, wer J. P. ist (ein Nachname wäre hilfreich gewesen) und das Telegramm ausliefern kann. Auf alle Fälle habe ich eine Kopie an Dein Hotel in St. Tropez geschickt und ein Taschengeld von 100 000 Dollar. Ich bin davon überzeugt, daß es Dir nicht schwerfallen wird, diese relativ kleine Summe in Francs umzutauschen.

Sei vorsichtig in Marseille. Als ich noch als Hafenarbeiter tätig war, lernte ich viele Häfen kennen, darunter auch Marseille, der wahrlich nicht mein Lieblingshafen war. Doch ich nehme an, daß Du auf Dich aufpassen kannst und daß das Mädchen J. P. auch auf dich acht gibt (übrigens, wie heißt sie genau?).

Du kannst froh sein, daß Du dort bist. Zur Zeit stecke ich mit meinem Hauptrivalen Hiram, dem Rinderbaron, mitten in der jährlichen Pokerpartie. Es nehmen noch ein paar andere Burschen daran teil, doch wie üblich spielt sich die Sache hauptsächlich zwischen uns beiden ab. Natürlich werde ich siegen. Er würde alles daran setzen, mich wenigstens einmal zu schlagen. Armer alter Hiram.

Die ganze Familie läßt dich grüßen, sogar Bitch. Rex ist zur Zeit nicht im Land, weiß nicht, wo er ist. Und noch etwas, Liebes: Wenn du ein Telegramm schickst, denk daran, daß Du jetzt reich bist. Du kannst es Dir leisten, Namen auszuschreiben. Es ist sinnlos, einen Penny zu sparen, wenn Du zwei ausgegeben hast. Wie immer

Dein Poppa Dokks

4. Kapitel

»O Gott, ist das häßlich.«

Sie stand vor dem Eingang des Gebäudes und blickte kritisch hoch. Wie Saphir bereits festgestellt hatte, war es wirklich ein häßliches Gebäude aus vielfarbigem Marmor und mit einer goldenen Jungfrau Maria. Die Kirche hielt keinen Vergleich mit anderen malerischen Kirchen Frankreichs aus, die sie zu sehen gehofft hatte.

Jean-Paul spielte den Schockierten. »Mon Dieu, ich muß dich darauf aufmerksam machen, daß du Notre Dame de la Garde, eines der bekanntesten Kennzeichen von Marseille, schmähst.«

Sie erlebten einen herrlichen Tag. Die Fahrt nach Marseille war ereignislos verlaufen, obwohl Saphir davon beeindruckt war, daß Jean-Paul noch verwegener fuhr als der Taxifahrer den Berg hinauf gerast war.

Jean-Paul hatte über die vorherige Nacht kein Wort verloren. Seit Monaten war ihm nicht so fröhlich zumute gewesen wie jetzt, und er hatte sich entschieden, sich etwas flotter als sonst anzuziehen. Sein gelbbrauner kurzärmeliger Strickpullover paßte vorzüglich zu seiner weißen Baumwollhose und den Tennisschuhen. Darüber trug er einen hellgrauen Blouson, und, um das Image des Stars, der inkognito bleiben möchte, abzurunden, hatte er eine Pilotenbrille aufgesetzt, die er im Augenblick auf die Haare geschoben hatte. Er war entschlossen, gesellig, charmant zu sein, ein angemessener Begleiter für den Rotschopf an seiner Seite.

Doch Saphir war von dem Augenblick an, als sie Marseille erreicht hatten, verstimmt. Also beschloß Jean-Paul, sie zu einer der bekanntesten Sehenswürdigkeiten zu führen – der Notre Dame de la Garde. Und sie hatte leider recht.

»Ja, sie ist häßlich, ich gebe es zu«, sagte er zu ihr. »Vielleicht sogar nicht einmal zum Gebet anregend, was ja das letzte ist, was eine Kirche nicht sollte. Marseille hat schwere Zeiten erlebt. Im Zweiten Weltkrieg hatten die Deutschen das ganze Hafengebiet in die Luft gesprengt. Hast du das gewußt?«

Sie vergrub die Hände tief in ihrer braungrauen Samthose. Ihr Oberteil war auch aus Samt, rot mit braungrauen Streifen über den Schultern und quer über der Brust. Sie hatte ihr Haar wieder zu einem Knoten aufgesteckt. Er hakte sie unter. »Komm. Man kann die Notre Dame nicht von der Straße aus beurteilen.« Er betrat die Kirche, und sie folgte ihm mit einem Seufzer.

Sie kletterten eine enge Treppe hinauf, bis Saphir glaubte, daß sie bald die Spitze erreicht hätten, doch die Kirche wurde immer höher, je mehr sich der Unermüdliche nach oben mühte.

Er trat auf eine Terrasse hinaus, wo bereits mehrere Touristen standen, und gab Saphir einen Wink, ihm zu folgen. Sie gehorchte, und Jean-Paul freute sich, daß sie genauso reagierte, wie er es erwartet hatte.

Sie schlug die Hände über dem Kopf zusammen und gab einen tiefen Seufzer von sich, als ob sie ihn tagelang zurückgehalten hätte. Dann faltete sie die Hände über der Brust, lächelte zufrieden und schüttelte verwundert den Kopf.

»Du hast mir nicht gesagt, daß man hier so eine herrliche Aussicht hat.«

Mit einer Handbewegung wies er auf das ganze Panorama. »Hätten Worte dies beschreiben können?«

Tatsächlich wäre das unmöglich gewesen. Sie hatten ganz Marseille vor sich, riesige Wolkenkratzer, die das weite blaue Meer überragten; die Wolkenkratzer wiederum wurden von den Bergen überragt, die die Stadt umgaben, ihre Spitzen reichten bis zu den Wolken.

Saphir war buchstäblich sprachlos, und ein zufriedener Jean-Paul legte den Arm um sie.

Sie löste sich von ihm und ging an den Rand der Terrasse. Zuerst war er leicht gekränkt, weil sie sich ihm entzog, doch dann wandte sie sich ihm zu und strahlte ihn mit so unverhohlener Freude an, daß er sich von ihrer Begeisterung anstecken ließ. Sie wies auf ein faszinierendes Gebäude in der Ferne. »Was ist das da drüben?«

»Das? Das gehört zur Cité Radieuse, die in den dreißiger Jahren von dem genialen Architekten Le Corbusier geschaffen wurde, der...«

Doch sie hörte ihm nicht mehr zu, sondern zeigte in eine andere Richtung. »Wie heißt diese Insel da drüben?«

»Das sind die Pompeques, und bevor du weiterfragst, dort drüben sind die Ratonneaux. Und...«, er folgte ihrem Blick – »das ist das Schloß von If. Saphir, ich wußte, das würde dir gefallen. Zu der erstaunlichen Aussicht kommt...«

»Nur erstaunlich? He, wie blasiert du bist.«

»Alle Franzosen sind blasiert«, sagte er mit einem Achselzucken. »Der Hauptgrund, weshalb ich dich hierher schleppte, ist der, daß du einen Gesamteindruck bekommst, wie die Stadt angelegt ist. Du siehst zum Beispiel, daß der alte Hafen direkt in der Mitte der Stadt liegt, dort drüben, dort, wo die beiden Festungen links und rechts stehen.« Sie nickte, und er fuhr fort: »Vom Hafen aus erstreckt sich La Canebière, die Prachtstraße.«

Sie runzelte die Stirn. »Hast du gesagt ›Can of Beer‹?«

Er lachte. »Du hast den Spitznamen erraten, den einige der englischen Seeleute dafür verwenden.«

Sie seufzte.

»Saphir, was ist los?« fragte er behutsam.

Sie zuckte die Achseln. »Ich glaube, es ist dumm von mir... Marseille sieht so kosmopolitisch aus. Ich hatte erwartet, es bestehe aus gewundenen Gäßchen und Spionen, die an jeder Ecke lauerten.«

Er lachte, versuchte aber so zu lachen, daß sie nicht verlegen wurde. »Du bist nicht die einzige, die so reagiert. An Marseille ist vieles neu. Aber auch viel Altes.« Er überlegte einen Augenblick und wies dann auf eine Stelle.

»Siehst du das Gebiet dort?«

Sie folgte seinem Finger. »Dort?«

»Ja, dorthin wollen wir. Wir filmten dort einige Szenen aus *Cat Thief*. Das sollte sogar für dich geheimnisvoll sein.«

Sie klatschte in die Hände. »Großartig. Was ist es? Eine Mantel-und-Degen-Gegend?«

»Nein. Das Viertel der Nordafrikaner.«

Es war fast Mittag, als sie dort anlangten, und es war tatsächlich genau das, was die romantische Saphir gesucht hatte. Die Straßen waren gewundener als eine Coney Island-Achterbahn, und es lag etwas in der Luft... nein, die ganze Luft war davon erfüllt. Ihre Nasenflügel blähten sich von den vielen unbekannten Düften, als sie die Cours Belsunce entlangbummelten. Afrikanische Händler boten hier allen möglichen Krimskrams an, zu Preisen, die sogar Saphir für übertrieben hielt.

Sie mußte niesen, als Folge der Düfte von Gewürzen, die ihr in die Nase drangen und des Staubes, der die Straße in dicker Schicht bedeckte.

Die Schreie der aufdringlichen Händler vermischten sich mit den Klängen marokkanischer Musik. Um sie herum standen Frauen in buntfarbigen Kaftans mit malerischen Mustern. Saphir betrat mehrere Geschäfte, fand aber nichts, was ihr gefiel.

Als sie sich umwandte, war Jean-Paul verschwunden. Sie runzelte die Stirn, weil sie das nicht verstand. Eine Alarmglocke in ihrem Kopf schlug an und sie überlegte: vielleicht war er in die Hände von Gaunern geraten oder noch schlimmer...?«

Doch bevor sie Zeit hatte, sich ernsthaft Sorgen zu machen, war Jean-Paul wieder bei ihr. Sie blickte zu ihm hoch und kniff die Augen zusammen. »Wo bist du denn gewesen?«

»Ich habe dir das zu einem unverschämten Preis gekauft.« Er zeigte ihr einen wunderschönen Anhänger an einer Goldkette, in dessen Mitte ein sternförmiger Saphir eingelegt war, der in der Sonne funkelte.

Sie hielt den Atem an. »Wie schön«, hauchte sie schließlich.

Er nickte. »Geschmackvoll und elegant. Ich muß zugeben, er ist wunderschön. Darf ich ihn umhängen?«

»Ich glaube nicht, daß er gut an dir aussieht«, sagte sie listig.

»Ah.« Er schüttelte den Kopf. »Du nimmst mich wohl auf den Arm?«

Und dann bot sie ihm ihren Nacken dar und stand still, machte nur eine kurze Handbewegung, als er die Kette, die er um ihren hübschen Hals gelegt hatte, zumachte. Dann wandte sie sich um und gab ihm einen herzhaften Kuß auf die Lippen. Seine Lippen waren stark und weich zugleich, und sie mochte seine Küsse.

»Wohin jetzt?«

»Zum Mittagessen. Und dann vielleicht in ein Museum.«

Einer der beiden Vorschläge, die Jean-Paul an diesem Tag machte, sollten auf Saphirs Leben weitreichende Auswirkungen haben. Wenn Saphir raffiniert gewesen wäre, hätte sie die anscheinend harmlose Einladung abgelehnt und Jean-Paul zu etwas weniger Gewagtem als einem ausgedehnten Aufenthalt in Marseille überredet, zum Beispiel etwas wie das Besteigen eines aktiven Vulkans.

»Museum hört sich gut an«, sagte sie.

Und irgendwo in der Ferne rieb sich eine amüsierte Schicksalsgöttin die Hände und gluckste: »Das wird dir leid tun.«

Sie aßen in einem Restaurant auf dem Quai de Rive Neuve. Sie hatten noch kaum die Getränke ausgewählt, als der Ober bereits wissen wollte, was sie zu essen wünschten.

Sie wandte sich Jean-Paul zu. »Ich hatte keine Zeit, die Karte zu studieren. Was kann man hier empfehlen?«

»Nun, hier ißt man eine gute Bouillabaisse.«

Sie rief dem Ober zu: »Bitte, einen Kaffee und einen Salat.«

»In Ordnung, Mademoiselle.«

Jean-Paul betrachtete sie neugierig. »Du hast das in einem so eigenartigen Ton gesagt. Hast du etwas gegen die Bouillabaisse?«

»Nein, sie hat etwas gegen mich.«

Sie übersahen die junge Frau, die an ihnen vorüberging. Sie war nichtssagend wie eine graue Maus, mit einer Hornbrille, schlichtem kurzen Haar und einem einfachen Kleid, das ihren schlanken Körper einhüllte. Mit festem Schritt ging sie an dem Restaurant vorbei, als sie plötzlich zweimal hinschaute und einen Schritt zurücktrat, mit offenem Mund. Durch eines der kleinen Fenster sah sie Saphir und erst nach ein bis zwei Minuten fiel es ihr ein, den Mund zu schließen. Sie blieb einen Augenblick stehen, in ihrem Kopf arbeitete es, und dann setzte sie ihren Weg in der anderen Richtung fort.

Im Nu war sie in der Menge verschwunden, unbemerkt unter den buntgekleideten Afrikanerinnen.

Natürlich hatte Saphir sie nicht bemerkt. Nur wenige Leute wurden auf sie aufmerksam, deshalb war sie so wertvoll.

Eine halbe Stunde später gingen Saphir und Jean-Paul in das Contini-Museum, das für seine provencalische Keramik berühmt war. Saphir studierte ein Exponat voller Interesse, beugte sich so weit wie möglich hinunter und betrachtete es von allen Seiten. Jean-Paul bewunderte ihr

Hinterteil, als sie sich bückte, um das dazugehörige Schild zu studieren.

Sie richtete sich wieder auf. »Das sieht aus wie zwei Leute, die sich lieben«, stellte sie fest.

Sie lachte, als sie sein Gesicht sah. »Aber das hast du bei den letzten vier Exponaten auch gesagt und eines davon war ganz unübersehbar eine einfache Vase.«

»Eine Vase enthält Blumen«, sagte sie ganz überzeugt. »Und eine Vase ist etwas, das in der Mitte eines Tisches steht, im allgemeinen eines Eßtisches. Ein Eßtisch ist ein Tisch, an dem man ißt. Und der Gedanke an Essen erinnert mich an gestern nacht, als du...«

Er zog sie von dem Exponat weg, war hin und her gerissen zwischen Verärgerung und Belustigung. Das letztere gewann die Oberhand, und er kniff sie zärtlich. »Kein Mensch auf der Welt hat soviel Fantasie wie du.«

»Kein Mensch, der sich nicht in psychoanalytischer Behandlung befindet.«

»Wenn du willst, können wir das ›Musée de la Marine‹ besuchen.«

»Was ist das?«

»Dort findet man alles, was die Seefahrt angeht. Vielleicht ist es nicht gerade dafür geeignet, deine Libido zu entflammen.« Ein älteres Paar ging vorüber, und der Mann verschlang Saphir mit den Augen. Seine Frau folgte seinem Blick, gab ihm einen Klaps auf die Schulter und zog ihn weg. Jean-Paul beobachtete das Ganze aus dem Augenwinkel und fand das Vorkommnis etwas seltsam.

Saphir verschränkte ihre Arme und lehnte sich an eine weiße Wand. »Du unterschätzt die Marine. Hast du es schon mal auf einem Katamaran gemacht?«

Er überlegte. »Ja, wenn ich es mir recht überlege... ich habe.«

»Wie wär's mit einer Floßfahrt durch die Stromschnellen des Colorado?«

»Ah, ich glaube, das wäre nichts für mich.«

Ein Professoren-Typ musterte sie aus einer fernen Ekke, seine dichten Augenbrauen zogen sich nachdenklich zusammen. Saphir erwiderte seinen Blick. Schnell senkte er die Augen und ging weiter.

Sie sah sich nach Jean-Paul um. »J. P., stimmt etwas an mir nicht, oder?«

»Oder was?«

»Ist meine Hose offen? Ich habe das Gefühl, als ob mich alle anstarrten.«

Er spielte einen kurzen Augenblick mit dem Gedanken, dies mit einer Handbewegung abzutun, doch dann entschied er sich anders. Er hatte bereits erkannt, daß ihr Instinkt im allgemeinen untrüglich war. »Weißt du, mir ist das auch aufgefallen. Vielleicht erkennen sie mich und fragen sich, wer du bist?« Doch das hörte sich nicht überzeugend an.

»Ich habe die Erfahrung gemacht: wenn die Leute eine Berühmtheit vor sich sehen, konzentrieren sie sich ganz auf diese Person, achten nicht auf deren Begleitung. Nein, das ist es nicht. Vielleicht sollten wir jemanden fragen?«

»Nein, bitte nicht. Laß uns gehen.«

Sie schüttelte seine Hand ab, die er ihr auf die Schulter gelegt hatte. »Ich laufe nicht davon, nur weil ich plötzlich im Mittelpunkt des Interesses einiger Leute stehe. Ich möchte auch noch den Rest dieses blöden Museums sehen. Was ist denn dort drüben?« fragte sie und zeigte auf einen etwas abseits gelegenen Raum.

»Ich weiß nicht. Hier finden immer wieder andere Ausstellungen statt.«

»Fein, sehen wir's uns an.«

Sie betraten nun den nächsten Raum und sahen eine Sammlung von Bildern, vom Impressionismus bis heute.

»Oh«, sagte Jean-Paul und ging mit Saphir langsam von Bild zu Bild. »Ich erkenne die meisten Bilder als Werke neuzeitlicher Maler. Das ist offensichtlich eine Sammlung...«

Er wurde durch ihr plötzliches Atemholen unterbrochen, blieb stehen und blickte sie verwundert an. Sie hielt sich die Hand an den Mund und zeigte mit der anderen zum gegenüberliegenden Ende des großen Raumes. Er folgte ihrem Blick und spürte, wie ihm das Blut in den Adern stockte.

An der Wand hing das Bild einer bildschönen Frau in Lebensgröße. Sie stand mit dem bloßen Rücken zum Betrachter, bot dem Auge des Beschauers ihr rundes, nacktes Hinterteil dar. Ihre Beine waren lang und muskulös, und sie stand auf den Zehenspitzen. Die Pose erinnerte an das berühmte Foto von Betty Grable im Badeanzug, mit der Ausnahme, daß das Modell hier nichts anhatte. Und obwohl es dem Publikum den Rücken kehrte, konnte man das Gesicht, das kokett über die Schulter blickte, voll erkennen.

Es war eindeutig Saphirs Gesicht.

Sie betrachteten es eine Ewigkeit. Auch die anderen Galeriebesucher bemerkten die Ähnlichkeit und grinsten oder musterten Saphir mit dem gleichen bewundernden Blick wie das Bild.

Jean-Paul rang nach Worten. Er bewegte die Lippen, doch er brachte keinen Ton hervor. Saphir hatte ihren anfänglichen Schock überwunden und betrachtete das Gemälde intensiv. Schließlich wandte sie sich Jean-Paul zu.

»Nun... ich hätte nie gedacht, daß ich das sagen würde«, sagte sie.

»Was denn?«

»Ich bin gut getroffen.«

»Um Himmels willen, Saphir, wie kannst du darüber deine Witze machen?«

»Mein Gott, J. P., was machst du für ein Theater.« Sie lachte. »Du bist so provinzlerisch.«

»Ich kann nichts dafür. Ich lebe ja in der Provence.« Seine gute Laune gewann bereits wieder Oberwasser.

Sie war erleichtert. Es hatte keinen Sinn, daß er sich darüber aufregte. Im übrigen war es einfach für sie, cool zu bleiben. Sie wußte, daß sie das nicht wirklich war. Das war zweifellos etwas, das die ursprüngliche Saphir getan hatte, als Jux, während einer ihrer Frankreich-Reisen. Es sah ihr ähnlich, ihre nackte Kehrseite darzubieten, damit sie der Nachwelt erhalten bleibe...

Und plötzlich überschlugen sich ihre Gedanken.

Sie rannte auf das Gemälde zu und betrachtete prüfend den hübschen Rücken, den sie vorhin nur oberflächlich angesehen hatte. Ihre Nase klebte fast an der Leinwand. Jean-Paul flüsterte ihr ins Ohr: »Saphir, was tust du da, um Gottes willen?«

»Das bin ich«, keuchte sie.

»Natürlich bist du's. Wer denn sonst? Etwa Margaret Thatcher?«

»Du verstehst nicht.« Ihr Finger berührte fast die Leinwand, doch Jean-Paul hinderte sie daran, es wirklich zu tun. Ein Wächter in der Ecke ging mit einem entschlossenen Funkeln im Auge auf sie zu.

»Da ist kein Muttermal«, fuhr sie aufgeregt fort. »Kein diamantenförmiges Muttermal. Ein Künstler würde doch so etwas nicht übersehen, oder? So kann *sie* es nicht sein. Das bin ich.«

»Ich verstehe nicht, was du meinst.«

Sie versuchte, die Signatur zu entziffern. ›Charles.‹ Wer ist Charles?«

»Der frühere französische Präsident.«

»Wie?«

»De Gaulle.«

Der Wächter, der jetzt direkt hinter ihnen stand, räusperte sich laut. »Monsieur Gascon. Sie waren schon länger nicht mehr hier.« Er schüttelte begeistert Jean-

Pauls Hand. »Wie schön, Sie wiederzusehen. *Death Game* war hervorragend.«

Jean-Paul lächelte. »Wenn nur die Kritiker auch der Meinung gewesen wären.«

»Die Kritiker«, schnaubte der Wächter verächtlich. »Und wer ist Ihre leicht nervöse und« – er betrachtete das Bild – »gut gebaute Begleiterin?«

»Das ist Saphir.«

»Sie benimmt sich seltsam.«

»Sie ist Amerikanerin.«

»Das reicht«, bestätigte der Wächter. »Eine weitere Erklärung erübrigt sich.«

Saphir runzelte die Stirn, als die beiden kicherten, beschloß aber weise, keinen Kommentar abzugeben. Stattdessen sagte sie zu dem Wächter.

»Wissen Sie, wer das gemalt hat?«

Er nickte knapp. »Ja, Mad'moiselle. Charles.«

»Charles wer?«

»Nicht Charles wer, Mad'moiselle, sondern Antoine Charles. Ein ziemlich exzentrischer junger Künstler, der großen Beifall erhalten hat für...«

»Wo kann ich ihn finden?«

Der Wächter blickte unwillig, weil er unterbrochen wurde und antwortete säuerlich: »Paris, Mad'moiselle. Ich kenne seine Adresse nicht, aber ich vermute, er wohnt irgendwo am linken Ufer. Die Gegend ist nicht mehr das, was sie mal war, aber sie ist bekannt für...«

»Danke.« Sie küßte den Wächter auf den Mund, zu seinem großen Erstaunen. Als sie ihn losließ, verabschiedete er sich mit der Hand an der Mütze.

»Ganz zu Ihren Diensten, Mad'moiselle.«

Saphir lachte und war den Rest des Tages sehr gesprächig. Jean-Paul zeigte ihr noch einige andere Museen und Sehenswürdigkeiten und erinnerte sie mehrere Male daran, daß sie nach Marseille gewollt hatte, nicht er, und daß er bereits den Eindruck habe, daß es sie nicht mehr interessierte und daß sie nun an ihre Reise nach Paris denke.

In einem reizenden Park erzählte sie ihm alles, erklärte ihm, weshalb sie das Bild so fasziniert hatte. Er war überrascht. Im Gegensatz zu Jean-Pierre, der immer auf dem laufenden war, war Jean-Paul schrecklich desinteressiert und hatte auch nichts mitbekommen, als Saphirs Geschichte durch die Medien ging.

»Und du glaubst, dieser Mann, dieser Antoine Charles, könnte dir einen Schlüssel zu deiner Vergangenheit geben?«

Ihr Gesicht erhellte sich hoffnungsvoll. »Vielleicht. Er hat dieses Bild von mir gemalt – also mußte er mich in der Vergangenheit gekannt haben. Und ich weiß, daß ich es gewesen sein muß und nicht die echte Saphir, da das Muttermal fehlt.«

Er grübelte, bevor er sagte: »Das könnte aber auch heißen, daß du keineswegs für ihn Modell gestanden hast! Daß der Körper vielleicht zu jemand anderem gehörte und daß er lediglich das Gesicht von einer Fotografie von dir oder ... deiner Vorgängerin ... abmalte, die irgendwo in einer Zeitung abgebildet war.«

Ihre Begeisterung ließ etwas nach. Es tat ihm leid, daß er etwas gesagt hatte. Es war, als ob eine Glut verlöschte. Doch dann strahlte sie wieder.

»Es könnte durchaus so sein«, sagte sie so fröhlich wie ein Meteorologe, der ein sonniges Wochenende verheißt. »Das würde auch das fehlende Muttermal erklären. Aber es kann genauso gut nicht der Fall sein. Vielleicht habe ich ihm wirklich einmal Modell gestanden, und er kann mir einen konkreten Anhaltspunkt in bezug auf meine Vergangenheit geben. Ich befürchte, ich muß unser idyllisches Zusammensein etwas abkürzen.«

»Du fährst doch noch nicht gleich?« Seine Augen blickten voller Traurigkeit.

Tatsächlich hatte sie geplant, auf der Stelle nach Paris zu reisen, doch sie schalt sich selber dafür, daß sie so herzlos handeln wollte. »Nein, natürlich nicht«, log sie, »das würde ich nie tun. Wir werden heute abend noch zusammensein und ich hätte gerne, daß es ein denkwürdiger Abend wird.« Sie beugte sich vor und flüsterte ihm sanft ins Ohr: »Hättest du Lust, mich nach Hause zu bringen?«

Er lächelte ohne Humor. »Noch nicht. Vielleicht könnten wir noch eine Weile hier bleiben?«

»Ich werde etwas müde.« Sie massierte ihre Waden. »Vielleicht haben wir uns auf unserer Tour etwas übernommen, wie?«

»Ganz wie du willst. Es wird allmählich Zeit, ans Essen zu denken. Es gibt ein beliebtes Gericht, das ich dich kosten lassen möchte.« Er stand da und schlug sich lautlos auf die Schenkel. Sie war mißtrauisch.

»Wenn es sich um einen Fischauflauf handelt...?«

»Nein, nein, nichts dergleichen«, beruhigte er sie. »Man nennt es Kouskous.«

»Koos-koos?«

»Genau. Ein nordafrikanisches Gericht.«

»Kein Fisch?«

»Kein Fisch. Fleisch, Gemüse, Reis. Es wird dir schmecken. Das Restaurant, das ich im Auge habe, liegt in der Rue des Capucins.«

»Pierre erzählte mir, das sei eine gefährliche Gegend.« Sie drängte sich dicht an ihn. »Wirst du mich beschützen?« fragte sie mit ängstlicher Stimme.

»Unbedingt. Ich werde...«

Neben ihnen machte es klick. Sie blickten sich um und sahen einen Mann mit einer Polaroid-Kamera, aus der gerade das Bild kam. Er nahm das Foto hoch und begutachtete es grinsend. Ein Bild von Saphir und Jean-Paul nahm Gestalt an.

»Monsieur, es ist gleich fertig. Fünfzehn Francs, bitte.«

Jean-Paul sagte mit verkniffenem Mund: »Das, Liebling, ist eine der weniger ehrbaren Lebensformen in Marseille. Er macht ein Bild von dir, ohne dich zu fragen und nimmt an, du kaufst es ihm ab. Eine Erinnerung, ob du sie willst oder nicht.«

»Schöne Erinnerungen«, sagte sie leicht belustigt. Sie kramte in ihrer Tasche. »Ich habe bestimmt fünfzehn Francs bei mir.«

Der Fotograf grinste breit.

»Nein«, schnarrte Jean-Paul. Saphir zuckte unter dem harten Klang seiner Stimme zusammen. »Man gibt *mir* Geld dafür, daß man mich fofografieren darf. Ich werde doch wohl nicht einem zweitklassigen Fotografen Geld dafür geben, daß er ein Bild von mir macht.«

»Oh, J. P. . .«

»Nein, Saphir. Darin bin ich eisern. Bitte streit nicht mit mir darüber, ich werde nicht auf dich hören.«

»Es ist ein sehr hübsches Bild«, sagte der Fotograf eilig, der seine Felle davonschwimmen sah.

Sie war drauf und dran, ihren Standpunkt durchzusetzen, doch als sie seinen Gesichtsausdruck sah, überlegte sie es sich anders. Es wäre besser, überlegte sie, aus so einer Banalität kein Problem zu machen. Denn für Jean-Paul war es bestimmt wichtig und das war Grund genug, nachzugeben.

»Okay, J. P.« Sie legte einen Arm um seine Taille, und sie verließen den Garten. Als sie an dem Fotografen vorbeikam, sah sie ihn mitleidig an und flüsterte: »Tut mir leid.«

Er lächelte freundlich, bis sie mit Jean-Paul verschwunden war, dann verwandelte sich sein Lächeln, wurde unangenehm, hämisch.

Er betrachtete die Fotografie. Er hatte bereits mit einer kleinen, geräuschlosen Kamera, die er in seiner Jackentasche verstaut hatte, ein Foto von ihr geschossen und sich den Spaß erlaubt, ein zweites zu machen, um näher an sie ranzukommen, um so sicher wie möglich zu gehen. Und er war davon überzeugt, daß sie es war.

Aber das würde nicht ausreichen, seine Vorgesetzten zu überzeugen, ihnen klarzumachen, daß sie wie eh und je ein Faktor war, mit dem man rechnen mußte.

Das Restaurant war recht gemütlich. Jean-Paul hatte seinen Teller mit Kouskous aufgegessen, Saphir über die Hälfte.

Sie hatte ihre Finger ineinander verschlungen und stützte das Kinn darauf. »Das war köstlich«, sagte sie genießerisch.

»Vielen Dank.«

»Wohin gehen wir jetzt. Bummeln wir noch etwas?«

»Ja, gerne. Gefährlich oder nicht, ich bin überzeugt, daß ich dich beschützen kann. Nur wenn du keinen Begleiter hast, mußt du auf dich selber aufpassen.«

Sie schlenderten durch die engen, gewundenen Straßen, eine Vielfalt von Adern, durch die das Blut von Marseille pulsierte. Eine ganze Menge nicht gerade sehr vertrauenerweckender Gestalten lungerte herum, meistens in Rudeln, wie Hunde. Einige blickten zu ihr hin, aber da sie einen Begleiter hatte, ließen sie sie in Frieden. Ihr platonischer Begleiter. Verdammt, sie mußte etwas dagegen unternehmen.

Als sie weitergingen, sagte sie leise. »Was hältst du davon, wenn wir uns den Wagen schnappen, zu dir heimfahren – oder uns hier ein Hotelzimmer nehmen und...«

Sie merkte, daß er ihr nicht zuhörte und stieß ihn an. »J. P.?«

Er zeigte auf eine Frau. »Das ist genau der Typ Frau, der leicht in Schwierigkeiten geraten kann.«

Sie war in einiger Entfernung von ihnen, blickte nach links, blickte nach rechts. Eine schüchterne braunhaarige Frau, die wie eine entlassene Lehrerin aussah. Sie starrte auf die untergehende Sonne, in der vergeblichen Hoffnung (so schien es), daß sie sie allein durch Willensmacht davon überzeugen könnte, noch ein paar Stunden zu scheinen. Ihre Augen waren hinter einer Hornbrille verborgen, doch Saphir war davon überzeugt, daß sie die Sorge, die Jean-Paul um sie hatte, reflektierten.

»Sie scheint hier wirklich fehl am Platz«, bemerkte Saphir.

»Ja«, stimmte Jean-Paul zu und fuhr fort: »Aber ich glaube, das ist nicht unser Problem, oder? Sie ist eine erwachsene Frau. Es wäre arrogant, wenn man ihr unterstellte, sie könne nicht auf sich aufpassen.«

»Vielleicht hast du recht.«

»Dieu.«

Die Lehrerin war vor einer Bar stehengeblieben, die besonders wild aussah. Ein betrunkener Seemann taumelte heraus und fluchte. Sie betrachtete ihn wie ein Kind, das unbewußt ins Schlafzimmer seiner Eltern geraten war, die sich gerade liebten.

»Sie wird doch wohl nicht da hineingehen«, knirschte Jean-Paul. Doch genau das tat sie.

»Vielleicht hat sie dich nicht gehört«, vermutete Saphir. »Du hast doch gesagt, das sei nicht unser Problem.«

Der Lärm von drinnen wurde immer lauter.

»Ja«, sagte der Franzose, »das habe ich gesagt, nicht wahr? Ich hatte doch recht, oder?«

Der Schrei aus der Bar, der Schrei der Frau, war ohrenbetäubend. »Das zeigt sich ja jetzt«, rief Saphir und raste auf die Bar zu, Jean-Paul im Schlepptau.

Sie stürzte in die Bar hinein. Sofort sah sie die braunhaarige Frau, die mit einem bulligen Mann konfrontiert war. Er war völlig betrunken und sah schrecklich aus. Furchtlos rannte Saphir geradewegs auf ihn zu, vorbei an den erstarrten Gaffern. Der Zigarren- und Zigarettenrauch brannte ihr in den Augen, doch sie achtete nicht darauf.

Der Vierschrötige umklammerte das Handgelenk der jungen Frau und sie war im Begriff, erneut zu schreien, sehr zum Amüsement der Umstehenden. Und dann trat Saphir in Aktion. Mit einer blitzschnellen Bewegung packte sie den Zeigefinger der Hand, die das Handgelenk der Frau umklammert hielt und bog ihn zurück, so daß der Kerl vor Schmerz stöhnte und seine Gefangene losließ.

Saphir bugsierte sie zur Tür. »Schauen Sie, daß Sie hier rauskommen«, befahl sie und ging zu dem Vierschrötigen zurück. Ohne zu überlegen, hatte sie eine Abwehrhaltung eingenommen, die linke Faust hoch erhoben. Das Gewicht hatte sie gleichmäßig auf beide Füße verteilt. Dann verlagerte sie das Gewicht auf den rechten Fuß und bog den Oberkörper zurück. Ihr linker Fuß berührte kaum den Boden. Mit ihm würde sie zustoßen.

Plötzlich spürte sie von hinten Hände und erst in letzter Sekunde erkannte sie, bevor sie zum Angriff überging, daß es Jean-Paul war. Sie hielt in ihrer Bewegung inne, wußte aber nicht, was sie als nächstes tun sollte, und in diesem Augenblick hob Jean-Paul sie hoch und wirbelte sie herum.

»Geh raus!« schrie er, wie sie es der jungen Frau, die sie in dieses Schlamassel gebracht hatte, befohlen hatte. Er stand jetzt dem bulligen Mann gegenüber. Jean-Paul nahm Boxerhaltung ein und beobachtete seinen Gegner.

Der große Mann lachte, schwang seinen Arm wie eine Windmühle und landete seine Faust an Jean-Pauls Kopf. Er schwankte einen kurzen Augenblick, erholte sich aber blitzschnell, und noch während der Vierschrötige weiterlachte, rammte er ihm die Faust in den Magen. Er taumelte, und der Kampf wurde ernst.

Saphir beobachtete das Ganze einen Augenblick, versuchte, sich zurechtzufinden und überlegte, wie das enden würde. Im allgemeinen griffen solche Schlägereien wie Waldbrände um sich, doch die anderen schienen keine Absicht zu haben einzugreifen, sie wirkten eher gleichgültig.

Plötzlich wurde sie von hinten gepackt. Dieses Mal gab es für sie kein Halten mehr. Sie trat ihrem Angreifer gegen das Schienbein, krallte sich in seinen Schenkel. Die Reaktion war ein Gebrüll. Dann verpaßte sie ihm mit dem Ellbogen einen Schlag an den Kopf. Sie wandte den Kopf, um zu sehen, wer ihr Angreifer wäre. Sie sah einen kahlen Kopf. Dann schlug sie erneut zu, ihm voll ins Gesicht, und man hörte ein Knacken, das sich wie eine gebrochene Nase anhörte. Er ließ sie los, griff sich automatisch an die Nase, und Saphir packte seinen Kopf mit den Ellbogen, drückte ihn, drehte ihn und brachte ihn zum Wanken. Er krachte vor ihr auf den Boden.

Ihr Instinkt sagte ihr, daß Gefahr im Anzug wäre. Sie trat zurück, machte eine Pirouette wie eine Ballerina und streckte ihren linken Fuß aus. Hinter ihr ging ein Mann zu Boden. Sie sah, wie ihm ein Messer aus der Hand fiel und erstarrte. Das wurde tödlich. Sie mußten auf dem schnellsten Wege hier rauskommen.

Jean-Paul und der große Mann schlugen immer noch aufeinander ein. Der Vierschrötige taumelte, aufgrund seines Alkoholgenusses und der Wucht von Jean-Pauls Fäusten. Schweratmend fragte der, ohne zu schauen: »Saphir, bist du okay?«

Ein Mann holte nach ihr aus. Saphir überlegte sich ihr Handeln nicht, sie verließ sich auf ihre Reflexe. Mit der Innenseite ihres Armes wehrte sie den Schlag ab und versetzte ihm einen Tritt in die Hoden. Er stöhnte auf, krümmte sich, und ein schneller Ellbogenhieb auf seinen Nacken brachte ihn zu Fall.

»Prima, J. P.«, erwiderte sie gelassen. »Doch ich gehe nicht ohne dich.«

Er bekam einen Schlag gegen die Schulter. Sein linker Arm fühlte sich taub an.

»Du könntest verletzt werden.«

Sie blockte ab, parierte. Ein Stoß gegen das Knie, und ein weiterer Gegner lag auf dem Boden. »Mach dir keine Sorgen!«

Bis jetzt hatte sie Glück gehabt. Sie hatten sie einzeln angegriffen, sie nicht als ebenbürtig betrachtet. Nun hatten sie gelernt. Zwei Matrosen und ein weiterer Mann gingen vorsichtig auf sie zu, zwei von der Seite, einer von der Mitte. Der Mann in der Mitte hatte ein Tischbein in der Hand.

Ihre Augen huschten von einem zum anderen. Jetzt brauchte sie mehr als Instinkt, sie brauchte einen Angriffsplan.

Der große Mann. Der Mann mit dem Tischbein. Pack ihn zuerst, die beiden anderen waren leichter zu bewältigen.

Er schwang sein Tischbein hin und her, in der Gewißheit, daß sie darauf wartete, daß er als erster angreife, wie die anderen. Sie überrumpelte ihn und bevor er sich rühren konnte, sprang sie ihn an und umklammerte ihn, damit er sein Stuhlbein nicht in Aktion setzen konnte. Er schwang es verzweifelt herum, doch sie blockierte ihn, dann griff sie nach seinem Arm und packte ihn samt der Waffe. Er versuchte, sich aus ihrem Griff zu befreien.

»Laß mich los, du Hexe«, knurrte er wütend.

Sie knallte ihm ihren Handballen unters Kinn. Er torkelte benommen. Sie hatte ihn immer noch im Griff.

Saphir fühlte, daß sich die beiden anderen näherten. Sie mußte diesen hier schnell erledigen. Sie versetzte ihm einen Tritt mit dem rechten Bein, umklammerte immer noch seinen linken Arm und landete nochmals ihren Handballen. Er fiel wie ein Sack zu Boden, das Stuhlbein rollte ihm aus der Hand.

Saphir ging mit ihm zu Boden, um sich vor einem Schlag zu schützen. Und tatsächlich, der Mann zu ihrer Linken schlug in die Luft. Den Mann zu ihrer Rechten hatte sie aus den Augen verloren, ein gefährlicher Umstand. Verzweifelt schnellte sie ihren linken Fuß vor, aus ihrer kauernden Stellung, doch sie geriet dabei leicht aus dem Gleichgewicht, und der linke Mann sprang darüber. Dann tauchte wieder der rechte Mann auf und trat sie in die Seite. Im letzten Augenblick rollte sie weg und konnte somit den Schlag gut auffangen. Doch sie beschloß, sich das nicht anmerken zu lassen. Sie rollte sich langsam auf den Rücken, hielt sich die Seite, als ob sie ihr wehtäte.

Einer der Männer war über ihr, griff nach ihr, und sobald er nah genug war, ließ sie die Maske fallen. Mit voller Wucht versetzte sie ihm einen Tritt in den Magen. Er gab einen Schmerzenslaut von sich. Saphir griff nach oben, packte ihn am Revers, ging wieder nach unten und schwang ihn über sich. Er landete in einigem Abstand von ihr. Sie sprang auf und trat dem letzten Mann gegenüber.

Wütend stieß er nach ihr. Sie hätte fast versucht, das abzuwehren, doch dann merkte sie im letzten Augenblick, daß er sein Knie hochzog. Sie wehrte den Schlag mit ihrem Handballen ab, und als er einen Moment aus dem Gleichgewicht geriet, rammte sie ihm die Faust in seinen Solarplexus. Er torkelte. Bühnengerecht sprang sie in die Luft, gab einen Urschrei von sich und verpaßte ihm einen Schlag gegen den Kopf. Das war eine bombastische, aber wirkungsvolle Bewegung, und er war ohnmächtig, bevor er zu Boden ging.

Sie sprang auf die Füße, nahm ihre ursprüngliche Haltung ein, als sie hinter sich einen dumpfen Aufschlag vernahm.

Sie wandte sich um. Jean-Paul hatte gerade den Vierschrötigen zu Boden geschickt. Seine Augen waren geschwollen. Blut sickerte aus seiner Nase, und seine Lippen waren aufgesprungen und blutig. Trotzdem war er als Sieger aus dem Kampf hervorgegangen.

Sie blickte sich um. Niemand mehr traute sich an sie

heran. Alle in der Bar starrten sie mit unverhohlener Überraschung an. Die junge Frau war nicht mehr zu sehen. Gott sei Dank war sie in Sicherheit.

Saphir stützte Jean-Paul, als er den Arm um sie legte. »Saphir«, stieß er hervor, »bist du okay?«

»Sicher. Alles klar«, sagte sie beruhigend und führte ihn. Sie wußte, er konnte nur verschwommen sehen, nicht das halbe Dutzend Männer erkennen, das sie außer Gefecht gesetzt hatte. Er war in der Zwischenzeit nur mit dem einen beschäftigt gewesen.

»Niemand schenkte mir Beachtung, sie sahen alle dir zu.«

»Ich war großartig, oder?« stieß er mühsam hervor. »Ich kann es nicht glauben. Ich habe ihn wirklich so besiegt, wie es meine Filmfiguren taten.«

»Rex Sauvage wäre stolz auf dich«, sagte sie.

Sie torkelten aus der Bar.

Als sie sich auf die Suche nach einem Hotelzimmer begaben, konnte sich Saphir nicht des Gefühls erwehren, daß die Nacht irgendwie gelaufen war.

Die kleine unscheinbare Maus aus der Bar beobachtete sie hinter einer Ecke hervor. Sie schüttelte verwundert den Kopf. »Unglaublich«, murmelte sie. »Sie ist einfach unglaublich. Sie ist genauso, wie man sagt, daß sie früher gewesen sei.«

Sie wandte sich um und verschwand in der Nacht. Ihre Auftraggeber würden sich freuen, wären entzückt über den Ausgang dieses kleinen Tests.

Sie fragte sich, was als nächstes kommen würde und hatte das Gefühl, daß sie das bald genug erfahren würde.

5. Kapitel

Er sah, wie der Schwinger auf ihn zukam.

Jean-Paul richtete sich schnell auf, blockierte mit dem linken Arm und gab mit dem rechten den Schlag zurück... Er brauchte einen Augenblick, bis ihm klar wurde, daß er gegen Geister kämpfte.

Auch wenn keine Schläge auf seinem Kopf landeten, erfaßte eine Woge des Schmerzes seinen Kopf, und der Raum drehte sich um ihn. Mit einem leisen Stöhnen schloß er die Augen, sank zurück in die Kissen. Saphir hörte sein Stöhnen nebenan und ging zu ihm ins Zimmer. Er blickte durch die Finger zu ihr auf und stöhnte erneut, und sie nahm ihn in die Arme und betrachtete ihn, als ob er ein Schulkind wäre, das krank machen wollte.

»Das hat man davon, wenn man ein Held ist«, sagte sie.

Dann legte sie ihm ihre kühle Hand auf die Wange. Mit ehrlicher Besorgnis fragte sie: »Bist du wieder in Ordnung?«

»Ich glaube schon.«

»Ist dir übel?«

»Sollte es mir sein?«

»Wenn du eine Gehirnerschütterung hast, ja. Ich glaube, du hast keine.«

»Wird sich ja herausstellen. Doch ich fühle mich ganz wohl.«

Er schwang sich mit den Beinen aus dem Bett und berührte mit den Zehen den kalten Boden. In diesem Augenblick merkte er, daß er ja nackt war. Als er überlegte, was er weiter tun sollte, wurde ihm plötzlich schwindlig, und er fiel in die Kissen zurück.

Saphir, die mit gekreuzten Beinen an seinem Bettende saß, hatte sich nicht gerührt. »Bleiben wir jetzt im Bett oder setzen wir uns wieder auf und beobachten, wie uns das Gehirn durch die Ohren ausläuft?«

»Deine Fantasie ist erschreckend lebhaft«, murmelte er. Nach einer Weile fuhr er fort: »Wer hat mich ausgezogen?«

Sie lächelte boshaft. »Der Boy und ich. Er hat sehr geholfen.«

»Wirklich?«

»Ja, er zog dir die Schuhe aus, ich alles übrige, und er fotografierte dich.«

Er lachte, doch der Kopf schmerzte ihm dabei. Dann rieb er sich den Hinterkopf und den Kiefer. Seine geschwollenen Lippen hatten sich etwas gebessert.

»Der Boy. Also sind wir in einem Hotel?«

»Du warst mir nicht genügend in Form, dich nach Cassis zurückzuschleppen. Ich habe mir das hübscheste Hotel ausgesucht und nahm uns hier Zimmer, nachdem der nette Typ uns mitgenommen hatte.«

Er schüttelte den Kopf und zuckte zusammen.

»Laß das Kopfschütteln«, schalt sie ihn. »Laß auch das Nicken. Bleib liegen. Wenn du deinen Kopf drehen mußt, dann bitte entweder auf die eine oder die andere Seite. Keine ruckartigen Bewegungen, sonst mußt du es büßen. Kapiert?«

»Ja, Frau Doktor«, sagte er so jämmerlich wie möglich. Dann grinste er.

»Sag, was ist mit dir?« fragte sie. »Du siehst aus wie der Kater, der den Kanarienvogel verspeist hat.«

»Ich bin verdammt stolz auf mich«, sagte er. Er streckte die Arme von sich. »Du magst es vielleicht nicht glauben, doch ich hatte noch nie einen richtigen Kampf erlebt.«

»Das ist doch nicht möglich.« Ihre Stimme klang erstaunt.

»Ja, so ist es. Natürlich, auf der Leinwand war ich oft in Kämpfe verwickelt. Dabei geht es hauptsächlich darum, es richtig zu machen, genau dann zu fallen, wenn man einen Schlag erhält. Das ist nicht vergleichbar mit dem Erlebnis gestern abend. Es war doch gestern abend und jetzt ist morgen?« Sie nickte und spielte mit seinem Haar.

»Es stimmt, Rocky. Es ist Morgen. Möchtest du ein Frühstück bestellen?«

Sie veränderte ihre Lage auf dem Bett, lehnte sich leicht zurück und betrachtete ihn neugierig. »Und wie war ich gestern abend?«

»Du hast meine Anweisungen befolgt. Du hast dich herausgehalten und hast mich die körperliche Arbeit erledigen lassen. Das schätze ich sehr. Eine andere Frau hätte sich an mich geklammert, mich behindert. Du hast einfach den Kopf unten behalten.«

Sie spürte leichten Ärger aufkommen, doch sie drängte ihn zurück. Laß ihm doch seinen Triumph. Er war wohl wichtig für ihn.

»Es war nur ein Glück, daß sich niemand anderer einmischte.«

Er zuckte mit den Achseln. »Wahrscheinlich wollten sie den Ausgang meines Kampfes abwarten. Verbrecher können sehr feige sein.«

»Ja, aus diesem Grunde schließen sie sich zu Gangs zusammen.«

Er blinzelte eulenhaft und sagte dann nachdenklich.

»Du magst recht haben. Ich glaube, wir hatten Glück.«

»Das glaube ich auch. Okay, ich bestelle mir etwas, und wie steht's mit dir? Hast du Hunger?«

»Nein, eigentlich nicht. Bestell mir etwas Wein...«

»Wein«, sagte sie ungläubig. »Das kann doch nicht dein Ernst sein.«

»Das verstehst du nicht, Saphir. Für uns ist Wein wie Muttermilch.«

»O ja?« Sie hielt eine ihrer Brüste. »Wenn du Muttermilch möchtest, kannst du eine von diesen versuchen.«

Keiner sagte etwas. Spannung erfüllte den Raum. Und dann richtete Saphir ihren Blick auf das Laken, auf die Stelle, wo in der Mulde zwischen Jean-Pauls Beinen eine Schwellung immer größer wurde.

Sie blickte ihn erstaunt und erfreut an.

Auch sein Gesicht verriet Erstaunen und Freude und eine gewisse Furcht, daß dieses unerwartete Geschenk genauso schnell wieder verschwinden könnte.

Sie wollte dafür sorgen, daß dem nicht so wäre.

Das Laken war hauchdünn, und doch verspürte Saphir Lust, es beiseite zu schieben. Doch sie tastete sich zu der Erhebung und mit unendlicher Behutsamkeit streichelte sie die wunderbare, erfreuliche Härte, die gegen das Laken drängte.

Wie sie vermutet hatte, genügte allein ihre Berührung, ihn zum Zittern zu bringen, wie ein hilfloses Kind. »Oh, dem Himmel sei Dank«, stöhnte er.

Sie nahm die Schwellung in die Hand und drückte sie sanft. Nach all der vergangenen Zeit waren seine Sinne jetzt eingestellt auf jedes Gefühl, jede Regung, jeden Duft. Einst hatte er seinen Kopf in ihrem Schoß vergraben, ohne daß sich bei ihm etwas gerührt hätte, jetzt genügte bereits ihre Nähe, ihn zu entflammen. Er griff gierig nach ihr, und sie gab nach, schmiegte sich an ihn.

Sie küßte ihn, ein langer, leidenschaftlicher Kuß, der immer drängender wurde. Sie kostete seinen Geschmack, seine Lippen, die immer noch leicht aufgerissen waren. Er achtete nicht darauf, sondern genoß ihre berauschende Sinnlichkeit. Ihre Zungen tasteten, verschmolzen miteinander, erst sanft, dann immer leidenschaftlicher. Schließlich dominierte eine animalische Wildheit. Sie konnten nicht genug von den Küssen bekommen. Ihr Verlangen nacheinander war so groß, daß sie nicht wußten, was sie zuerst tun sollten. Es war ein erotischer Film, der in doppelter Geschwindigkeit abgespult wurde. Als sie sich auf die Lippen küßten, die Wangen, die Stirn, den Hals, als sich der Salzgeschmack mit ihrem heißen Blut vermischte, erkannten sie die rasende Geschwindigkeit, mit der sie sich einander näherten. Sie verstanden sich ohne Worte, zögerten, blickten sich in die Augen und begannen zu lachen.

»Lachst du etwa über mich?« fragte Saphir mit gespieltem Ärger, unfähig, ein ernstes Gesicht zu machen. Sein Mund war fest geschlossen, er versuchte, das Lachen zu unterdrücken und dann drehte er sich um, um in sein Kissen zu glucksen. Saphir lag mit ihrem vollen Gewicht auf ihm, bog seinen Kopf zurück, so daß er sie voll anblicken mußte und wiederholte ihre Frage:

»Lachst du...« Doch sie mußte aufhören, denn sie mußte kichern, was bewirkte, daß Jean-Paul losprustete. Sie lachten und lachten, bis sie sich endlich wieder beruhigten.

Sie lag auf ihm und freute sich, daß sie immer noch seine Erektion spürte. Ihr Lachausbruch hatte daran nichts geändert.

»Nach über einem Jahr eilt es dir plötzlich?«

»Keine Schonung dem Feinde.«

Sie rollte vom Bett.

»Entschuldige«, sagte sie, »daß ich es mir etwas leichter mache.«

Sie knöpfte ihr Oberteil auf, öffnete den Reißverschluß ihrer Hose und schlüpfte heraus. Sie ließ sie zu Boden fallen. Dann hob sie sie auf und legte sie fein ordentlich über eine Stuhllehne.

Er bewunderte sie, wie sie sich durch das Zimmer bewegte. Nur eine Frau in seinem Leben hatte die Grazie von Saphir gehabt – eine sowjetische Primaballerina, die geflüchtet war und eine Nacht mit Jean-Paul verbracht hatte. Saphir zog ihre rote Samtbluse bis zu den Hüften herunter, und er sah den schwarzen Slip, den er ihr neulich nachts ausgezogen hatte. Sie drehte sich um, stand an seinem Bettende und zog die Bluse über den Kopf.

Er bewunderte ihren schönen Körper, die schönen muskulösen Beine, ihren festen, flachen Leib.

»Ich möchte dich ganz sehen«, flüsterte er.

»Erst du«, erwiderte sie heiser.

Er nickte und zog die Decke weg. Seine Erektion war prächtig, stärker als sie vermutet hatte. Unwillkürlich fuhr sie mit der Zunge über die Lippen, und ihr Körper schmerzte vor Verlangen, als sie ihren Büstenhalter zu Boden fallen ließ, ihre hübschen runden Brüste enthüllte, mit den harten Brustwarzen, die sich gegen die braune Haut rot abhoben.

Sie kletterte ins Bett zurück, legte sich auf ihn, spürte erneut seinen pulsierenden Penis, der ihr entgegendrängte, fordernd. Sie streichelte seinen Körper, bewunderte seine Schönheit, und ihre Zunge knabberte spielerisch an seinen Brustwarzen.

Die Glut in ihm loderte immer mehr auf, und er wurde nervös.

»Saphir, bitte, ich... ich explodiere.«

Sie fühlte, wie er sich dem Orgasmus näherte und lächelte.

»Wirklich? Laß sehen.« Und sie beugte das Gesicht hinunter und ließ ihre Zunge über ihn gleiten.

Er stöhnte. »Saphir, ich kann mich nicht mehr zurückhalten.«

»Dann laß es bleiben«, erwiderte sie und wandte sich ihm wieder zu. Und er erlebte einen unglaublichen Orgasmus, zitterte und bebte, bäumte sich auf und sank schließlich in die Kissen zurück. Saphir, die das ganze Schauspiel fasziniert beobachtet hatte, kuschelte sich an ihn.

Sie griff nach seinem Penis, der immer noch erigiert war, und streichelte ihn.

Er lachte. »Du kannst nicht ernst sein. Ich bin nicht bereit...«

Und dann fühlte er, wie er es doch war.

Sie flüsterte ihm ins Ohr: »Das vorhin war die Generalprobe, jetzt kommt etwas für das Buch der Rekorde.«

Eine feste Brust rieb sich an seinem Arm, und sie legte ein Bein über seines. Sie kreiste langsam mit ihren Hüften, während ihre Finger Rumba tanzten.

»Komm, mein Lieber«, sagte sie, »gib's mir, so gut du kannst.«

Dann rollte sie auf den Rücken und keuchte gleich darauf: »Mein Gott, du bist ja noch besser als vorhin.«

»Das hast du doch gewollt, oder?«

»Wir wollten es beide, brauchten es beide. Bitte, weiter, weiter.«

Sie schlang die Arme um ihn, zog ihn fest an sich, als er sich rhythmisch bewegte. Es gab nichts anderes mehr als ihre fiebernden Körper, die zusammengeschweißt waren in der erotischen Vereinigung, die er schon fast vergessen hatte und die sie so gut kannte.

Ihre Hüften bewegten sich im gleichen Rhythmus wie seine, und sie küßte ihn hungrig. Dieses Mal lachte keiner von beiden. Es gab nur noch die glühende Hitze und den unersättlichen Appetit auf Befriedigung, als er noch weiter in sie drang.

Als sie spürte, wie sich sein Feuer mit ihrem vermischte, wie sie beide dem Höhepunkt zustrebten, war sie glücklich.

Sie waren jetzt ein Körper, ein Geist, ein Orgasmus, der so plötzlich kam, daß sie beide überrascht waren. Als die Ekstase in ihnen explodierte, schlossen sie beide fest die Augen. Sie schrien den Namen des anderen und versanken im Wesen des anderen, ihre Seelen berührten sich.

Sie gaben, bis sie nicht mehr konnten, konnten einander dann nur noch in die Arme nehmen, sich küssen und berühren. Nach einer Weile schliefen sie ein.

Als sie erwachten, stand die Sonne hoch am Himmel und stahl sich ins Zimmer. Jean-Paul öffnete die Augen. Er blickte auf Saphirs Kopf herunter, der an seiner Brust ruhte, sich seinem Atem anpaßte. Dann runzelte er die Stirn und murmelte:

»Muttermilch.«

Im Schlaf hörte sie ihn wie aus weiter Ferne und fragte:

»Hm?«

»Du sagtest, deine Brust gebe Muttermilch. Hast du ein Kind?«

Sie öffnete die Augen, wandte sich aber nicht ihm zu, sondern starrte auf den unteren Teil seines Körpers, der in das Laken gehüllt war. »So sagte man mir«, erwiderte sie.

»Tatsächlich. Ich wäre nie auf die Idee gekommen.«

»Ich auch nicht. Doch der Arzt sagte es. Irgendwo scheint es ein Kind von mir zu geben, doch ich weiß nicht, wo. Ich weiß auch nicht, wer der Vater ist, ob mein Kind ein Junge oder ein Mädchen ist.« Sie zuckte die Achseln. »Ich versuche, den Gedanken daran zu verdrängen.«

»Das muß sehr schwer sein.«

»Ja, da hast du recht. Wir müssen im Leben viel Schweres durchstehen. Wie zum Beispiel dein überraschendes Comback.«

Jetzt wandte sie ihm das Gesicht zu. »Willst du mir verraten, wie es mir gelungen ist, deine Schwäche zu beseitigen?«

»Ich glaube, es liegt ganz einfach daran, daß ich mein Selbstvertrauen zurückgewonnen habe.«

»Ah.« Sie strich ihm mit der Hand über die Brust. »Und ich spielte dabei auch eine Rolle?«

»Zum Teil.«

Zuerst dachte sie, er scherze, doch er sprach mit solcher Ernsthaftigkeit, daß sie diesen Gedanken gleich wieder verwarf. Sie setzte sich auf.

»Zum Teil?«

»Natürlich waren deine Hilfe, deine Geduld förderlich, aber entscheidend waren doch die Ereignisse von gestern abend.«

»Gestern abend? Du meinst den Kampf in der Bar?« Ihr Ton war ungläubig.

»O nein. Es war mehr als nur dieser Kampf.« Er richtete sich auf, und wenn sie nicht gewußt hätte, daß er durch und durch ehrlich war, hätte sie bei seinen Worten laut aufgelacht. »Es war viel mehr als das. Weißt du, zum ersten Mal entsprach meine Rolle, die ich auf der Leinwand spielte, dem wirklichen Leben. In den letzten Jahren fühlte ich mich nur als Mann, wenn ich eine Rolle, die ein Regisseur oder Drehbuchautor für mich vorbereitet hatte, annahm. Doch gestern abend war ich wahrhaftig ein Mann aus Fleisch und Blut in einer Welt aus Fleisch und Blut. Allein mit meinen Fäusten und meinem Mumm stand ich einer gefährlichen Bande von Schurken gegenüber. Ich beschützte meine Frau und bewährte mich als richtiger Mann«, schloß er triumphierend. »Du hast gesagt, ich sei einer der wenigen richtigen Männer, denen du je begegnet seist. Nun, gestern abend konnte ich es beweisen.«

Sie starrte ihn an, ihre Lippen waren nur noch ein dünner Strich. Seine Begeisterung schwand, als er bemerkte, wie Ärger in ihren Augen aufflackerte.

»Möchtest du damit sagen«, sagte sie mit beherrschter Stimme, »daß die ganze Zuneigung und Leidenschaft, die ich für dich empfand, im Vergleich zu deiner Fähigkeit, einen anderen Mann zusammenzuschlagen, sekundär sei?«

»Ich sagte nicht sekundär...«

»Doch, das sagtest du. Du sagtest, es sei wegen des Kampfes gestern abend gewesen. Du glaubst, deine Männlichkeit beweist sich dadurch, daß du jemand anderem körperlich eine Lektion erteilst.«

»Was ist daran falsch, daß ich stolz bin, dich beschützen zu können?« fragte er.

»Ich kann selber auf mich aufpassen, danke.« Sie strich sich mit der Hand über die Stirn. »Hör zu, J. P., ich möchte nicht streiten...«

»Nun, du hättest mich ja lächerlich machen können.«

»Ich möchte nur...« Sie berührte seine Schulter. »Ich möchte nur, daß du begreifst, daß die Fähigkeit, Freude zu vermitteln, bei weitem wichtiger ist als die Fähigkeit, aus einem fremden Gesicht Hackfleisch zu machen.«

Er lächelte amüsiert. »Ja, du hast natürlich recht. Ich bin ein typischer Macho, wie? Immerhin ist es ein sehr erfrischendes Gefühl.« Er nahm ihre Hand. »Dein Rex Sauvage ist doch wohl ein sehr fähiger Mann?«

»Savage?« sagte sie und gebrauchte den amerikanisierten Namen, den sie ihm gegeben hatte. »Ja, sehr fähig, Liebe zu geben. Wie ich sagte, macht ihn das so anziehend für mich. Man erzählte mir auch, er sei leicht in der Lage...«

»Aus jemandens Gesicht Hackfleisch zu machen.«

Sie nickte. »Genau. Obwohl ich so eine Situation nie erlebt habe, kann ich es mir vorstellen. Gegen seine Kraft kann niemand an.« Sie bebte innerlich. »Ich hoffe, ich muß es nie erleben. Es würde etwas von dem, was Rex so einmalig macht, zerstören.«

»Saphir, ich möchte ihn nachahmen. Jetzt noch mehr denn je. Ich möchte dieser Mann sein, der dir soviel bedeutet.«

»Aber J. P., du bedeutest mir doch auch sehr viel.«

»Ich?« Er machte eine abwertende Bewegung. »Ich bin ein Schauspieler, ein Nichts, jemand, der eine andere Identität annimmt, um Selbstwertgefühl zu bekommen.«

»Ich hatte einmal eine ähnliche Unterhaltung«, sagte sie, »und ich lernte daraus. Ich erfuhr, daß jeder irgendeine Rolle spielt und daß es wichtig ist, an sich selbst zu glauben, daran zu glauben, daß man wertvoll ist. Und du bist wertvoll. Du brauchst nicht Rex zu sein. Sei ganz du selbst und du bist mir lieb.«

Er lächelte traurig. »Ich glaube nicht. Doch ich werde es versuchen. Wohin fährst du als nächstes? Paris?«

Sie war erstaunt. »Woher weißt du das?«

»Von dir selber«, sagte er leicht resigniert. »Irgend etwas an dir sagte mir, daß deine Tage hier gezählt sind, die Zeit gekommen ist, da es dich weiterdrängt.«

»Dann wäre ich ja eine Art einsamer Ranger?«

»Überrascht es dich, daß ich das weiß?« sagte er, als er ihr Gesicht sah. »In einem französischen Film spielte ich einmal den einsamen Ranger. Kam gut an beim Publikum.«

»Morgen reise ich nach Paris weiter.«

»Ich wußte, du könntest dem Ruf des Eiffelturms nicht widerstehen.«

»Das ist nicht der Grund. Du hast ja mitbekommen, was der Mann im Museum gesagt hat.«

»Welcher Mann? Ach ja, der Museumswächter.«

»Ja«, erwiderte sie, leicht gereizt. Er wirkte, als ob er in Gedanken meilenweit entfernt wäre. »Er sagte, ich könne den Künstler, der mein Bild gemalt hatte, in Paris finden. Und vielleicht kann mir dieser Maler bei meiner Suche nach meiner Identität weiterhelfen.«

»Oder auch nicht.«

»Die Reise lohnt sich auf jeden Fall. Ich werde mein Hotel in St. Tropez anrufen und fragen, ob Poppa auf mein Telegramm geantwortet und mir Geld geschickt hat. Wenn ja, soll das Hotel mir das Geld hierher schicken. Ich werde ihm auch telegrafieren, wohin ich jetzt reise. Er ist beunruhigt, wenn er nicht weiß, wo ich bin. Er wird überrascht sein, wenn er von dem Bild erfährt. Stell dir vor, ein fester Anhaltspunkt, den ich selber gefunden habe, und nicht diese tödlich langsame Bently Kensington Agentur, die herausfinden soll, wer ich bin.« Sie klatschte aufgeregt in die

Hände. »Ich fühle mich wie ein Detektiv, es ist so aufregend.«

»Ich weiß.« Er lächelte. »Ich habe auch ein paar Detektivrollen gespielt. Und was ist mit mir? Möchtest du, daß ich mitkomme?«

Sie betrachtete ihn einen Augenblick und sagte dann nicht unfreundlich. »J. P., ich glaube, es ist am besten für dich, wenn du dich etwas erholst. Deine Heilung macht gute Fortschritte – wirklich, einige Körperteile von dir sind ganz ausgezeichnet«, fügte sie hinzu und versetzte ihm einen zärtlichen Klaps, »aber noch bist du nicht hundertprozentig geheilt. Du bist noch nicht in der Verfassung, quer durch Frankreich zu reisen. Ich finde, es ist das Beste, wenn ich das allein mache.«

»Nun gut.« Er musterte sie aufmerksam, prüfend. »Ich möchte mir jede Einzelheit an dir merken, ein vollkommenes Bild von dir abrufbereit haben – in meinen einsamen Nächten. Oder wenn ich mit einer Frau zusammen bin, die nichts für mich tut, die ich aber nicht enttäuschen möchte.«

Sie lachte fröhlich und klatschte in die Hände. »Möchtest du damit sagen, daß du, wenn du gerade mit einer anderen Frau einen Orgasmus erlebst, meinen Namen rufst? Den falschen Namen zur falschen Zeit? Eine reizende Idee. Ich werde der Ruin aller Frauen in ganz Frankreich sein.«

»Das ist eine Ehre.« Er nahm ihre Hand und drückte sie leicht. »Saphir Star, paß gut auf dich auf. Und ich sage dir nur au revoir, denn ich bin ganz fest davon überzeugt, daß wir uns wiedersehen.«

»Du tust gut daran«, sagte Saphir. »Egal, wo ich dich wiedersehe, im Kino oder live, du kannst dich darauf verlassen, daß ich ein freundliches Wort für dich übrig haben und vielleicht ein paar Stunden mit dir verbringen werde, um alte Beziehungen aufzufrischen.«

Saphir hatte recht und gleichzeitig unrecht.

6. Kapitel

Diogenes Dokks
Dokks Estates, Florida, USA

Lieber Poppa,
unglaubliche Neuigkeiten! Ich fand hier im Museum von Marseille ein Bild, auf dem ich dargestellt bin. Da das Modell nackt war und auf dem Rücken kein Muttermal hatte, wußte ich, daß ich es bin. Ich reise nach Paris weiter, um den Maler zu finden. Vielleicht kann er mir weiterhelfen, etwas über meine Vergangenheit zu erfahren.

Das Hotel in St. Tropez hat mir dein Telegramm nachgesandt und Dein großzügig bemessenes Taschengeld. Ich glaube nicht, daß ich mich je an den Reichtum gewöhnen werde. Wenn ich mich nur dazu aufraffen könnte, Geld für einen Anruf nach Übersee auszugeben. Aber ich weiß nie, wie groß der Zeitunterschied ist und möchte Dich nicht unbedingt aus dem Schlaf reißen. Und Briggs braucht seinen Schönheitsschlaf (nur ein kleiner Scherz, Briggs, mein Liebling).

Solltest du zufällig etwas von Rex hören, bitte sag ihm, er solle sich mit dem Schauspieler Jean-Paul Gascon oder dessen Agenten, Pierre Legrand, in Verbindung setzen. Jean-Paul möchte einen Film über Rex Leben machen und sobald wie möglich damit anfangen. Rex soll ihn so oder so informieren. Ich bin davon überzeugt, daß Rex ablehnen wird. Sollte er jedoch interessiert sein, dann sag ihm, J. P. scheint es ehrlich zu meinen, und ich persönlich finde die Idee prima. Stell Dir vor, wenn der Film ein Erfolg würde,

gäbe es wohl kleine Rex Savage-Puppen und T-Shirts. Ist doch umwerfend. Ich würde eines der T-Shirts tragen, und Justine würde mit der Puppe allerhand anstellen.
Herzlichst

Saphir

7. Kapitel

Diogenes Dokks massige Gestalt überragte den Tisch; sogar im Sitzen überragte er die beiden Männer links und rechts von ihm. Natürlich wurde die Wirkung dadurch unterstrichen, daß die beiden Männer nach vorne gebeugt waren und fest schliefen. Dokks war die Ruhe in Person. Sein Silberhaar war vorschriftsmäßig gekämmt, sein Schnurrbart mustergültig gestutzt. Sein kantiges Gesicht wirkte wie aus Granit. Er trug einen braunen Rollkragenpullover, ein Tweedjackett mit Lederflicken und eine schwarze Hose. Er sah genauso aus dem Ei gepellt aus wie zu dem Zeitpunkt, als er sich an den Tisch gesetzt hatte – und das war vor vierundzwanzig Stunden.

Der Mann ihm gegenüber sah nicht so frisch aus. Seine Glatze glänzte vor Schweiß, und die letzten grau-braunen Strähnen, die ihm vom Kopf abstanden, wirkten recht grotesk. Blutunterlaufene Augen blickten über den Rand seiner Lesebrille hinweg, und seine Haut war kreidebleich. Er hatte den Kragen seines Hemdes geöffnet, die Krawatte über den Stuhl gehängt, auch das graue Jackett hatte er ausgezogen. Er wischte sich den Schweiß von der Unterlippe.

Er musterte die Karten in seiner Hand, und seine Augen wanderten zu Dokks Gesicht. Wie üblich war es undurchdringlich.

Er betrachtete das dürftige Häuflein Chips, das vor ihm aufgeschichtet war, und verglich es mit dem Berg, der sich vor Dokks auftürmte. Er kräuselte die Lippen, als er sagte: »Dokks, ich glaube, du bluffst.«

»Könnte sein«, erwiderte Dokks freundlich.

»Wirklich«, fuhr er fort, indem er die Stimme hob und versuchte, Dokks Gelassenheit ins Wanken zu bringen, »ich finde, du bist ein Stück Dreck.«

In einer Ecke schreckte Biggs, dessen Stuhl gegen die Wand gelehnt war, bei diesen Worten, die in sein Unterbewußtsein drangen, hoch. Der bullige Leibwächter war selbst im Halbschlaf darauf getrimmt, auf jegliche ernsthafte Bedrohung seines Chefs zu reagieren.

Die große Cuba-Zigarre, die in Dokks Mundwinkel hing, wanderte auf die andere Seite und dann wieder zurück, als ob ihr Eigentümer über die Beschimpfung grüble.

»Könnte sein«, lautete seine freundliche Antwort.

Der Kahlköpfige schob bis auf zwei Chips den ganzen Haufen zu Dokks rüber. »Ich erhöhe um tausend.«

Dokks nickte gedankenvoll. »Du weißt, Hiram, ich könnte diese ganzen Karten ausspielen«, sagte er in einem schleppenden Ton und imitierte damit Hirams Slang. Der Texaner warf ihm einen finsteren Blick zu, und Dokks fuhr ungerührt fort: »Doch das wäre jetzt nicht fair.« Er nahm einen Chip auf, der tausend Dollar wert war, und legte ihn neben Hiram Steaks Chips.

»Ich lege die Karten auf den Tisch.«

»Ich wette, daß du's tust«, schnarrte Hiram, und dann fügte er triumphierend hinzu: »Vier Damen.«

Dokks hob eine Augenbraue. Einer der anderen Kartenspieler, dessen Chips schon längst verbraucht waren, hob langsam interessiert den Kopf. »Wirklich, Hiram? Das wäre heute abend dein bester Treffer.«

Der texanische Rinderbaron klatschte die Karten vor sich auf den Tisch. Tatsächlich waren es vier Damen mit einer Zwei.

Dokks gab einen leisen, anerkennenden Pfiff von sich. »Ich bin beeindruckt.«

»Beeindruckt, daß ich solche Karten habe?« knurrte Hy.

»Nein. Beeindruckt, daß ich sie noch übertreffen kann.« Und ganz plötzlich schleuderte er vier Asse auf den Tisch, die genau vor Hiram Steaks landeten.

Wäre es noch früher am Abend gewesen oder wäre es der Abend vorher gewesen, wäre Hiram rot vor Wut geworden, hätte auf den Tisch gehauen oder in einem Anfall von Jähzorn alle Chips vom Tisch gefegt. Doch jetzt konnte er nur noch auf die vier Asse starren und resigniert seufzen.

»Das ist, als ob man mit Bret Maverick ein freundliches Spiel austrage«, knurrte er.

»Sei froh, daß ich keine Pistole im Jackett verborgen habe«, sagte Dokks freundlich und heimste die restlichen Chips ein. »Gentlemen, es war mir ein Vergnügen. Wir sollten das öfters machen.«

»Weshalb?« fragte einer der anderen Spieler mit Galgenhumor. »Damit du mit deinen Gewinnen noch ein paar Schiffe mehr kaufen kannst?«

»Ich glaube, du mogelst«, sagte Hiram.

»Nein, Hiram. Du hättest es gerne, daß es so wäre. Du möchtest einfach nicht zugeben, daß ich der bessere Spieler bin.«

Einer der Spieler, die bereits fast eingeschlafen waren, hob müde den Kopf. »Verdammt, Diogenes, es gibt keinen besseren Pokerspieler als dich. Du hast ein Pokergesicht, daß der Mount Rushmore im Vergleich dazu wie eine lachende Hyäne aussieht. Wie zum Teufel machst du das?«

»Nun, das ist gar nicht so schwer«, sagte Dokks und mischte die Karten. »Man muß einfach wissen, wann man die Karten behalten, wann man sie ablegen und...«

Es klopfte an die Tür.

»Herein«, rief Diognes.

Die Tür ging auf, und Kelly kam herein. Der mürrische Ire und Majordomus blickte unglücklich auf den Teppich, der bedeckt war mit Bonbonpapier und halb aufgegessenen Sandwichstücken, auf die Aschenbecher, die überquollen, den Louis XIV.-Stuhl, in dessen Lehne eine Zigarette eingebrannt worden war, und auf die hundert anderen Anzeichen, die besagten, daß seit fast zwei Tagen ein Pokerspiel im Gange war.

Er schauderte innerlich. »Ich hoffe, ich störe nicht«, sagte er ruhig.

»Keineswegs«, erwiderte Hiram säuerlich.

Kelly hielt ein Telegramm in der Hand. »Sir, wir haben gerade ein Telegramm von Saphir bekommen. Ich dachte, es würde Sie interessieren.«

Dokks schob den Stuhl zurück, stand auf und schüttelte sich, um die Steifheit aus seiner sieben Fuß hohen Gestalt zu vertreiben. Der Tisch war eine Sonderanfertigung, um Dokks langen Beinen genügend Spielraum zu geben.

Er ging auf Kelly zu, nahm das Telegramm entgegen und murmelte fröhlich vor sich hin. »Sie wird doch wohl das Geld noch nicht verbraucht haben, das ich ihr geschickt habe?«

»Ist deine Tochter verschwenderisch?« erkundigte sich Hiram.

»Ich wäre froh, wenn sie's wäre. Es ist verwirrend, wenn man eine so knickerige Tochter hat... wie sie...«

Seine Stimme hatte versagt. Kelly, der noch nicht die Gelegenheit gefunden hatte, das Telegramm zu lesen, fragte sich, weshalb sein Chef und Freund plötzlich so rot geworden war.

»O mein Gott«, flüsterte er.

Kelly spielte nicht weiter den Untergebenen, sondern fragte unumwunden: »Diogenes, was ist los?«

»Ist irgendwas mit Saph?« rief Briggs aus der Ecke und erhob sich von seinem Stuhl.

Dokks gab Kelly das Telegramm. »Lies«, forderte er ihn in kühlem Ton auf.

Als Kelly es überflog, gesellte sich Briggs zu ihm. Briggs war genauso bullig wie Dokks, doch bei ihm verteilte sich alles in die Breite. Sein kleiner runder Kopf drehte sich auf seinem nicht vorhandenen Hals, als er von Dokks zu Kelly blickte und wieder zurück. »Ist irgend 'was mit Saph?« fragte er drängender und benutzte seinen breiten Bronx-Akzent, den er im übrigen gut verbergen konnte.

Kelly war leicht aus der Fassung geraten. Er reichte das Telegramm Briggs, der es kurz überflog, und sagte: »Diogenes, ich kann mir deine Reaktion nicht erklären. Das Mädchen hat einen Anhaltspunkt für seine Vergangenheit gefunden. Warum bringt dich das aus der Fassung?«

Von Neugier gepackt stand Hiram Steaks auf und gesellte sich zu ihnen. Er war nur fünf Fuß hoch, obwohl er die Haltung eines Mannes hatte, der mindestens einen Fuß größer war. Als er merkte, daß Dokks bestürzt war, zeigte er die Sensibilität und den Takt, für die er bekannt war.

»Was ist los mit der Göre?« fragte er.

»Hast du irgendwas gehört, Kelly? Ist wohl das Summen eines Moskitos oder ein ähnliches unbedeutendes Geräusch.« Briggs knüllte das Telegramm zusammen.

»Mr. Steaks, würden Sie uns bitte einen Augenblick entschuldigen? Wir müssen etwas Persönliches besprechen.«

»Und was ist mit denen da?« Er zeigte auf die anderen Kartenspieler, die den Kopf auf die Arme gestützt hatten oder in ihren Stuhl zurückgelehnt waren. »Sie müssen wohl nicht gehen? Nur ich?«

»Sie sind bewußtlos, Mr. Steaks«, sagte Kelly höflich. »Sie nicht.«

»Obwohl« – Briggs wandte sich um und brummelte – »man könnte es arrangieren.«

»Ja, ja, sicher«, sagte Hiram und griff nach seinem Drink, »ich gehe ja schon. Ich gehe nach oben und erhole mich etwas, bevor ich nach Hause fliege. Ich weiß nicht, ob ich mir ein Flugticket leisten kann.« Er warf einen neidischen Blick auf den Haufen von Chips, der vor Dokks aufgeschichtet war, stapfte zur Tür hinaus und warf sie ins Schloß.

»Ich weiß, was dich plagt«, sagte Briggs unvermittelt. »Es ist die Sache mit dem nackten Bild, wie?«

Kelly unterdrückte seinen Impuls zu lachen. »Ich kann... verstehen, daß du verstört bist, aber, Diogenes, ehrlich, es scheint sie nicht zu kümmern, also sollte es dich auch nicht ärgern.«

»Nun, es ärgert mich aber«, erwiderte Dokks barsch. »Die Vorstellung, daß es von meiner Tochter, auch wenn es die Adoptivtochter ist, Nacktbilder gibt, die in Frankreich, London oder sonstwo ausgestellt werden, gefällt mir nicht. Das schickt sich nicht, und ich fühle mich dabei verdammt unbehaglich. Kelly, um Himmels willen, was würden die Leute über sie sagen, wenn das publik würde?«

Kelly und Briggs sahen sich an. Sie befanden sich hier in einer heiklen Situation. Sie wußten aus sicherer Quelle, daß Saphirs Lebensstil entschieden freizügig war, sie hatten von der Orgie in dem piekfeinen Club vor ein paar Wochen gehört, die ganz offensichtlich von der nackten Saphir inszeniert worden war, die zur Auflage gemacht hatte, daß die Besucher nur Abendhandschuhe tragen durften. Das war eine von Saphirs extravaganten Eskapaden gewesen, doch man brauchte kein Genie zu sein, um sich auszumalen, daß sie sich auf ähnliche Dinge einlassen würde, wenn auch etwas diskreter. Die Vorstellung, einem Pariser Maler nackt Modell zu stehen, bildete für Saphir selbst keinen Stein des Anstoßes, doch Dokks schien zu verlangen, daß ihre Tugend gewahrt werde. Er verstand ganz offensichtlich nicht, was für eine schwere Aufgabe er sich gestellt hatte, und weder Kelly noch Briggs verspürten Verlangen, ihn darüber aufzuklären.

»Diogenes, du weißt doch, daß sie ein Mordsmädchen ist«, sagte Briggs unsicher.

»Ja, und ich halte es für überflüssig, daß die ganze Welt das sieht. Kelly, wo ist das Telegramm?«

Entschuldigend hielt Briggs das zusammengeknüllte Papier hoch. Ohne sich zu äußern, glättete Dokks es und fand, was er suchte.

»Hier ist der Name des Künstlers. Find heraus, welches Museum das Werk ausstellt, und kaufe es.«

»Und wenn das Bild unverkäuflich ist?«

»Dann erhöhe dein Angebot so, daß es verkäuflich ist.«

»Und wenn das Museum es aus irgendeinem Grund nicht verkaufen möchte?«

»Kauf das Museum und schließe es. Kauf die ganze gottverdammte Stadt, wenn es erforderlich sein sollte. Doch ich möchte unter allen Umständen das Bild. Briggs, benachrichtige den Flughafen. Ich fliege nach« – er warf einen Blick auf das Telegramm – »Paris.«

»Wieso das plötzlich?«

»Ich habe einen unbändigen Appetit auf Schnecken.«

Er ging zur Tür. Mit seinen Riesenschritten legte er die Strecke doppelt so schnell wie ein Durchschnittsmann zurück. Als er die Tür aufstieß, sagte er laut: »Hiram, du brauchst jetzt nicht mehr deine Ohren zu spitzen. Unsere Besprechung ist zu Ende.« Er stieß die Tür auf und prallte gegen Hiram, der sein leeres Glas ans Ohr und das andere Ende an die Tür gedrückt hatte. Dokks nahm ihm das Glas aus der Hand. »Mit einem Weinglas geht das nicht sehr gut«, sagte er von seiner Höhe herunter. »Nimm nächstes Mal lieber ein Wasserglas.«

Hiram räusperte sich geräuschvoll. »Ich brauchte es gar nicht. Ihr wart so laut, daß man euch in Cuba gehört hätte. Ich kann mich nicht erinnern, Dokks, daß ich dich je so außer dir gesehen hätte.«

Dokks lächelte mild. »Weißt du, Hiram, über alles, was du getan hast, habe ich mich eben nur leicht geärgert, bin darüber nicht in Rage geraten. Im übrigen bin ich keineswegs ärgerlich.«

»Ehrlich? Du hast deine Zigarre halb aufgegessen.«

Dokks nahm die Zigarre aus dem Mund und schleuderte sie ziellos in Richtung eines Papierkorbes. Wie zufällig griff Kelly nach einem Glas Wasser, goß es über den Papierkorb und löschte den glimmenden Stummel. Eine kleine Rauchwolke stieg hoch.

»Briggs, Kelly. Könnten wir jetzt bitte weitermachen?«

Dokks klatschte in die Hände, was sich anhörte wie Kanonendonner. Als Dokks das Zimmer verlassen hatte, rannten die beiden Männer ebenfalls hinaus, um ihren Geschäften nachzugehen. Kelly mußte dafür sorgen, daß die Überreste der Pokerparty beseitigt und Dokks Mitspieler zu Bett gebracht würden, und Briggs mußte sich um den Flug kümmern. Hiram starrte gedankenverloren in den Papierkorb, auf den erloschenen Zigarrenstummel. Dann blickte er sich im Zimmer um und betrachtete die Gemälde an den Wänden – die meisten waren das Werk amerikanischer Künstler. Wenn es um sein Land ging, konnte Dokks sehr chauvinistisch sein.

Er kratzte sich am Kopf und fing langsam an zu lächeln. Es war kein angenehmes Lächeln, denn es erfaßte nicht seine Augen.

»Weißt du«, sagte er vor sich hin, »mein Büro könnte wirklich durch ein paar Bilder geschmückt werden. Vielleicht eine hübsche Nackte. Meinem alten Freund würde es glatt die Sprache verschlagen, wenn er erführe, daß ich mich der Kunst widmete. Er sagt immer, ich sei ein so lausiger Kartenspieler, daß ich mir ein anderes Hobby zulegen sollte. Nun, vielleicht sollte ich das machen.«

Er ließ sich auf eine Couch fallen. »Und ich weiß genau, mit welchem Bild ich beginnen werde.«

8. Kapitel

Saphir war überrascht, welch Hasten und Drängen auf dem Bahnhof von Marseille herrschte. Sie beneidete die Leute in dem Kopfbahnhof, die so sicher ihres Weges gingen, denn sie hatte keine Ahnung, wohin sie selbst ging. Am Fahrkartenschalter hatte sie ihre Fahrkarte gekauft.

Sie war so verschwenderisch, wie Poppa Dokks es von ihr erwartete und hatte fast vierhundert Francs für eine eigene Schlafkabine ausgegeben. Nun bestand ihr einziges Problem darin, den entsprechenden Bahnsteig zu finden. Jedesmal, wenn sie sich danach erkundigte, wurde sie in die entgegengesetzte Richtung geschickt. Sie hatte den leisen Verdacht, daß niemand wußte, wo es lang ging und durch schnelles Sprechen diese Tatsache zu verschleiern versucht wurde.

Sie trug ihre kamelhaarfarbene Cordsamthose, die entsprechende Jacke und einen weißen Rollkragenpullover. Einen Lederkoffer hatte sie in der Hand, der andere stand neben ihr. Plötzlich verspürte sie ein Kribbeln im Nacken. Das war das gleiche Alarmzeichen wie damals in der Bar, als jemand sie von hinten angreifen wollte. Sie war wachsam. Sie erhaschte einen schnellen Blick auf eine Person hinter ihr, und ihr geistiges Auge knipste ein Bild, das sie erst später entwickeln konnte. Es entstand eine Bewegung in der Menge; sie wurde angerempelt und zu Fall gebracht. Sie kauerte am Boden und umklammerte ihren kleineren Koffer, so daß sie ihn als Waffe benutzen konnte.

Der Mann, der sich über sie beugte, sah ängstlich aus. »Es tut mir ja so leid«, sagte er. Er hatte eine tiefe Stimme mit britischem Akzent. Sie entschied, daß er wohl aus

Wales kam. Er trug einen hellgrauen Anzug und eine schwarze Krawatte. In der rechten Hand hielt er einen Aktenkoffer, und die linke Hand streckte er nach ihr aus. »Bitte, gestatten Sie mir, Ihnen zu helfen.«

»Danke, gern.« Er griff nach ihren Händen und zu Saphirs größtem Erstaunen half er ihr hoch, als ob sie gewichtlos wäre. Sie stand ihm jetzt von Angesicht zu Angesicht gegenüber und betrachtete ihn ausgiebig. Er hatte freundliche blaue Augen unter buschigen Augenbrauen und eine hohe Stirn mit Geheimratsecken, doch seine schwarzen Haare waren immer noch füllig. Seine Ohren waren etwas groß, sein Hals etwas zu lang. Doch insgesamt war er ein interessanter Mann, und Saphir fühlte instinktiv, daß es sich lohnen würde, ihn näher zu erforschen.

»Sie sind sehr stark«, bemerkte sie und hielt immer noch seine Hand.

»Danke«, erwiderte er höflich. Dann fügte er mit einem Anflug von Stolz hinzu: »Vielleicht sehen Sie es mir nicht an, doch ich betreibe Bodybuilding. Sie sind Amerikanerin?«

Sie nickte und lächelte. »Ich weiß, das hört sich schrecklich an, doch ich freue mich, mal wieder meine Muttersprache zu hören.«

»Und für mich ist es nett, mal wieder die Sprache zu hören, die ihr Yanks zu sprechen pflegt.«

Sie lachte. »Wie entsetzlich britisch. Sie kennen jemanden kaum und fangen bereits an, ihn zu beleidigen.«

»Verdammt ungehobelt von mir. O Gott«, rief er aus, mit einem Blick auf seine Uhr. »Angenommen, meine Zeitrechnung stimmt, dann muß ich mich beeilen, um den Zug nach Paris zu erwischen.«

»Oh! Genau den suche ich. Würde es Ihnen etwas ausmachen, meinen Führer zu spielen?«

»Eine reizvolle Idee. Kommen Sie, beeilen wir uns.«

Sie bahnten sich ihren Weg durch die Menge, Saphir

bewunderte ihren Begleiter, der sich mit katzenhafter Anmut vorwärtsbewegte, allen aus dem Weg ging, die ihn hätten anrempeln oder sonst irgendwie behindern können. Saphir mußte sich anstrengen, mit ihm Schritt zu halten.

Er blieb kurz stehen, und sie holte ihn ein. Die Arme taten ihr weh. Er sah auf ihr Gepäck und sah bestürzt aus. »O Gott, wo habe ich meine guten Manieren gelassen. Geben Sie mir einen.«

»Nein, das geht schon. Wie haben Sie es nur geschafft, mich umzurennen, da Sie doch so geschickt allen Leuten ausweichen?«

»Kismet, Darling. Ihr Bedürfnis nach einem Führer hat mich geleitet. Und da ist Ihr Zug, meiner übrigens auch.«

Die Lokomotive sah alt aus und die Waggons abgenutzt.

»Schade, daß wir nicht einen Monat später fahren. Diese alten Ungetüme sollen dann durch moderne Triebwagen ersetzt werden. Diese Dinger keuchen wie eine Höllenmaschine durch die Gegend. Los, steigen wir ein.«

Als sie hinaufkletterte, stellte sie einen ihrer Koffer ab. Er reichte ihn ihr hinauf. »Wollen Sie nicht auch einsteigen?« fragte sie ihn.

»Ich komme gleich. Wir haben noch etwas Zeit.«

Saphir zuckte die Achseln und schlenderte den schlauchähnlichen Gang entlang. Sie hielt sich so gut wie möglich seitwärts, da alle Reisenden, die ihr entgegenkamen, wild entschlossen schienen, ihr das Gepäck aus der Hand zu reißen. Doch sie kämpfte sich durch, bis sie eine stille Ecke erreichte, wo sie einen Augenblick verschnaufen konnte. Ein Schaffner drängte sich an ihr vorbei, und sie fragte ihn auf französisch: »Könten Sie mir bitte sagen, wo meine Schlafkabine ist?«

Obwohl er es offensichtlich eilig hatte, lächelte er und öffnete die nächste Tür. »Genau hier, Mad'moiselle.«

»Oh«, sagte sie einfältig. »Merci.«

Er nickte knapp und setzte seinen Weg fort.

Saphir betrat ihre Einzelkabine. Sie war nicht gerade geräumig, stellte sie fest. Doch in New York City zahlte man für ein Apartment dieser Größe sechshundert Dollar. Sie verstaute ihr Gepäck im Gepäcknetz und ließ sich auf die Liege an der Wand fallen, aus der sie in ein paar Stunden ein Bett machen würde. Schließlich war es ein Nachtzug und sie wollte, wenn sie morgens in Paris ankamen, ausgeschlafen sein. Es gab einen kleinen Fußschemel, auf den sie ihre Füße bettete. Sie seufzte.

Noch dreißig Sekunden, und sie langweilte sich bereits.

Sie blickte aus dem Fenster, auf die vielen Leute, die sich hier drängten. Saphir hatte den Eindruck, alle befanden sich in Begleitung – Frauen verabschiedeten ihre Männer oder hießen sie willkommen und umgekehrt. Paare gingen Arm in Arm, Kinder ließen sich von ihren Eltern führen. Plötzlich fühlte sie sich sehr einsam.

Mehr aus Langeweile musterte sie die Leute, suchte nach einem bekannten Gesicht. Vielleicht war sogar Rex hier. Oder vielleicht Jean-Paul, der ihre Bitte mißachtet hatte und ihr nachgereist war. Vielleicht war auch Pierre hier, der geschäftlich nach Paris mußte. Zumindest sah sie den Mann, den sie vorhin kennengelernt hatte. Er schien recht nett zu sein. Nein, nett war nicht das passende Wort, faszinierend war besser und... Ihr Blick wanderte zurück zu ein paar Leuten, die sie gerade gemustert hatte. Es waren zwei Männer und eine Frau. Sie standen zusammen und unterhielten sich, ganz zwanglos, als ob es ihnen zustünde, hier zu stehen. Und tatsächlich stand es ihnen zu, obwohl Saphir nicht klar war, weshalb sie hier standen. Einer von ihnen, ein nervös wirkender Mann mit fahler Haut und hellblondem Haar, schien den Großteil der Unterhaltung zu bestreiten. Sein Haar war schulterlang und flatterte jedesmal, wenn er sich der einen und der anderen Person zuwandte. Saphir kannte ihn nicht, aber der andere Mann, der große, der wie Pluto aussah, kam ihr bekannt vor, doch sie wußte nicht, wer er war, nur daß...

Natürlich. Pluto. Ein Seemann. In Gedanken hatte sie die Assoziation zu einem Hafen gehabt. Marseille.

Er war der Mann, den Jean-Paul in der Bar besiegt hatte. Sie schüttelte den Kopf. Was kümmerte es sie, daß er hier war? Irgendwo mußte er ja sein, oder? Es war nichts Ungewöhnliches daran.

Interessant war nur, daß die Frau, die ihr den Rücken kehrte, die Frau mit dem mausgrauen Haar war, die sie am Abend vorher in der Bar ›gerettet‹ hatten.

Sie arbeiten zusammen, dröhnte es in ihrem Kopf, doch sie fand keine Antwort auf das ›warum‹ und ›wer‹.

Sie drehten sich um und wandten ihre Aufmerksamkeit dem Zug zu, Saphirs Zug. Und sie hätte schwören können, daß sie genau in ihre Richtung starrten.

Sie zog sich vom Fenster zurück, drückte den Kopf an die Wand, ihr Herz hämmerte wie wild.

Vor der Tür hörte sie eine Bewegung und sprang auf. Dann erkannte sie den prägnanten britischen Ton des Mannes, der ihr vorher geholfen hatte.

»Nun, das ist ja eine feine Geschichte«, schnarrte er auf englisch.

Der Schaffner bemühte sich, ihm in stockendem Englisch zu antworten. »Sir, da liegt offensichtlich ein Mißverständnis vor. Ich weiß auch nicht, was ich anderes tun kann als Ihnen das Beste anzubieten, was wir haben.«

»Sie nehmen mich wohl auf den Arm, guter Mann? Ich reserviere mir ein Zweierabteil und bin zusammengepfercht mit zwei Nonnen und einem blutigen Versicherungsmenschen.«

»Blutenden, Monsieur?« Die Stimme des Schaffners verriet aufrichtige Besorgnis, und Saphir unterdrückte ein Lachen. Sie blickte schnell aus dem Fenster; die drei waren immer noch da. O Gott, laß sie unter keinen Umständen einsteigen.

»Monsieur, ich weiß nicht, was ich tun soll.«

»Gut, das wär's dann. Wo ist der verdammte Fahrkartenverkäufer? Dem werde ich was erzählen.«

Saphir stand auf und öffnete die Tür. Sie sah die beiden Männer fragend an, mit einem amüsierten Lächeln um die Mundwinkel.

»Gibt es irgendwelche Probleme, meine Herren?« fragte sie unschuldig.

Der Schaffner tippte sich entschuldigend an die Mütze. »Mad'moiselle, entschuldigen Sie die Störung.«

Auf dem Gang hatten sich inzwischen Reisende versammelt, die einen recht verärgerten Eindruck machten.

»Entschuldigen Sie, daß wir Sie gestört haben, Miß«, sagte der Engländer grinsend, »man hat meine kleine einsame Insel in den Covent Garden verwandelt.«

»Wenn Sie eine Bleibe suchen, warum dann nicht hier?«

»Excellent«, strahlte der Schaffner, der eine Lösung sah.

»Ich befürchte, das geht nicht«, sagte der Engländer. »Das wäre schlichtweg eine Zumutung.«

»Keineswegs«, sagte Saphir aufrichtig. Auch wenn er wohl keine große Hilfe wäre, wenn es hart auf hart ging, wollte sie gerade jetzt nicht allein sein. Auch wenn diese drei noch nicht offen zum Angriff übergegangen waren, war sie davon überzeugt, daß sie nichts Gutes im Sinn hatten.

»Ich kann wirklich nicht...«

»Monsieur, die Dame besteht darauf«, sagte der Schaffner und schob mit erstaunlicher Behendigkeit das Gepäck des Engländers in Saphirs Kabine. Dann ließ er die Tür ins Schloß fallen. »Nicht stören«, sagte er diskret und lugte durch den Spalt, bevor er die Tür schloß.

»Nicht stören«, knurrte der Engländer. »Ich will diesem verdammten Bastard doch gleich...« Und er tat so, als ob er die Tür öffnen wollte, um sich in den Gang zu stürzen.

Saphir griff nach seinem Arm. »Nein, bitte, es ist alles okay. Ich würde... vorziehen, daß Sie hier sind.«

Er hielt inne, wandte sich ihr zu und runzelte die Brauen. »Stimmt das?«

»Ja... ich...« Sie schwieg, fragte sich, wieviel sie ihm erzählen, ob sie ihm ihren Verdacht mitteilen sollte. Was zum Teufel, wenn Gefahr drohte? Dann war es besser, er wußte Bescheid, so daß sie ein reines Gewissen hatte, wenn es Probleme geben sollte.

»Da draußen sind ein paar Leute, die mich verfolgen!«

»Sind es Männer?«

»Zwei Männer.«

»Das kann ich ihnen nicht übelnehmen«, sagte er, und sein Lächeln war so ansteckend, daß sie unwillkürlich auch lächeln mußte. Sie kämpfte darum, ernst zu bleiben.

»Nein, wirklich, ich bin nur ein bißchen...« Sie machte eine vage Handbewegung, »...nervös. Das ist alles.«

»Warum zeigen Sie mir die beiden nicht?«

Sie trat vom Fenster zurück, so daß er hinausblicken konnte.

»Dort drüben stehen sie, am Zeitungsstand.«

Er beugte sich vor, starrte hinaus und runzelte die Stirn.

Dann zuckte er die Achseln und sah sie seltsam an. »Sehen aus wie ein paar betrunkene Kerle.«

»Einen Augenblick.« Sie blickte selbst aus dem Fenster und meinte in leicht verstimmtem Ton. »Ich würde nicht sagen, sie sehen aus wie Rasputin oder Jack the Ripper, wirklich, nur...«

Zwei Männer in mittleren Jahren lehnten am Zeitungsstand sehr zum Ärger des Zeitungshändlers. Der eine trank aus einer Flasche, und der andere schien auch schon genügend intus zu haben. Ein Polizist steuerte auf sie zu.

Sie nahm wieder Platz, verwirrt, und beendete matt den Satz: »... ein paar betrunkene Kerle.«

Zu ihrer Überraschung schien ihr neuer Fahrtgenosse ihre Ängste keineswegs abzutun. »Das sind nicht die Typen, die Sie meinten?«

»Nein, wahrlich nicht«, sagte sie mit einem unfrohen Lachen. Sie warf ihre rote Mähne zurück und überlegte, daß sie sie wieder in einem Knoten bändigen sollte.

»Sie waren... oh, vergessen Sie's.« Sie lehnte sich zurück, schloß die Augen und fuhr sich mit der Hand übers Gesicht. »Vielleicht leide ich unter einer Paranoia.«

Er setzte sich mit einem bereits vertrauten Lächeln neben sie und tätschelte ihr Knie – das war keine laszive Geste, sondern eine kameradschaftliche. Im Vergleich zu der extremen Zurückhaltung von Jean-Paul, überlegte Saphir, war dies eine sehr angenehme Alternative.

»Auch wenn Sie paranoid sind«, sagte er weise, »bedeutete das noch lange nicht, daß nicht irgendwelche Leute gegen Sie sind. Einige Paranoide sind tatsächlich die scharfsichtigsten Leute der Welt. Ich persönlich habe das Gefühl, ständig auf der Lauer sein zu müssen.«

»Stimmt das?« fragte sie amüsiert.

»Aber sicher. Wenn der Zug Verspätung hat, dann deshalb, weil die SNCF mir persönlich eins auswischen möchte.«

»Was ist SNCF? Eine Art Agentenring?«

»Hm? Oh, nein, das sind die Leute, die für die verdammte Eisenbahn zuständig sind. Und es sind nicht nur sie, bei Gott, nein.« Er schüttelte traurig den Kopf. »Sie sind es alle. Gibt es ein Verkehrschaos, dann wird es mir zugeschoben. Bleibt ein Aufzug stehen, lasten sie es mir an.«

»Wie steht es, wenn die Lebensmittelpreise steigen?«

»Auch hier bin ich der Schuldige.«

»Politmorde?«

»Sie brennen darauf, mich abzuknallen.«

»Arbeitslosigkeit?«

»Sie versuchen, es mir in die Schuhe zu schieben. Mir tun nur all die Leute leid, denen es genauso ergeht wie mir. Arme Kerle! Das Leben ist schon eine vertrackte Sache.«

Sein feierlicher Ton reizte Saphir zum Lachen. Er sah sie mit gespieltem Erstaunen an, als ob er nicht begreifen könne, was sie so lustig fand.

»Ich weiß nicht, wann Sie es ernst meinen und wann nicht«, sagte sie fröhlich.

Er gab ihr ein Zeichen, sich zu ihm zu beugen. Dann flüsterte er ihr ins Ohr: »Ganz ehrlich, ich bin weder das eine noch das andere.«

Sie streckte ihm die Hand hin. »Ich heiße Saphir.«

Ganz automatisch griff er nach ihrer Hand, und dann sah er erstaunt hoch. »Saphir?«

»Genau, Saphir.«

»Saphir Star?« Vor lauter Aufregung verstärkte er den Druck seiner Hand.

Sie lächelte, fühlte sich aber unbehaglich, sowohl durch den Druck seiner Hand als auch durch seine Überschwenglichkeit.

»Saphir Star aus Islington?«

Sie sah ihn verdutzt an. »Neeein...«

»Oh, schade.« Er ließ ihre Hand los, war offensichtlich enttäuscht. »Dann sind Sie die falsche Saphir Star.«

Sie benötigte ein paar Sekunden, bis sie sich wieder gefangen hatte. Dann sagte sie: »Ich mag Sie. Sie bringen mich zum Lachen. Und wie heißen...?«

»Clark«, sagte er, »Ashley-Clarke.«

»Freut mich, Sie kennenzulernen, Ashley.«

»Sie können mich ruhig Clark nennen.«

Sie blinzelte. »Sie wollen, daß ich Sie beim Nachnamen rufe?«

»Nein, beim Vornamen.«
»Das tat ich ja.«
»Nein.«
»Einen Augenblick. Wie war doch noch einmal Ihr Name?«
»Clark Ashley-Clarke.«
»Gut. Und ich nannte sie Ashley.«
»Genau, doch ich möchte, daß Sie mich beim Vornamen nennen.«
»Der Ashley lautet?«
»Nein, Clark.«
»Ich dachte, Clark sei Ihr Nachname.«
»Nein, mein Vorname.«
Sie zögerte und seufzte dann: »Ich bin verwirrt.« Er lehnte sich auf dem Stuhl zurück, faltete die Hände über der Brust und erwiderte. »Das kann ich mir vorstellen.«
Die Schaffner forderten die Reisenden auf einzusteigen und die Personen, die nicht mitfahren wollten, die Waggons zu erlassen.
Saphir hob die Hand. »Sie wollen also, daß ich Sie Clark nenne?«
»Genau. Clark.«
»Und nicht Ihren Vornamen verwende?«
»Clark ist mein Vorname.«
»Und Ihr Nachname lautet Ashley?«
»Genau. Jetzt haben Sie's geschluckt.«
»Kopfweh bekomme ich davon. Als Sie noch ein kleiner Junge waren und draußen spielten, hat Ihre Mutter Sie dann gerufen und Sie aufgefordert, ins Haus zu kommen?«
»Ganz bestimmt.«
»Wie hat sie Sie gerufen?«
»Mit einer Stimme, die wie ein Nebelhorn dröhnte.«
»Nein, ich meine, welchen Namen gab sie Ihnen?«
»Sie sagte: »Komm endlich herein, du kleiner Bastard.«

Saphir überlegte lange. Dann nickte sie. »Sie heißen Clark Ashley-Clarke.«

»Genau.«

»Ihr Name wird mit Bindestrich geschrieben. Der gleiche Name am Anfang und am Ende und dazwischen Ashley mit Bindestrich.«

»Oh, nein, es ist nicht der ganz gleiche Name.«

»Nein?«

»Zum Teufel, nein. Das zweite Clarke schreibt sich mit ›e‹.«

Sie nickte bedächtig. »Ich werde Sie ermorden.«

Mit einem Ruck setzte sich der Zug in Bewegung.

Clark Ashley-Clarke, der Mann mit dem Namen mit Bindestrich, nahm einen Koffer hoch, um ihn in das Gepäcknetz über sich zu hieven. Es gab zwei – das linke war bereits durch Saphirs Koffer besetzt, das rechte noch leer. Clark verstaute seinen Koffer in diesem.

Saphir saß da und sah völlig verwirrt aus. »Das ist doch nicht zu fassen. Ich sitze hier herum und spiele Lou Costello für einen spleenigen Engländer mit zwei Nachnamen.«

»Oh, meine Liebe, nehmen Sie's leicht«, sagte er ausgelassen. »Sogar Lou Costello rang sich hie und da ein Lächeln ab.«

Sie wandte sich um, um zu ihm hochzublicken, mit offenem Mund, als der Zug plötzlich stehenblieb. Clark Ashley-Clarke ruderte mit den Armen in der Luft und landete auf Saphirs Schoß. Er versuchte, auf die Beine zu kommen, und fand sich Auge in Auge mit ihr. Zu seiner Überraschung nahm Saphir sein Gesicht in die Hände und küßte ihn. Der Kuß war sanft, die Zungen berührten sich nur leicht. Als sich ihre Lippen lösten, leckte er sich die Lippen ab und genoß den salzigen Geschmack ihres Mundes.

Sie lächelte und flüsterte mit honigsüßer Stimme: »He, Clark«, und sie küßten sich erneut. Es war kein stürmischer Orkan, mehr eine leichte Sommerbrise, doch er zog sie an sich, konnte ihre wohlgerundeten Brüste fühlen, und sein Atem wurde knapp. Er versuchte, mit der Hand nach ihr zu fassen, doch sie versetzte ihm spielerisch einen Klaps.

»Nur nicht so eilig. Wir haben die ganze Reise vor uns, die ganze Nacht.«

Er lachte und zog seine Hand widerstrebend zurück. »Aber natürlich, du hast recht. Hast du irgendwelche Vorschläge, wie wir das Übermaß an Zeit nützen könnten? Warte, ich weiß... Ich glaube, der Speisewagen ist gleich nebenan.«

»Mein Gott, wie wichtig ist doch in diesem Land das Essen. Das scheint ein nationaler Zeitvertreib zu sein.«

Er blickte sie voller Aufrichtigkeit an und antwortete schlicht: »Das ist es.«

Saphire nagte an ihrem Coq au vin und blickte von Zeit zu Zeit auf die Nachtlandschaft.

Der Speisewagen war voller Gegensätze: Er war eng, doch so eingerichtet, daß er geräumig wirkte. Er war einfach ausgestattet, doch gemütlich. Natürlich war die Speisekarte nicht üppig, doch das, was geboten wurde, war unglaublich gut.

»Wundere dich nicht über die französische Essenslust«, sagte er zu ihr. »Die Gastronomie gehört hier zur Lebensart.« Er wischte sich den Mund mit der Serviette und entfernte die letzten Spuren seines Filet mignon.

»Wie viele Länder gibt es, wo die Küchenchefs so populär sind wie Sportler, Schauspieler und dergleichen? Könntest du dir vorstellen, daß in den Staaten ein kleiner Junge seinen Kameraden erklärte, er wolle Koch werden, ohne daß sie ihn auslachten?«

»Ich glaube, du hast recht.« Sie schob ihren Stuhl zurück und faltete die Hände im Schoß. »Da sie sich doch so viel Zeit fürs Essen nehmen, kann ich nicht verstehen, daß sie ihr Fleisch nicht durchbraten. Oder magst du es so blutig?«

»Du meinst das Filet?«

»Ja, und es war nur mit einem Gemüse garniert statt...«

»Das liegt daran, daß die Franzosen der Ansicht sind, daß der Geschmack des Fleisches nicht durch einen anderen Geschmack verfälscht werden sollte.« Er sprach mit der Autorität eines Lehrers, der einen Schüler unterrichtet, der nicht gerade der hellste ist. »Aus diesem Grund wird das Fleisch auch nicht durchgebraten. Blutig, Medium, blutig, das ist gut so. Bestell ein gut durchgebratenes Stück Fleisch und...« Er schauderte beim bloßen Gedanken.

»Clark, du scheinst dich sehr gut darin auszukennen. Hast du Lust, etwas von dir zu erzählen?«

»Hm? Nun... das ist nicht sehr romantisch. Ich bin Reiseagent und arbeite für eine der größeren Agenturen in London. Da zur Zeit nicht so viel zu tun war, dachte ich, ich mache Urlaub. Das ist alles. Ende der Geschichte.«

Saphir fühlte, das war nicht alles. Er nippte genüßlich an seinem Côte du Rhone, doch auch das konnte sie nicht darüber hinwegtäuschen. Als er vorhin gegen sie gefallen war, hatte sie etwas Hartes an seiner Brust gespürt. Sie konnte nicht genau identifizieren, was das war, hatte aber einen vagen Verdacht. Nun, das war nicht ihr Problem... oder doch? Nein, endgültig nein. Und doch fühlte sie, daß da etwas unter der Oberfläche schwelte, das sie erfahren wollte.

»Andererseits«, dachte sie laut, »ist es aufregend.«

»Was meinst du damit, Schatz?« fragte Clark neugierig.

Sie lächelte schelmisch. »Mit dir zusammen zu sein, Schatz.«

Er spürte, wie sie ihn mit dem Zeh unter dem Tisch neckte.

»Ja, ich verstehe.«

Wortlos standen sie auf. Clark beglich die Rechnung und Hand in Hand kehrten sie in ihr Abteil zurück.

Saphir stellte sich ans Fenster und drehte sich nach ihm um.

Einen Augenblick lang blieb er in der Tür stehen und bewunderte ihre Schönheit. Das Oberlicht war gelöscht worden, und der Raum wurde nur noch durch eine kleine Lampe über der Couch bzw. dem Bett beleuchtet.

In dem abgedunkelten Raum lächelte Saphir vor sich hin. Es hatte ihr gefallen, sich scheu und zurückhaltend zu verhalten, doch sie fühlte, jetzt war es damit vorbei. Im Gang war sie noch ein kicherndes Mädchen gewesen, doch jetzt, in der intimen Sphäre der Kabine, stand sie gelassen da, aufrecht und stolz, mit hocherhobenem Haupt, und ihre violetten Augen versprachen einen Abend der Sinnlichkeit und des Genusses, von dem die meisten nur träumen konnten.

Ohne sich umzudrehen, ließ Clark die Tür ins Schloß fallen. Dann drehte er den Schlüssel um.

Er beobachtete, wie sie langsam ihren Rollkragenpullover und die Cordhose auszog, und er fragte sich, ob sie wohl Unterwäsche trage. Wahrscheinlich schon. Sie gehörte zu dem Typ Frauen, die alles so lange wie möglich hinauszögerten. Er freute sich darauf, ihr zuzusehen, wenn sie langsam ihren Büstenhalter öffnete, um ihre schönen Brüste mit den köstlichen Rosetten zu enthüllen. Es bereitete ihm Vergnügen, sich vorzustellen, wie sie langsam aus ihrer Hose schlüpfte, sie graziös zu Boden fallen ließ. Er würde jeden Teil ihres Körpers genießen: ihre geschmeidigen Beine, die wohlgerundeten Hüften, ihr glänzendes Vlies, dessen Rot um eine Nuance dunkler war als ihre rote Mähne. Sie wirkte wie eine Löwin, die auf der Lauer liegt und ihr Opfer beobachtet. Wie würde sie vorgehen, um ihr Opfer zu Fall zu bringen?

Zu seinem Erstaunen griff Saphir ganz unvermutet nach dem Schalter über ihrem Kopf und drückte darauf. Der Raum war in Dunkelheit getaucht. Nur ein Lichtstrahl stahl sich unter der Tür hindurch, denn der Gang draußen war die ganze Nacht beleuchtet. Die Vorhänge waren dicht geschlossen.

»Saphir?« rief er. Er konnte nur ihre Umrisse erkennen. »Saphir?« wiederholte er.

»Hier bin ich, mein Lieber.« Ihre Stimme war gedämpft und einladend.

»Ja, ich weiß, daß du hier bist. Nur bin ich im Augenblick etwas irritiert, weil ich nicht weiß, wo.«

»Clark, die Kabine ist so klein«, neckte sie ihn, »Du kannst mich gar nicht verfehlen.«

»Ja, sicher, doch wahrscheinlich breche ich mir dabei das Genick. Verstehst du meine Probleme?«

»Ja, natürlich. Betrachte es ein bißchen als eine Aufwärmphase.«

Er lachte amüsiert und hoffte, er würde sich an die Dunkelheit gewöhnen.

»Gut, ich ergebe mich.«

»Clark, sei still«, sagte sie plötzlich ohne eine Spur von Ärger. »Das hier ist völlig überflüssig. Hör einfach zu, laß dich von deinem Gefühl leiten. Alles andere ist unwichtig.«

Und dann hörte er, wie Saphir ihr Hemd über den Kopf zog, das leichte Rascheln von Stoff, und doch war es so laut wie ein Salvenfeuer bei einem Gefecht. Der Unterschied bestand nur darin, daß es hier nur Gewinner gab.

»Hast du es gehört?« drang ihre Stimme an sein Ohr. Er nickte und überlegte dann, daß sie das ja nicht sehen konnte.

»Ja, dein Hemd.«

»Hm.« Er hörte, wie es klickte, schnappte und Kleider zu Boden fielen. Er stellte es sich vor – und er roch es auch, den undefinierbaren Frauenduft, der seine Sinne entflammen würde. Allein der Gedanke daran berauschte ihn.

»Das war dein Strumpfhalter.«

Dieses Mal erhielt er keine Antwort, hörte nur, wie sie ihren Büstenhalter öffnete und zu Boden gleiten ließ und dann ihren Slip an ihren langen, geschmeidigen Beinen hinunterstreifte. Er wußte, sie stand nackt vor ihm. Lächelte sie? Streichelte sie sich?

Nein, sie war jetzt bei ihm. Ihre Nähe war überwältigend, eine Droge, die er in jede Pore aufnehmen wollte, um ein Hochgefühl zu erleben, wie er es noch nie erlebt hatte und wohl auch nie mehr erleben würde.

Er streckte die Arme nach ihr aus und wieder bekam er einen Klaps auf die Finger, die ihre nackten Hüften berührten. Mit fester Stimme befahl sie: »Erst wollen wir dich mal davon befreien.«

Obwohl er sich alle Mühe gab, versagten seine Finger. Sie waren nutzlose Holzstöcke. Saphir öffnete sein Hemd, widerstand dem Verlangen, seine Brust zu streicheln. Sie löste seine Krawatte und zog sie ihm über den Kopf, zog ihm das Jackett und das Hemd aus und nestelte an seiner Hose herum, forderte ihn dann aber zur Mitarbeit auf.

»Glaubst du, du schaffst das?« fragte sie ihn leicht spöttisch.

»Seit ich dem Spielanzug entwachsen bin, komme ich eigentlich ganz gut damit zurecht«, entgegnete er mit gespielter britischer Förmlichkeit. Er schlüpfte aus seiner Hose, stieß sie mit dem Fuß irgendwo in eine Ecke und zog seine Schuhe und Socken aus. Seine Erektion war stark und mächtig. Er wünschte sich, sie könnte sie sehen. Aber natürlich hatte sie recht. Heute nacht bot sich keine Gelegenheit für einen Augenschmaus, dafür mußte er alle anderen Sinne doppelt schärfen, da er sich auf seine Augen nicht verlassen konnte.

Und da fühlte er sie plötzlich, wie sie sich an ihn drängte. Sie stellte sich leicht auf die Zehenspitzen, da er größer war als sie, legte ihm die Arme um den Hals und schmiegte sich an ihn. Ihre Aureolen preßten sich an seine. Sie suchte seine Lippen, und ihre Zunge erforschte seinen willigen Mund. Ihre Körper waren dicht aneinandergedrängt, ihr samtener Flaum umhüllte seine Männlichkeit. Allein die Berührung ihrer Körper entzündete den Funken in ihrem Körper, erfüllte sie mit Verlangen.

Sie fuhr mit ihrer Fußsohle seine Wade entlang, liebkoste sie. Es durchlief ihn wie ein Lavastrom, er vibrierte ihr entgegen, sehnte sich danach, ihre Tiefen zu erforschen, sie seine Ekstase spüren zu lassen. Ihr Duft berauschte ihn, und er hatte das Verlangen, jeden Winkel ihres herrlichen Körpers zu erobern, in ihrer Sinnlichkeit zu versinken. Er massierte ihren Rücken, streichelte und drückte ihr festes Hinterteil, bedeckte ihr Gesicht und ihren Hals mit hungrigen Küssen und murmelte ihren Namen. Sie sagte nichts, doch er hörte ihre kurzen Atemstöße und ihre Seufzer. Ihre Hände wanderten seinen Körper entlang.

Schließlich hob sie ihr Bein so hoch, daß sie mit den Zehen sein Gesäß streicheln konnte. Mit einer ruckartigen Bewegung ihrer Hüfte stand sie so, daß sie ganz für ihn bereit war.

Er flehte sie an, seine Qual zu beenden, sein Flüstern war drängend und ehrlich und sie gab ihm nach. Er keuchte, als er in sie eindrang, und sie paßte sich seinen Bewegungen an, empfing ihn wie einen wiedergefundenen Liebhaber.

Das leichte Schaukeln des Zuges verschmolz mit dem Rhythmus ihrer Körper. Das langsame, monotone Rattern der Räder war für sie eine Art Metronom bei dem Zusammenspiel ihrer Lust. Und als der Zug an Schnelligkeit zulegte, wurden ihre Bewegungen automatisch auch heftiger, ihr Atem schneller, abgehackter. Sie klammerten sich aneinander, fühlten die glühende Haut des anderen unter ihren forschenden Fingern. Jede Bewegung ihrer Hüften trieb sie immer mehr dem Höhepunkt zu.

Er spürte, daß sie beide kurz vor dem Orgasmus standen, nahm alle Kraft zusammen und drang so tief er konnte in sie ein. Sie schrie auf. Und dann stieß er nochmals zu, in dem Verlangen, sie zum Explodieren zu bringen. Als sie beide den Gipfel erklommen hatten, vibrierten ihre Körper so lange, bis die Kräfte sie verließen und sie wie eine Puppe in Clarks Armen lag. Auch er konnte sich kaum mehr auf den Beinen halten und lehnte sich mit ihr gegen die Tür. Als er sich langsam etwas erholt hatte, löste er sich behutsam und bettete sie auf die Liege. Sie ließ sich zurückfallen, doch dann raffte sie sich auf und rief ihm mit schläfriger Stimme zu: »Komm ins Bett, bitte, leg dich zu mir.«

Er zögerte kurz, dann gab er nach. Sicher, warum nicht? Er setzte sich neben sie und bereits im Halbschlaf machte sie ihm Platz, damit er sich zu ihr legen konnte.

Sie schmiegte sich an ihn und schlief sofort ein. Doch Clark konnte nicht schlafen. Er lag da, starrte an die Dekke und machte sich Sorgen um die Zukunft.

Spät in der Nacht saß eine kleine Gruppe von Leuten an einem Tisch im Speisewagen und unterhielt sich leise. Das Signalhorn des Zuges ertönte; es hörte sich an wie der durchdringende Schrei einer Frau, die sich in der Nacht verirrt hat.

»Ich würde sagen, wir schnappen sie uns jetzt«, sagte die Frau in der Gruppe. »Wir betäuben sie, fesseln sie und lassen sie verschwinden, wenn wir nach Paris kommen.«

Der Mann ihr gegenüber sprach mit kaum verhohlener Verachtung. Seiner Stimme und seinem Auftreten nach war er der Führer der Gruppe. »Wie stellst du dir das vor? Sollen wir sie gefesselt auf einer Liege hinausschmuggeln? Mein Gott, Tasha, wofür hältst du das? Für einen Hitchcock-Film? Angenommen, jemand erwartet sie dort? Angenommen…« Er hielt inne und überlegte. »… angenommen, Savage ist dort? Hm? Möchtest du behaupten, du könntest sie unter seiner Nase verschwinden lassen? Ich möchte ihm nicht ins Gehege kommen, und sie ist auch nicht ohne. Dein eigener Bericht über ihren Auftritt in der Bar bestätigt das.«

Ihre Lippen wurden schmal. Sie blickte die anderen Männer an, doch auch sie boten ihr keine Unterstützung an. Sie schienen viel mehr am Ergebnis dieses Unternehmens interessiert zu sein.

»Sie ist gut, doch sie ist nicht unbesiegbar«, sagte sie. »Wir können sie physisch überrumpeln und…«

»Möchtest du alles darauf aufbauen?«

»Ja«, erwiderte sie bestimmt.

»Gut. Aber ich nicht, und ich habe hier das Sagen«, sagte er, indem er mit dem Daumen auf seine eigene Brust deutete. »Mit Gewalt ist hier gar nichts zu machen. Es ist besser, wir warten, bis sie in Paris ist, und schnappen sie uns dort in aller Ruhe und Diskretion. Wir wollen kein Aufsehen erregen, damit hier alles zusammenläuft.«

»Aber…«

»Tasha, versteh mich«, sagte er mit plötzlicher Schärfe, vermischt mit geheuchelter Freundlichkeit. »Ich weiß, du glaubst, dein Weg sei der richtige. Du drängst darauf, daß alles schnell vorangeht, siehst ein schnelles Vorgehen als Garantie für das Gelingen unseres Unternehmens an. Du glaubst, ich sei übervorsichtig, aber«, sagte er schnell, als sie versuchte, zu protestieren, »es wird Zeit, daß du lernst, daß zwischen Aggressivität und Tollkühnheit nur ein schmaler Trennstrich besteht. Ein Vorgehen, wie du es möchtest, ist im Augenblick unangebracht und ich verbiete es.«

»Aber…«

»Ich... verbiete... es.« Seine Stimme duldete keinen Widerspruch. »Bereits deine Anwesenheit in diesem Zug ist gegen meinen Wunsch, was ich dir ja bereits in Marseille dargelegt hatte. Doch lassen wir das. Dieses Mal sehe ich noch darüber hinweg. Doch dräng mich nicht weiter, denn die Folgen werden dir nicht schmecken.«

Wortlos stand er auf. Sein Gesicht war eine kühle, harte Maske. Ein Ober, der den Tisch abräumte, blickte ihn an und fing aus unerklärlichen Gründen zu zittern an.

Der Anführer entfernte sich mit schnellen Schritten.

Natasha blickte gedankenverloren die beiden anderen Männer an. Sie lächelte unfroh. »Und wo steht ihr beiden?«

»Wir haben unsere Befehle«, sagte der Bullige heiser. Sein Gesicht war immer noch mit ein paar Schrammen von Jean-Pauls Hand verziert.

»Aber«, meinte der Bleiche, »wir sind auch nicht auf den Kopf gefallen. Und mein Verstand sagt mir, daß dein Vorschlag der richtige ist. Dieses Herumschleichen ist nichts für mich. Und wenn das Ding so klappt, wie du es dir denkst, dann werden sich unsere Auftraggeber darauf besinnen, wer schnell gehandelt hat und wer gezögert hat.«

»Genau das ist meine Meinung«, sagte Tasha. »Nun, ohne die Mithilfe unseres furchtlosen Anführers können wir sie heute nacht nicht in die Gewalt bekommen. Doch ich bin davon überzeugt, daß es uns irgendwo vor Paris gelingen kann – und zwar ohne seine Hilfe.« Die Verachtung, die in ihren Worten lag, ließ keinen Zweifel, wen sie damit meinte.

»Und wenn er es verhindern möchte?«

»Dann könnte ja ihm etwas geschehen. Unfälle gibt es immer wieder.» Sie hielt inne, genoß den Augenblick. »Unfälle geschehen dauernd.«

9. Kapitel

Das sanfte Rütteln des Zuges weckte Saphir und nicht die Morgensonne, die das Abteil erhellte, denn die Vorhänge waren immer noch fest zugezogen. Sie gähnte, öffnete langsam die Augen. Clarks muskulöser warmer Körper war eng an sie geschmiegt. Sie lächelte, streichelte seinen Arm und flüsterte seinen Namen.

Er riß die Augen auf und ließ sie sofort wieder zufallen, um sie dann endgültig zu öffnen. Auch er lächelte.

»Hallo, Darling«, sagte er mit heiserer Stimme.

»Hast du gut geschlafen?«

Sie fuhr sich durchs Haar, setzte sich auf und entblößte ihre makellosen Brüste. »Nach gutem Sex kann ich immer gut schlafen.«

»Ich danke dir dafür. Das gleiche gilt für mich.« Er gähnte laut. »Nur heute nacht habe ich miserabel geschlafen.«

Sie versetzte ihm einen leichten Klaps gegen die Schulter. »Das ist ja ein tolles Kompliment.«

»Oh, Schatz, es tut mir leid«, und das klang ehrlich bestürzt. »Ich habe das nicht so gemeint. Du warst heute nacht ganz umwerfend, first class. Es ist nur ...«, er zuckte mit den Schultern, »... ich habe nur an unser Gespräch gedacht, von wegen, daß Leute dir folgen. Das versetzte mich in Angst, denn ich bin nicht gerade ein Held.«

»Oh, mach dir keine Sorgen.« Sie küßte ihn auf die Wange und amüsierte sich über die Stoppeln. »Es war wahrscheinlich genauso wie du sagtest – eine Verrücktheit. Ich habe diese Leute nirgendwo im Zug gesehen. Vielleicht sind sie gar nicht eingestiegen. Wahrscheinlich wissen sie gar nicht, wer ich bin.« Sie ließ das Rollo hochschnappen. Clark bedeckte die Augen.

»Bitte, Liebes, hab Erbarmen. Die armen Leute wollen noch schlafen.«

Sie lachte freundlich und schlüpfte aus dem Bett. »Wir haben nur noch ein paar Stunden bis Paris. Wir wollen doch nicht nur herumliegen, oder?«

In dem gnadenlosen Morgenlicht sah er zum erstenmal ihren wunderschönen Körper. Erstaunt registrierte er, daß sie tiefbraun war und daß ihre Haut keinen Makel hatte. In der Dunkelheit der Nacht hatte sich ihr Körper unter seinen tastenden Händen wie warmer Samt angefühlt, ein Schatz, der ihm seine Geheimnisse preisgegeben hatte. Doch jetzt bei Tageslicht wollte er sie auch mit seinen Augen erforschen. Er ergriff ihre Handgelenke und versuchte, sie ins Bett zurückzuziehen.

Sie wehrte sich schwach. »Mein Gott, jetzt schon?«

»Ja, jetzt schon.«

Sie setzte sich neben ihn aufs Bett, zögerte einen Augenblick, schlug dann mit einem Ruck die Decke zurück und musterte seinen muskulösen Körper, seine aufblühende Männlichkeit.

»Ich mag dich«, sagte sie schließlich. »Wirklich. Aber hast du auch noch Achtung vor mir?«

»Selbstverständlich. Komm her und laß mich dir noch etwas mehr Achtung bezeugen.«

In der Stille der Nacht ist die Liebe oft geheimnistuerisch, intensiv und wild; die Liebe am Tag, insbesondere in den Morgenstunden, ist nicht mehr hemmungslos, sondern sanft. Sie küßten sich ausgiebig, denn das konnte in aller Ruhe vollzogen werden, erforderte nicht mehr als zwei Verliebte, die die Lippen des anderen kosten wollen.

Einige Minuten lang genossen sie den sanften Druck ihrer Lippen, das Spiel ihrer Zungen, bevor sie beide erregt genug waren, mehr zu wünschen. Als er sich auf sie legte, langsam in sie eindrang, ihre Weichheit genoß, hörte man nur ein unmerkliches Seufzen. Ihre Hüften bewegten sich im gleichen Rhythmus, doch kein Wort wurde gesprochen. Sie waren ein Geist, ein Körper, gaben und empfingen Lust, stiegen immer höher, bis sie den Gipfel erreicht hatten. Als er soweit war, gab er einen tiefen Kehllaut von sich und sie umklammerte seine Hüften, so daß sie ihn noch intensiver in sich spürte. Dann wurde sie davongetragen von einer Riesenwelle.

Schließlich fiel er völlig erschöpft neben sie. Sie rollte auf die Seite und vernahm gleich darauf ein leises Schnarchen.

»Du wirst doch nicht schon wieder schlafen?« fragte sie, doch ihre Stimme war ohne Groll. Kopfschüttelnd stand sie auf. Das Liebesspiel, das sie gerade genossen hatte, war ein guter Auftakt gewesen. Sie war gespannt, was der Tag ihr noch bringen würde.

Sie holte sich ihren Koffer aus dem Gepäcknetz, entnahm ihm eine Zahnbürste, ein Deodorant und einiges mehr und schlüpfte in die Hose, die sie gestern getragen hatte. Dazu wählte sie eine weiße Givenchy-Seidenbluse und ein blaues Seidentuch.

Sie hatte eine kleine Badekabine zur Verfügung, doch das Rauschen des Wassers würde zweifellos Clark wekken und sie hatte beschlossen, ihn schlafen zu lassen. Also zog sie ihre Tennisschuhe an, öffnete die Tür und trat auf den Gang hinaus. Ihre Kleider an sich gedrückt suchte sie den Waschraum. Ein Räuspern ließ sie herumfahren.

Der Schaffner war plötzlich aus dem Nichts aufgetaucht und musterte sie ausdruckslos. Da bemerkte Saphir plötzlich, daß sie oben ja nackt war.

»Bonjour, Mad'moiselle«, sagte er höflich und tippte sich an die Mütze. »Kann ich Ihnen irgendwie behilflich sein?«

»Ja, Monsieur, ich suche den Waschraum.«

»Dort unten am Ende des Gangs auf der linken Seite.

Sehen Sie es?« Er deutete mit dem Finger in die Richtung. Sie sah eine Tür und nickte. »Danke.«

Er ging weiter und dachte bei sich: ›Diese Amerikanerinnen.‹

»Diese Franzosen«, maulte Saphir und begab sich in den Waschraum. Nachdem sie ihre Morgenwäsche hinter sich gebracht hatte überlegte sie, ob sie sich einen Knoten machen sollte. Sie beschloß, die Haare offen zu tragen und das Seidentuch um den Kopf zu binden. Schnell kleidete sie sich vollends an.

Als sie fertig war, warf sie einen prüfenden Blick in den Spiegel und faßte sich spöttisch unters Kinn. »Du bist hübsch, meine Kleine«, flüsterte sie dem Spiegel zu.

Sie verließ den Waschraum und erstarrte.

Da stand er, direkt vor ihr, zwischen ihr und dem Abteil, in dem Clark schlief.

Es war der blonde, bleichgesichtige Mann mit dem ungesunden Aussehen, den Saphir vor dem Zug gesehen hatte. Einen Moment lang hoffte sie, betete sie darum, daß seine Anwesenheit hier im Zug Zufall wäre, daß er lediglich in den Waschraum wollte.

Sie öffnete den Mund, um etwas zu sagen, doch der Gesichtsausdruck des Mannes schüchterte sie so ein, daß sie keinen Ton hervorbrachte.

Er stürzte sich auf sie, machte jegliche Hoffnung, daß es sich hier um ein Mißverständnis handelte, zunichte. Und obwohl Saphir in Panik geriet, reagierte sie sofort, wich ihm aus und eilte den Gang hinunter. Sie dankte dem Himmel, daß sie die bequemen Tennisschuhe trug. Auf Absätzen hätte sie keine Chance gehabt.

Sie rannte, entfernte sich immer weiter von dem Schutz ihres Abteils. Wäre sie da in Sicherheit gewesen? Würde dieser gräßliche Fahlgesichtige vor der Tür ihres Abteils Halt machen? Sie zweifelte daran.

Er lief ihr hinterher und wirkte dabei so entspannt, als ob er sich auf einem Sonntagsspaziergang befände.

Sie hatte das Ende des Wagens erreicht, versuchte zu schreien. Doch ihre Stimme gehorchte ihr nicht. Er kam immer näher auf sie zu, nach wie vor mit diesem schrecklichen, selbstbewußten Lächeln.

Saphir schnellte nach vorn und trat nach ihm.

Er schien sich nicht zu bewegen, nur seine Arme ruderten einen kurzen Augenblick in der Luft. Saphirs Fußtritt traf ins Leere. Sie packte seinen Arm, doch er schüttelte sie ab, mühelos. Dann verpaßte er ihr eine Ohrfeige und trat einen Schritt zurück. Seine blonden Strähnen fielen in sein blasses Gesicht.

Als sich ihre Wange rötete, empfand sie Schmerz. Sie kämpfte gegen ihre Panik an, die sie nur lähmen würde, drehte sich schnell um, riß die Tür zum nächsten Abteil auf und rannte. Sie lief über das schwankende Zwischenstück und stieß die Tür zum nächsten Abteil auf. Sie rannte den Gang entlang, ihr Herz pochte wie wild. Sie wußte, er hätte sie zusammenschlagen können. Der sadistische Bastard spielte mit ihr, und sie hoffte, das würde ihn zu Fall bringen.

Er verfolgte sie, sah keine Notwendigkeit, sein Tempo zu steigern. Er hatte sie in Angst und Schrecken versetzt. Ein wirksamer kleiner hypnotischer Trick, den ihm seine Lehrmeister beigebracht hatten. Mit einem einzigen Blick konnte er sein Opfer lähmen, wie die Schlange ihre Beute. Er war etwas verwirrt, denn Saphir hätte eigentlich noch angsterfüllter sein müssen. Er hatte nur zum Teil Erfolg gehabt – die Stimme hatte ihr versagt und ihre großartigen Reflexe hatten nicht richtig funktioniert. Doch er gab sich nicht mit einem Teilerfolg zufrieden. Ihr Wille war wirklich beachtlich.

Sie eilte den Gang hinunter, riß die nächste Abteiltür auf. Niemand war zu sehen. Sie wollte gerade zur nächsten Tür, dann sah sie ihn kommen. Der Wagen schwankte, als er um eine Kurve fuhr, die Bewegung hob die hypnotische Kraft seines Blickes auf.

Sie rannte in den nächsten Waggon und blieb erschöpft stehen. Er war vollgestopft mit Gepäck, Kisten, Schachteln usw. Sie stellte verzweifelt fest, daß sie keine Chance hatte, hier durchzukommen, noch bevor ihr Verfolger sie eingeholt hätte. Doch sie mußte Zeit gewinnen, um einen Plan zu machen.

In der Ecke lag ein Seil. Sie griff schnell danach, befestigte es am Türgriff und verband es mit einem Griff an der Wand. Sie verknotete es fest und dann wühlte sie im Gepäck herum, um eine geeignete Waffe zu finden.

Sie stolperte über Koffer und plötzlich verlangsamte der Zug das Tempo. Sie keuchten einen Hügel hinauf.

Als sie ihr Gleichgewicht wiedergefunden hatte, rüttelte es an der Tür. Der Blondhaarige ärgerte sich über den Widerstand, sah das Seil durch den Türspalt. Es würde nicht ewig halten. In wenigen Minuten hätte er es gelöst, und dann war sie wirklich in der Klemme.

Das Herz klopfte ihr bis zum Hals und Schweiß sammelte sich auf ihrer Stirn, sie wußte, sie hatte nicht viel Zeit. Wenn nur Poppa Dokks hier wäre. Oder Rex hereinschneite und sie in seine muskulösen Arme nähme. Jedes Rütteln am Türgriff erfüllte sie mit neuer Angst. Der Zug wurde wieder langsamer, und sie stieß gegen eine Truhe. Darauf stand, was sie wissen mußte: sie gehörte der französischen Eisenbahn. Wahrscheinlich wurden darin die Schaffneruniformen aufbewahrt. Im Augenblick war sie leer und unverschlossen.

Sie blickte zur Tür und sah, daß sich das Seil etwas gelockert hatte. Ihr Verfolger stemmte sich gegen die Tür, und der Knoten war nicht stark genug, um dem standhalten zu können. Sie stieg mit einem Bein in die Truhe, wollte den Deckel schließen und darum beten, daß er sie nicht entdecken würde.

Sie beobachtete, wie sich die Tür allmählich öffnete, blickte in die Truhe und überlegte, daß das keinen Sinn hatte. Ihre Gedanken wirbelten wild durcheinander.

Vor der Tür spitzte der Blonde seine Lippen und warf sich erneut gegen die Tür. Er wurde allmählich ärgerlich und besorgt, denn je länger sie seinem direkten Einfluß entzogen war, desto mehr Zeit hatte sie, ihre Gedanken zu sammeln und möglicherweise Hilfe zu finden. Irgend etwas an dieser Frau machte ihn nervös. Obwohl er alle Tricks angewandt hatte, besaß sie immer noch genügend Geistesgegenwart, ihn hinzuhalten.

Mit aller Kraft warf er sich gegen die Tür, so daß die Adern an seinen Schläfen hervortraten und sein totenbleiches Gesicht etwas Farbe annahm.

Das Seil gab weiter nach. Die Tür war jetzt weiter offen – das war mehr als genug. Er griff in seine Jacke und holte ein Schnappmesser heraus. Er nahm es in die andere Hand und ließ es aufschnappen. Er betrachtete es fast liebevoll und schnitt dann das Seil damit durch. Die Tür war jetzt offen.

In seiner Selbstsicherheit bot er eine gute Zielscheibe und er wußte es – doch er vertraute auf die Wirkung seines Auftretens. Wenn er vorsichtig, geduckt hereinkäme, könnte sie annehmen, daß er Angst vor ihr habe. Wenn er ihr nicht den Eindruck vermittelte, daß sie eine Gefahr für ihn darstellte, dann würde sie auch nicht auf den Gedanken kommen, eine zu sein.

Trotzdem ging er langsam weiter, blickte nach links und nach rechts. Er roch die Gefahr, bewegte sich wie eine Kobra, seine Namensvetterin. Das war sein meldodramatischer Nom de guerre, der ihm schon gute Dienste geleistet hatte, und er hatte alles getan, um dieses Image aufrechtzuerhalten. Plötzlich wandte er seine Aufmerksamkeit einer Truhe zu. Er schüttelte ungläubig den Kopf – wie konnte sie nur einen Augenblick geglaubt haben, sie könne ihm so leicht entkommen? Sicher, er hätte sie so oder so gefunden, doch in ihrer Panik hatte sie es ihm zu leicht gemacht. Als sie den Deckel zugezogen hatte, mußte sich wohl ihr blaues Tuch eingeklemmt haben, es winkte ihm wie eine Flagge zu.

Er lachte, wie er es oft tat, wenn er gerade einen Fang machte, ein leiser, zischender Laut. Irgendwie tat es ihm leid, daß dies eine einfache Such- und Fang-Aktion war.

Er bewegte sich äußerst vorsichtig, wollte das Drama so lang wie möglich verlängern, ihr den Eindruck vermitteln, daß er sie vielleicht nicht finden würde, daß ihre verzweifelte List funktioniert hatte. Er freute sich schon auf ihr angsterfülltes, verstörtes Gesicht, wenn er den Deckel hob. Er ließ sich Zeit.

Schließlich stand er direkt vor der Truhe. In der rechten Hand hielt er drohend das Schnappmesser. Er würde es ihr unter die Nase halten, seine ganze geistige Kraft aufwenden, um sie zu einem hilflosen Geschöpf zu machen. Vielleicht würde er sie sogar in die Truhe einschließen. Er konnte ihr ja mit dem Messer Luftlöcher bohren. Ein verführerischer Gedanke.

Mit einer schnellen Bewegung griff er nach dem Dekkel und schlug ihn auf. Die Scharniere quietschten.

Das blaue Tuch flatterte zu Boden.

Er starrte ungläubig in die Truhe. Sie war leer.

Zu einfach, schrie es in ihm, zu einfach. Er wirbelte herum, als sie von hinten an ihn herantrat. Sie hatte sich so leise bewegt, daß er nicht das geringste Geräusch vernommen hatte. Bevor er sich wehren konnte, sprang sie ihn an. Er kam ins Wanken, torkelte einen Schritt zurück und fiel geräuschvoll in die Truhe. Er war wie versteinert, konnte nicht verhindern, daß Saphir den Deckel hochhob und ihn geräuschvoll zufallen und das Schloß einschnappen ließ.

Als Kobra wieder zu sich gekommen war, rüttelte er an der Truhe, doch umsonst. Saphir überlegte, daß ihm bald die Luft ausgehen und daß er das Bewußtsein verlieren würde. Doch sie hatte Zeit genug, Hilfe zu holen und die Truhe von bewaffneten Männern öffnen zu lassen.

Sie hob das Schnappmesser auf, das zu Boden gefallen war, betrachtete es neugierig und fuhr mit der Hand über die Klinge. Sie schauderte und klappte es zu.

»Nun«, sagte sie, »zumindest ist das...«

Plötzlich hörte sie an der gegenüberliegenden Tür einen Krach. Sie riß entsetzt die Augen auf, als sie das mürrische Gesicht des Mannes sah, dem sie in Marseille den Spitznamen Pluto gegeben hatte. Er stolperte über Koffer und Kisten. Seine Schweinsaugen erblickten sie und er streckte die Arme aus, als ob er sie aus dieser Entfernung erreichen könnte. Einen entsetzlichen Augenblick sah es so aus, als könne er das. Saphir lehnte sich an die Tür, das Blut stockte ihr, als Pluto auf sie zuging, das Gepäck beiseite stieß, als wäre es aus Pappe. Er bahnte sich einen Weg zu ihr, seine Miene drückte grimmige Entschlossenheit aus.

Saphir erwachte aus ihrer Erstarrung; er war nur noch wenige Schritte von ihr entfernt, bewegte sich wie ein Lastwagen auf sie zu. Sie riß die Tür auf, lief auf die Plattform, es war der letzte Wagen, und wußte, ohne sich umzusehen, daß er gleich Hand an sie legen würde. Wenn sie erst einmal in seinen Pranken war, würde er sie nicht mehr loslassen, bis sie zermalmt wäre. Denn Pluto war heute nicht betrunken, sondern tödlich gefährlich.

Die Angst verlieh ihr buchstäblich Flügel, als sie verzweifelt hochsprang und versuchte, sich auf das Dach des Waggons zu hieven. Er packte sie am Bein, doch der Griff war nicht fest genug; sie konnte sich befreien und schwang sich hoch.

Sie legte sich flach auf das Dach und blickte zu Pluto hinab. Seine Blicke schienen sie zu durchbohren. Dann streckte er seinen langen Arm nach einer Leiter aus, die einen etwas gewöhnlicheren Zugang zum Dach versprach.

Saphir erwog einen Augenblick lang, da zu bleiben wo sie war und zu versuchen, ihn abzuwehren. Doch sie wußte, es konnte sich nur um Minuten handeln, bevor er sie fest im Griff hatte und vom Dach reißen würde.

Der Zug ratterte weiter bergan, verlangsamte seine Fahrt. Sie holte tief Luft. Dann stand sie langsam auf und lief das Dach entlang. Über die Schulter beobachtete sie, wie Pluto die Leiter hochstieg. Seine Hände hatten bereits die oberste Sprosse erreicht und jetzt sah sie auch seinen widerlichen Schädel. Er hielt die Leiter so fest umklammert, daß ihn nur Dynamit wegblasen konnte.

Sie wandte sich um und rannte weiter, bewegte sich so schnell sie konnte voran, kämpfte gegen den Wind und das schwankende Dach. Der Wind blies durch den dünnen Stoff ihrer Bluse. Im Kino hatte sie gesehen, wie die Leute wie Gazellen von Waggon zu Waggon sprangen. Sie duckte sich beim Laufen und versuchte mit den Händen das Gleichgewicht zu halten.

Sie wagte nicht, sich umzudrehen, da sie davon überzeugt war, ihr bulliger Verfolger sei ihr dicht auf den Fersen.

Nach Minuten, oder waren es nur Sekunden, erreichte sie das Ende des Waggons. Nun würde sie sich vom Dach herunterlassen und Hilfe bekommen.

Jetzt...

Das Signalhorn des Zuges ertönte. Sie sah nach vorn und sah es in Windeseile auf sich zukommen – das Tunnel. Sie hatte keine Zeit, vom Dach zu steigen, konnte sich nur so gut wie möglich flach legen, bevor sie die Finsternis einhüllte. Dann donnerte der Zug ins Tunnel. Und dann war es unvermutet wieder hell. Saphir blinzelte, kam unsicher wieder auf die Beine. Dann hörte sie ein leises Knurren hinter sich. Instinktiv sprang sie auf den nächsten Waggon und hörte ein ärgerliches Grunzen. Solange sie im Tunnel waren, hatte sich der Bullige weiter vorwärts getastet. Er stand nur noch wenige Schritte von ihr entfernt. Sie überlegte, ob sie auf die Plattform zwischen den beiden Waggons springen sollte. Doch dann verengten sich plötzlich ihre violetten Augen. Plutos Gesicht drückte Triumph aus, doch noch hatte er sie nicht.

Sie wagte es, ließ sich nach unten auf die Plattform fallen. Das geschah so schnell, daß sie froh war, nicht vom Zug gefallen zu sein. Einige Meter vor sich sah sie einen dicken Ast, der zu einem fast blätterlosen Baum neben den Schienen gehörte.

Und Saphir tat das einzig Richtige. Sie beugte sich nach vorn, streckte die Arme aus. Der Zug raste auf den Ast zu, und Saphir griff danach. Der Zug fuhr mit einer Stundengeschwindigkeit von dreißig Kilometern, Saphir ebenfalls, doch ihr verzweifelter Griff wirkte wie ein Anker. Ihr Körper schwang sich nach oben und als sie wieder in Höhe des Waggondachs war, streckte sie die Beine. Der Ast bildete eine Nabe und ihr Körper ein fiktives Rad. Ihre Zehen zeigten zum Himmel und sie versuchte, sich zu drehen. Sie erhaschte einen kurzen Blick auf Plutos erstauntes Gesicht, dann ließ sie sich mit aller Wucht auf Pluto fallen, der vornüber taumelte, nach Halt suchte und dann vom Zug fiel. Sein massiver Körper bewegte sich langsam nach unten, hing in der Luft. Seine Arme waren wie die Flügel eines großen Vogels ausgebreitet. So schwebte er nach unten, bis er auf dem Boden aufklatschte und sich nicht mehr rührte.

Saphir ließ sich auf das Zugdach fallen und versuchte, das Gleichgewicht zu halten. Sie hatte sich auf den Bauch gelegt und betrachtete schmerzlich ihre zerschundenen Hände. »O Gott«, murmelte sie, »ich wette, Emmanuelle mußte nicht solche Strapazen auf sich nehmen.«

Sie robbte vorwärts, bis sie ans Ende des Waggons gelangt war. Dann ließ sie sich hinunter. Als ihre Füße die Plattform berührten, hätte sie am liebsten Tränen der Erleichterung vergossen. Dann taumelte sie in den Waggon, wußte zuerst gar nicht, wo sie war, merkte aber bald, daß sie in der Nähe ihres Abteils stand. Mit unterdrücktem Schluchzen rief sie: »Clark, Clark...«

Das Mädchen kam aus dem Waschraum und zielte mit einem Revolver auf Saphirs Brust.

Saphir lehnte sich an die Wand, war zu müde, sich zu bewegen. Sie konnte nur noch hervorstoßen: »Warum?«

Die braunhaarige Mausähnliche sagte fest: »Wir sind Ihnen von Marseille aus gefolgt.«

»Ich... weiß. Ich kenne Sie ja von der Bar her.« Es flimmerte ihr vor den Augen. »Wer sind Sie?«

»Das geht Sie nichts an. Sie...«

Die Tür von Saphirs Abteil öffnete sich. Clark streckte erstaunt den Kopf heraus und sah zu Saphir hin. »Saph... was ist...«

Saphir wollte Clark warnen, doch sie konnte nicht einmal den Arm heben. Doch irgendwie schien es nicht wichtig zu sein, denn Clark fiel unvermittelt zu Boden, genau in dem Augenblick, als die Braunhaarige auf ihn zielte, um ihn kaltblütig niederzustrecken. Der Schuß pfiff an seiner Schläfe vorbei und plötzlich war da ein weiteres dumpfes, tödliches Geräusch.

Die Augen der Frau weiteten sich, als sie den roten Fleck auf ihrer Bluse sah. Dann blickte sie Clark an und ging langsam in die Knie. Clark fing sie auf und ließ sie auf den Boden gleiten. Sie hatte immer noch die Augen weit aufgerissen.

Saphir hielt sich die Hand vor den Mund, als sie die Frau auf dem Boden betrachtete und die Pistole mit Schalldämpfer in Clarks Hand sah. Sie sah den Ausdruck seiner Augen, als er sie anblickte – nichts mehr von der Zärtlichkeit, die ihr der Reiseagent Clark letzte Nacht geschenkt hatte.

Unsicher tat sie einen Schritt, und dann brachen die Ereignisse der letzten Minuten über sie herein, und zum erstenmal in ihrem Leben fiel sie in Ohnmacht.

Clark fing sie auf, nahm sie auf die Arme und ging mit ihr ins Abteil zurück. Dabei ging er gleichmütig an der Braunhaarigen vorbei. Er stieß die Tür auf und legte Saphir aufs Bett, untersuchte sie, ob sie keine Verletzung davontragen hatte. Mitleidig betrachtete er ihre zerkratzten Hände und fragte sich, wie sie wohl dazugekommen war.

Dann trat er wieder vor die Tür und betrachtete angeekelt die blutende Frau auf dem Boden.

»Zum Teufel mit dir, Tasha«, sagte er ärgerlich. »Ich hatte dir gestern abend gesagt, wir müßten diskret sein, und ich würde mich nicht davon abbringen lassen. Doch du hast dich darüber hinweggesetzt. Ich hatte dir gesagt, ich würde Saphir auf meine Art unseren Auftraggebern übergeben, aber du warst eigensinnig. Nun, dafür hast du büßen müssen.« Er bückte sich und schloß ihr mit einer sanften Geste die Augen. »Schlaf den ewigen Schlaf, Natasha.«

Und dann machte sich Clark Ashley-Clarke, oder wie immer er heißen mochte, auf die Suche nach einem Schaffner, während Saphir bewußtlos in ihrem Abteil lag.

10. Kapitel

Saphir erwachte in seidenen Laken.

Sie streckte Arme und Beine aus und legte sich auf die andere Seite, vergrub ihr Gesicht im Kissen und beschloß, noch etwas zu schlafen. Sie fuhr mit der Hand über das seidige Bettzeug und dann kam ihr die Erinnerung. Sie setzte sich auf, öffnete die Augen und blickte sich um. Sie befand sich in einem geschmackvoll möblierten Schlafzimmer. Sie rieb sich die Augen, wollte schreien, doch unterließ es dann. Sie wußte nicht, wo sie war und wie sie hierher gekommen war. Ein schrecklicher Gedanke drängte sich ihr auf. Einst war sie völlig erschöpft in einem schäbigen Apartment in Los Angeles aufgewacht und hatte festgestellt, daß ihr ein Teil ihres Lebens fehlte. Was, wenn das jetzt wieder der Fall war? Wenn alle, die sie kannte – Poppa Dokks, Kelly und die anderen – ihrer Vergangenheit angehörten?

Die Tür öffnete sich und Clark kam herein. Er sah gut aus in seinem grauen Pullover, der weißen Hose und den blitzblanken Schuhen. Er grinste sie an und fragte: »Wie geht's, Schatz?«

Sie beobachtete ihn mißtrauisch. Sie trug immer noch ihre Bluse vom Vortag und fühlte sich etwas unwohl. Sie zog die Decke bis unters Kinn und ließ ihn nicht aus den Augen, als er sich einen Stuhl holte und neben ihr Bett stellte, um darauf Platz zu nehmen.

»Du beobachtest mich ja wie ein Habicht«, schalt er sie.

Seine entwaffnende Art konnte sie nicht täuschen.

»Ich habe gesehen, wozu du fähig bist«, sagte sie ruhig.

»Und du hast keine Angst, oder?«

»Nein«, erwiderte sie ehrlich. »Sollte ich welche haben?«

Er schüttelte den Kopf. »Nicht vor mir.«

»Wer bist du in Wirklichkeit?«

»In Wirklichkeit?« Er seufzte. »Ich gehöre zum Geheimdienst Ihrer Majestät.«

»Danke«, erwiderte sie. »Ich danke dir für deine Ehrlichkeit. Und warum warst du im Zug mit mir? Warst du hinter diesen Typen her?«

»Nein, Schatz. Ein Teil von dem, was ich dir erzählt hatte, entsprach der Wahrheit.« Er beugte sich vor. »Ich war wirklich auf Urlaub, obwohl es so etwas wie ein Geschäftsurlaub wurde, wie ich zugeben muß.«

»Warum hast du mich angelogen?«

Er sah gekränkt aus. »Was hätte ich tun sollen? Ich konnte ja schlecht sagen: ›Hallo, Darling, ich bin ein Spion.‹ Einerseits ist das gegen die Vorschriften und andrerseits, wenn die Leute die Wahrheit wissen, erwarten sie, daß es gleich zu ballern anfängt.«

»Aber das stimmt ja auch«, betonte sie.

Er nickte. »Genau, und nur deshalb, weil ich mein Inkognito wahrte. Stell dir vor, ich hätte dir von Anfang an gesagt, wer ich bin, dann hätte es ja ein richtiges Spektakel gegeben.«

Sie mußte kichern. »Du hast eine seltsame Art, die Dinge zu betrachten. Wie kam ich hierher, wo immer ich hier sein mag?«

»Das hier ist das ›Bristol‹, das vornehmste Hotel weit und breit. Ich hoffe nur, deine Kreditkarten sind gültig, denn ich kann es mir nicht leisten. Dieser Platz hier ist sicher. Hier steigen Diplomaten ab, hohe Würdenträger, die ganze Schickeria. Keiner kann unbesehen ein- und ausgehen. Das erleichtert die Sache. – Was war nur mit dir los? Erst warst du ohnmächtig, und als du wieder zu dir gekommen bist, wurdest du hysterisch. Bis vor kurzem war der Arzt hier, gab dir ein Beruhigungsmittel, damit du hier nicht wie ein Derwisch herumtobst.«

»Tut mir leid, daß ich so viel Mühe mache«, sagte sie kleinlaut.

»Ist schon gut, Liebes«, meinte er und küßte sie auf die Wange. »Avanti, raus mit dir. Du mußt dich richten. Um zwölf Uhr wartet dein Vater auf dich...«

»Poppa!« Sie sprang aus dem Bett und hüpfte herum. Clark wunderte sich, wie schnell sie wieder fit war.

»Ist ja schon gut. Hörte es gerade unten. Er macht sich Sorgen um dich.«

»O Clark, du hast ihm doch nichts gesagt?« Sie klammerte sich an ihn. »Bitte sag mir, daß du ihm nichts gesagt hast.«

»Worüber? Ich weiß nicht einmal, was im Zug passierte, obwohl man einen Mann fand, der in einer Truhe eingeschlossen war.«

»Macht nichts. Gib mir eine Minute, um mich frisch zu machen. Wo sind meine Kleider?«

»Im Schrank. Vor zwei Stunden kamen deine Koffer aus St. Tropez – du warst so freundlich, deine lichten fünf Minuten zu haben, so daß du mir sagen konntest, wo du dort gewohnt hast.«

Sie nahm das erstbeste aus dem Schrank und eilte ins Badezimmer. Ein paar Minuten später kehrte sie zurück. Sie trug ein gelbes T-Shirt und französische Jeans.

Als sie zum Spiegel ging, um sich zu kämmen, schaute ihr Clark anerkennend hinterher. »Oooo la la Sasson.«

Sie fuhr sich mit den Fingern durch ihre langen roten Locken.

»Los, los. Poppa wird jede Minute hier sein.«

Sie gingen ins Wohnzimmer. Saphir pfiff bewundernd. »Très élégant«, sagte sie und sah sich im Raum um.

»Eine Suite«, bemerkte er.

»Wie hübsch sie ist.«

Es klopfte, und Saphir stürzte an die Tür und sprang so hoch sie konnte, um ihre Arme um Dokks Hals zu legen. Er beugte sich etwas herunter, so daß ihre Füße den Boden berühren konnten, und sie küßte ihn herzlich. »O Poppa, ich weiß nicht, warum du hier bist, doch ich bin froh, daß du da bist. Und Kelly«, rief sie aus, als sie den Iren erblickte. »Wie schön!«

Dokks sah sich wohlgefällig in der Suite um. »Ich sehe, du gewöhnst dich daran, stilvoll zu leben.« Dann erblickte er Clark und musterte ihn mit unverhohlener Neugier. »Oder hat der Kerl hier das Hotel ausgesucht?«

»Ehrlich gesagt, ja«, gab sie zu. »Ich wäre wahrscheinlich im ›Holiday Inn‹ oder dergleichen abgestiegen.«

»Da wäre ich aber überglücklich gewesen«, brummelte er. »Ich rief hier das exklusivste Hotel an, in der Hoffnung, daß ich dich finden würde, und tatsächlich, ich hatte Glück. Nun stellt sich heraus, daß ich diesem Gentleman hier«, er streckte seine Hand aus, »zu verdanken habe, daß ich dich so leicht gefunden habe. Ich danke Ihnen, Sir, auch wenn Sie keinen Namen haben«, fügte er sarkastisch hinzu.

»Daddy, tut mir leid«, sagte sie. »Das ist Clark«, und dann fuhr sie mit einem boshaften Lächeln fort »Ashley-Clarke.«

Dokks lächelte und neigte sich vor. »Freut mich, Sie kennenzulernen, Mr. Ashley-Clarke. Oder soll ich Sie einfach Clark nennen?«

Saphir blickte ungläubig. Clark grinste zurück.

»Clark genügt, Sir.«

»Ist wirklich eine kuriose Sache mit diesen britischen Bindestrich-Namen. Ein paar Dummköpfe lassen sich bestimmt dadurch aus dem Konzept bringen.«

Saphir holte tief Luft.

»Ja«, sagte Clark spöttisch. »Es gibt tatsächlich viele Dummköpfe, die...«

»Genug mit dem Small talk«, unterbrach ihn Saphir. »Poppa, warum bist du hier?«

Er änderte sein Verhalten, zeigte sich in seiner vollen, imposanten Größe und sagte: »Ja, ich möchte etwas mit dir besprechen.« Er gab Saphir einen Wink, der bedeutete ›nach dir‹, und folgte ihr ins Schlafzimmer.

Sie spürte, wie er sie von Kopf bis Fuß musterte und fragte nervös: »Was ist los?«

»Ich war sehr verärgert, als ich hörte, daß es da ein Porträt von meiner Tochter gibt, das sie in wenig schmeichelhaftem Licht zeigt.

Sie war verwirrt. »Was? Aber ich dachte, es sei schmeichelhaft. Es war... oh«, und ihre Stimme versagte. »Es stört dich, daß ich nackt bin!«

»Genau.« Er ging im Raum auf und ab, die Hände im Rücken verschränkt. »Ich möchte nicht, daß du mich für prüde hältst.«

»Nein, Poppa.«

»Ich bin genauso liberal wie die anderen.«

»Ja, Poppa.«

»Die Nacktheit stört mich nicht, solange du angezogen bist.«

»Ja, Poppa.«

»Ich möchte, daß du sofort deine Suche nach dem Maler beendest. Ist das klar?«

Sie blickte auf. »Nein, Poppa.«

Er blieb stehen und betrachtete sie neugierig. »Nein, ist das nicht klar?«

»Nein, das gebe ich nicht auf.« Ihre Stimme klang fest entschlossen. »Das ist ein Anhaltspunkt für mich, der mir weiterhelfen kann, zu erfahren, wer ich bin. Ich kann darauf nicht verzichten, nur weil dir die Umstände nicht passen. Es tut mir leid, aber ich kann es nicht ändern.«

Er öffnete den Mund und schloß ihn wieder. Saphir machte sich auf einen Wutanfall gefaßt, doch er starrte nur auf sie herunter und sagte:

»In Ordnung. Einst hätte ich dir dafür eine verpaßt, aber ich bin jetzt klüger.«

»Nicht länger ein ungestümer junger Mann?«

Er schnarrte. »Jung oder nicht jung, das hat nichts damit zu tun. Ein junger Dummkopf kann ein alter Dummkopf werden. Wie zum Beispiel Hiram Steaks. Man berichtete mir, der alte Schwachkopf sei nach Marseille geflogen, um dieses Nacktbild von dir zu kaufen.«

»Dieser miese kleine Mann, den du mir einmal vorgestellt hast? Wofür um alles in der Welt möchte er das Bild?«

»Um mich damit zu ärgern. Doch genug davon. Geh und such deinen Maler. Doch sei bitte vorsichtig.«

»Das bin ich. Und mach dir keine Sorgen.« Sie holte sich ihre Tennisschuhe aus dem Schrank. »Es wird alles gut werden.«

Sie schlüpfte in ihre Jeans-Jacke und ging ins Wohnzimmer, wo der Brite Ashley-Clarke und der Ire Kelly in eine heiße Diskussion über die Anwesenheit britischen Militärs in manchen irischen Gegenden verwickelt waren. Beide blickten sie interessiert an, als sie sagte: »Ich gehe jetzt also.«

Sie hing sich ihre Tasche über die Schulter und ging hinaus, wobei sie die Tür ins Schloß warf.

Die drei Männer blickten einander an.

Dokks zählte »Fünf, vier, drei, zwei, eins und...«

Saphir kehrte zurück und sah sie verwirrt an. »Wohin gehe ich eigentlich?«

Als Saphir mit dem Boot die Seine hinunterfuhr, lag zu ihrer Linken das Quartier Latin. Sie kam sich vor, als ob sie mitten in einer Postkartenlandschaft wäre.

Sie hatte ihr Haar zu einem Knoten aufgesteckt, so daß es nicht im Wind flattern konnte, und machte wie immer eine gute Figur. Sie konzentrierte sich auf das linke Ufer, wo sich Künstler, Studenten und dergleichen aufhielten.

Ihr Interesse galt einem bestimmten Mann, der vielleicht den Schlüssel für ihre Vergangenheit in der Hand hielt. Sie war nicht sofort aufs Boot gegangen, sondern zuerst zu Vera Finbert, einem bekannten Geschäft für Strickwaren, wo sie ein hübsches langärmeliges Wollhemd mit dünnen blau-weißen Längsstreifen erstanden hatte. Dann war sie bei Hermes gewesen, wo sie einen schönen blauen Seidenschal gekauft hatte, als Ersatz für den anderen, den sie nicht mehr tragen mochte. Im übrigen versuchte sie, die Ereignisse im Zug zu verdrängen.

Natürlich hatte sie da so ihre eigenen Ideen. Diese Geisteskranken im Zug wollten in Wirklichkeit an Clark heran. Das Ganze roch nach Geheimagenteneskapade. Sie wollten sie vielleicht als Geisel gegen Clark benutzen... Das ergab einen Sinn und erklärte auch Clarks Widerstreben, über die Angelegenheit zu reden. Er hatte wohl Schuldgefühle, weil sie wegen ihm in Gefahr geraten war.

Sie war völlig auf dem Holzweg, doch das wußte sie nicht. Auf dem Bateau mouche drängten sich die Touristen, doch Saphir kümmerte sich nicht darum. Im Gegenteil, es war ihr nicht unangenehm. Sie überlegte, ob sie Clark hätte mitnehmen sollen, doch sie hatte sich vorgenommen, die Suche auf eigene Faust durchzuführen. Er hatte vorgeschlagen, sie solle das Boot nehmen, um sich besser orientieren zu können. Das war eine gute Idee gewesen. Sie sah die Kathedrale von Notre Dame und überlegte, ob sie sie besuchen, sich dort in eine stille Ecke im Glockenturm verkriechen sollte. Sie hatte das Buch ›Der Glöckner von Notre Dame‹ verschlungen und sich in die Rolle der Zigeunerin Esmeralda versetzt.

Das Boot hielt beim Pont Neuf. Sie stieg aus und ging zu Fuß zum Quartier Latin.

Im Vergleich zu der Menschenmenge hier war es auf dem Boot leer gewesen. Der Boulevard St. Michel war gedrängt voll von Touristen, die in die Geschäfte und

Buchläden drängten. Sie wußte nicht, was sie erwartet hatte, aber bestimmt nicht diesen Ansturm.

Sie sah, wie ein Maler ein junges Mädchen mit dem Bleistift skizzierte. Die Eltern standen daneben und strahlten vor Stolz, blickten aber finster, als Saphir dem Maler auf die Schulter klopfte.

»Oui, Mad'moiselle?«

»Kennen Sie einen Monsieur Antoine Charles?« fragte sie auf französisch. »Er ist auch Künstler, wie Sie.«

»Es gibt keinen wie mich, Mad'moiselle«, sagte er voller Stolz. »Antoine Charles?«

»Ja.«

»L'artiste?«

»Ja«, wiederholte sie aufgeregt.

Er schüttelte entschuldigend den Kopf. »Ich befürchte, nein. Tut mir leid.« Und er wandte sich wieder seiner Skizze zu.

»Bastard«, murmelte Saphir verdrießlich und ging auf den nächsten Maler zu. Er hatte einen grau-weißen Bart.

»Ich dachte, alle Künstler wohnen im Quartier Latin, und jeder kenne jeden.«

Er blickte sie an. »Wie kommen Sie auf die Idee, das Quartier Latin sei ein Künstlerviertel?«

Sie holte ein kleines rotes Buch aus der Handtasche. »Das steht hier«, sagte sie. »Ich kaufte den Führer in Marseille, war erstaunlich billig.«

Er blätterte darin herum und gab ihn ihr zurück. »Das überrascht mich nicht, Mad'moiselle. Es wurde ja schon 1963 gedruckt.«

»Was?« Sie überzeugte sich selber und ließ das Buch fallen. Der Künstler konnte seine Belustigung kaum verbergen.

Die Mutter des jungen Modells räusperte sich geräuschvoll.

»Geduld, Madame. Solche Dinge können nicht überstürzt werden. – Nein, vor ein paar Jahren sind die

Künstler vom Hügel weggezogen. Wir haben jetzt das da« – und er zeigte mit dem Finger auf ein Gebäude aus Glas und Stahl – »den Tour Maine-Montparnasse. Wenn Sie einkaufen wollen, ist das zu empfehlen. Und dann gehen Sie in Richtung Denfert-Rochereau, Faubourg St. Antoine und die Rue de Cahronne hinunter. Dort, in den engen Gassen, finden Sie Ihren Künstler.«

Er wandte ihr seinen breiten Rücken zu und widmete sich wieder seiner Arbeit.

»Merci.«

»Pas de quoi.«

Sie folgte seinem Rat, besuchte das Einkaufszentrum, kaufte ein grünes T-Shirt und stopfte ihr elegantes Hemd in eine übergroße Schultertasche, die sie auch hier erstanden hatte. Zum Schluß kaufte sie noch eine rote Baskenmütze.

Als sie weiterging, hielt sie vor einem Parfümgeschäft, angelockt durch die Düfte. Saphir ließ sich alles vorführen. Als die vielen Flaschen vor ihr standen, ritt sie plötzlich der Teufel, und sie sagte entschuldigend zu der Verkäuferin. »Es tut mir leid, aber ich kann mich nicht entscheiden.«

Als sie bemerkte, daß das Augenlid der Verkäuferin nervöse Zuckungen bekam, hatte sie Mitleid mit ihr und griff nach einer Flasche, die sie noch nicht getestet hatte. »Wie wär's mit dieser?« fragte sie.

Die Verkäuferin seufzte, öffnete die Flasche und gab ein wenig davon auf Saphirs Handgelenk. Lächelnd hielt sich Saphir das Handgelenk unter die Nase, atmete den Duft ein... und stutzte. Da stand eine Frau vor ihrem inneren Auge, jemand den sie kannte. Und doch nicht kannte.

Eine Frau mit einem vertrauten Gesicht. Vertraut, wie sie es vor langer Zeit gesehen hatte. Doch es war auch ihr eigenes Gesicht, bis zu einem gewissen Grad, ihre Nase, ihre Augen, aber älter und... trauriger... und sie roch nach...

Schnapp!

Saphir zuckte bei dem lauten Geräusch vor ihrem Gesicht zusammen. Dann bemerkte sie, daß es die Verkäuferin war, die ihr etwas auf die Wangen strich.

Es war ihr schon einmal passiert. Damals war es ein Pferd, das in ihrem gemarterten Hirn eine Erinnerung wachgerufen hatte. Und dieses Mal war es ein Duft, der sie an eine Frau erinnerte, die ihre Mutter sein mußte. Ein Duft...

»Was ist das für ein Duft?« fragte sie mit belegter Stimme.

Die Verkäuferin war überrascht. Sie zögerte, bevor sie antwortete: »›Jonquil‹. Im allgemeinen kombinieren wir diesen Duft mit anderen...«

»Nein, bitte, geben Sie ihn mir so, wie er ist.«

Sie bemühte sich, ihre Stimme unter Kontrolle zu halten.

Mit einem resignierten Seufzer erwiderte die Frau: »Wie Sie wünschen, Mad'moiselle. Wieviel?«

»Ein paar Liter.«

Die Verkäuferin verzog keine Miene. Doch ihr Ton war verräterisch. »Ja, Mad'moiselle. Ein paar Liter Jonquil. Möchten Sie auch noch eine Schachtel Eier und einen Laib Brot?«

Es war nicht klar, erkannte Saphir den Sarkasmus nicht oder übersah sie ihn einfach. Sie sagte lediglich. »Bitte, nur das Parfüm.«

Es dauerte eine Zeitlang, bis die Verkäuferin ihr mitteilte, daß man keinen so großen Behälter habe, also war sie einverstanden, es in kleineren Mengen mitzunehmen. Doch als man die kleinen Flaschen in ihrer Tasche verstaute, überlegte sie, ob sie nicht töricht handelte. Doch sie fand, sie konnte dadurch vielleicht weiterkommen. Die Riemen ihrer Tasche schienen nicht so stabil zu sein, also hielt sie ihre Hand unter die Tasche, um ein Unglück zu vermeiden.

Sie verließ das Gebäude, blieb einen Augenblick an der Ecke stehen, beobachtete die Autos, die in atemberaubender Geschwindigkeit an ihr vorbeirasten. Sie schüttelte den Kopf. In Paris fuhren die Leute entweder wie die Geisteskranken oder Stoßstange an Stoßstange. Sie winkte einem Taxi, und der Wagen raste auf sie zu und kam knirschend zum Stehen. Saphir trat einen Schritt zurück und kletterte hinein.

»Wohin, Mad'moiselle«, fragte der Taxifahrer höflich.

Sie wußte es nicht und auf die Gefahr hin, leicht minderbemittelt zu erscheinen, beschrieb sie ihm die Gegend, die sie aufsuchen wollte. Zu ihrer Überraschung nickte der Fahrer und sagte lediglich: »Ganz wie Sie wünschen«, schaltete den Taxometer ein und fuhr los.

Sie fuhren manchmal recht gemächlich, dann wieder schossen sie um die Kurven, als ob sie direkt ins Weltall abheben wollten. Saphir klammerte sich an den Sitz, hatte einen Kloß im Hals und sagte sich, wenn sie Duelle auf dem Zugdach überstanden hatte, würde sie das ja wohl auch noch schaffen. Doch sie glaubte nicht so recht daran.

Schließlich wurden die Straßen eng und kurvenreich, und immer wieder sprangen Kinder vor den Wagen. Der Fahrer umfuhr alle Hindernisse, manchmal lenkte er nur mit einem Finger. Schließlich sagte er: »Willkommen in Denfert-Rochereau.«

Saphir schwang ihre schlanken Beine aus dem Wagen und reichte dem Fahrer eine Handvoll Francs, ohne genau zu wissen, wie viele es waren. Offensichtlich waren es mehr als genug, denn der Fahrer brauste mit einer Geschwindigkeit davon, die vermuten ließ, daß er, bevor sie wieder bei Sinnen war, außer Reichweite sein wollte. Doch das interessierte sie wenig. Saphir wußte nur einen Namen und machte sich auf die Suche.

Die Sonne wanderte am Himmel und die Schatten, die die großen Gebäude warfen, wurden länger, hüllten die engen Straßen in eine riesige dunkle Decke. Saphirs Füße fingen an zu schmerzen, als sie den soundsovielten Fremden nach Antoine Charles fragte. Frauen mit einem Brotlaib unter den Arm geklemmt, Kinder, die Ball spielten, sogar der Polizist zuckte mit den Schultern. Sie hatte das Gefühl, man zeigte ihr die kalte Schulter, weil sie Amerikanerin war.

Verbargen sie etwas? fragte sie sich. War dieser Antoine ein Freund, den sie decken wollten? Doch wahrscheinlicher war, daß es hier um die gute alte Ausländerfeindlichkeit ging. Und das hatte nichts mit ihrer Sprache zu tun, da sie ja fließend Französisch konnte.

Sie beobachtete, wie die Sonne langsam am Horizont verschwand. Sie aß in einem kleinen Café zu Abend. Obwohl die Gegend nicht ausgesprochen bedrohlich wirkte, warnte sie irgend etwas, daß es nicht ratsam sei, sich hier bei Nacht aufzuhalten.

Als sie sich mit nur mäßigem Appetit über den Salat des Hauses hermachte, dämmerte ihr, daß sie beobachtet wurde. Langsam drehte sie den Kopf und fragte sich, ob die Tatsache, daß sie ihren Beobachter beobachtete, unerfreuliche Folgen haben würde. Sie wurde von jemand angestarrt, der aussah wie ein kleiner Junge. Von der Statur her schien er höchstens acht oder neun zu sein, doch das Gesicht war wesentlich älter. Sein Gesicht und seine Augen waren tiefschwarz. Die Augen waren dominierend. Er sah aus wie ein Posterboy für ein Entwicklungsland, aber nicht arm, sondern eher gerissen. Er trug eine Mütze.

»Kann ich dir helfen?« fragte Saphir neugierig.

»Nein«, antwortete er mit hoher Fistelstimme. »Ich nehme keine Almosen an.«

»Oh.« Sie hatte ihre Gabel neben den Teller gelegt und nahm sie jetzt wieder auf. »Okay, ich gebe gern, doch wenn du nicht magst, respektiere ich das.« Sie fand, daß sich seine Stimme gar nicht kindlich anhörte.

»Doch ich könnte mir ein paar Francs verdienen, die Zeiten sind schlecht.«

»Ja, sie sind schlecht. Und wie stellst du dir das vor?«

»Sie möchten doch zu Antoine Charles?«

Ihre Fröhlichkeit verschwand ruckartig. Sie legte erneut die Gabel neben den Teller, musterte ihren neuen Bekannten und ermahnte sich, auf der Hut zu sein. Er verschränkte die Arme und blickte sie von der Seite an, als sie vorsichtig sagte: »Ja... woher weißt du das?«

Er zuckte die Schultern. »Sie haben sich ja überall erkundigt.«

»Und du kannst ihn für mich finden?«

»Ja.«

Sie hob eine Augenbraue und spielte mit der Gabel. »Wie teuer kommt mich das?«

»Fünfhundert Francs.«

Sie nickte. Das waren keine hundert Dollar.

»Okay, laß hören.«

»Erst das Geld.«

Mit einem kleinen Lächeln entnahm Saphir ihrer Handtasche ein Bündel Francs. Es bereitete ihr ein grimmiges Vergnügen, sein Gesicht zu beobachten, als er erkannte, daß sie auch mehr hätte zahlen können. Sie blätterte ihm fünf Scheine hin, und er zog eine Grimasse. Dann stützte sie das Kinn auf die Hand. »So. Wo soll ich Antoine Charles suchen?«

Mit einer unglaublich schnellen Bewegung griff er nach dem Geld auf dem Tisch. Zu seinem Erstaunen packte Saphir sein schmales Handgelenk und hielt es fest.

»Wo«, wiederholte sie eindringlich und mit einer Spur Skepsis, »kann ich Antoine Charles suchen?«

»Im Telefonbuch.«

Sie starrte ihn ungläubig an. »Das ist doch nicht dein Ernst?«

»Ich habe bereits nachgeschlagen, zur Sicherheit«, antwortete er lakonisch.

Sie lachte schallend und ließ sein Handgelenk los. Er griff sich das Geld und beobachtete sie mißtrauisch. »Was ist daran so lustig?« fragte er.

»Du, mein Kleiner. So, wie lautete die Adresse?«

Er zuckte die Achseln. »Wie kann ich das wissen? Ich bin ein Meister im Betrügen, doch kein Erinnerungskünstler.«

»Entschuldigung. Hättest du Lust, mit mir zu essen?«

Doch er wandte sich ab und trollte sich wortlos.

Saphir legte einige Scheine auf den Tisch und eilte aus dem Lokal. Sie fand ein Telefonbuch und die Adresse des geheimnisvollen Malers. Sie merkte sich die Adresse und traf jemanden, der offensichtlich weniger feindlich eingestellt war als die anderen und ihr den Weg zeigte.

Dann stand sie vor dem Eingang des Gebäudes und blickte zum zweiten Stock hoch. Sie verharrte lange so, betrachtete das Gebäude und forschte in ihrem Gedächtnis, ob irgend etwas sie an diesen Ort erinnerte. Doch vergeblich. Es war frustrierend.

Dann zeigte sich jemand am Fenster, der ihre Aufmerksamkeit erregte. Jemand, der mit unverhohlenem Interesse auf sie herunterblickte. Saphir kniff die Augen zusammen, um in der zunehmenden Dunkelheit die Frau mit dem rabenschwarzen Haar besser erkennen zu können. Saphir formte ihre Hände zu einem Trichter und rief hoch: »Excusez moi.« Die Frau reagierte nicht, und Saphir rief auf französisch: »Ist das die Wohnung von Antoine Charles?«

Die schwarzhaarige Frau regte sich nicht und einen Augenblick lang fragte sich Saphir, ob es vielleicht eine Puppe wäre. Doch dann kam plötzlich Leben in sie. Sie stand auf und machte Saphir ein Zeichen, sie solle hochkommen.

Saphir nickte und stand dann vor einer Tür ohne Nummer und Namen. Sie klopfte kurz und wartete.

Sie hörte schnelle Schritte, die kurz vor der Tür hielten. Saphir wartete geduldig. Sie hatte keine Eile. Dann sah sie durch den Spion in der Tür einen Lichtschein und machte der Person, die sie von der anderen Seite beobachtete, ein Zeichen. Geräuschlos öffnete sich die Tür.

Im Türrahmen stand die schwarzhaarige Frau, die sie bereits von unten gesehen hatte. Sie stand schweigend da, als ob sie Saphir Gelegenheit geben wollte, sich selber ihr Urteil über sie zu bilden. Saphir überlegte, ob die Frau hübsch war oder nicht und kam zu dem Schluß, daß man das nicht so schnell entscheiden konnte. Ihr Gesicht war eindrucksvoll, eckig, mit hohen Backenknochen und einer langen, feinen Nase. Das schwarze Haar war kurz geschnitten. Es war ein Nachtschwarz ohne Glanz, doch es paßte zu ihrem Gesicht, verlieh ihr ein exotisches, geheimnisvolles, erregendes Aussehen. Sie trug einen losen blauen Pullover und einen engen schwarzen Rock mit einem Seitenschlitz. Sie hatte wohlgeformte Beine, keine Schuhe an, war kaum geschminkt und musterte Saphir mit großem Interesse.

»Oui?« fragte sie, die schwarzen Augen weit geöffnet. Dann, als sie Saphir, die aus dem Dunkel ins Licht getreten war, näher betrachten konnte, verengte sich ihr Blick, und sie sagte: »Sie!«

11. Kapitel

Diogenes Dokks saß auf einem Holzstuhl, beobachtete die untergehende Sonne und hoffte, daß es Saphir gut ginge. In dem Park um ihn herum versuchten sich die Pariser von der Geschäftigkeit des Tages zu erholen, beobachteten die kleinen Modell-Segelboote in den Springbrunnen. Dokks lehnte den Kopf zurück und schloß die Augen. Er genoß die Stille und versuchte, seine Nerven zu beruhigen.

Das Geräusch von Ledersohlen und der vertraute Geruch billigen Pfeifentabaks veranlaßten Dokks zu sagen, ohne daß er den Kopf gedreht hätte: »Hallo, Hiram. Gefällt es dir in Paris?«

»Ah, Dokks, du alter Gauner. Du weißt verdammt genau, daß meine Reise umsonst war. Jemand anderer hat mir ein Bild, an dem ich interessiert war, vor der Nase weggeschnappt. Weißt du zufällig etwas darüber?«

Dokks zuckte die Achseln. »Nicht wirklich, Hiram. Du warst doch immer der große Kunstexperte. Meine Hobbies sind Golf und Poker. Was verstehe ich schon von solchen Dingern, die an der Wand hängen?«

»Vielleicht warst du an diesem persönlich interessiert«, sagte Hiram Steaks und nahm neben Dokks Platz. »Es war...«

Aus dem Nichts tauchte eine wütende Frau auf, die auf französisch auf Hiram einredete. Er starrte sie verständnislos an und sagte ärgerlich: »Was zum Teufel möchten Sie?«

»Sie möchte Geld«, antwortete Dokks amüsiert, »für den Stuhl. Gib ihr einen Franc, und sie läßt dich in Ruhe.«

»Man muß dafür zahlen, daß man auf einem gottverdammten Stuhl sitzen darf? Geh zur Hölle«, sagte er zu der alten Frau und versetzte ihr einen Knuff. Mit einem Fluch – zumindest hörte es sich so an – versuchte die Alte, ihn vom Stuhl zu bugsieren.

»O Gott, Hiram.« Dokks seufzte und gab ihr ein paar Francs. »Ich habe bereits bezahlt, doch ich löse dich aus, um des lieben Friedens willen.« Die Frau starrte ihn an, war verstimmt, weil es ihr nicht gelungen war, den groben Amerikaner, der nicht zahlen wollte, zu bezwingen, doch sie steckte das Geld ein, brummelte vor sich hin und ging weiter, um andere zahlungsunwillige Leute zu schikanieren.

»Dein Problem ist das gleiche wie immer«, sagte Dokks, »du hast einfach keine Klasse.«

»Ich mag keine Schnorrer«, erwiderte Hiram verdrossen.

Dokks lächelte gewinnend. »Ich auch nicht, doch es gelingt mir, mich mit einigen zu arrangieren.«

Hiram erzählte: »In ein paar Tagen findet eine Kunstauktion statt. Ich dachte, vielleicht interessiert es dich.«

»Nein, das glaube ich nicht.« Dokks streckte seine langen Beine aus. »Ist nicht mein Fall.«

»Das wird 'ne große Sache. Dabei dachte ich, du seist scharf auf so was. Mit dem Geld soll diese große Pariser Kochschule gefördert werden. Es...«

Dokks brachte ihn mit einem Blick zum Schweigen. »Hiram, warum bist du so versessen darauf, daß ich die Kunstauktion besuche?«

Hiram lehnte sich in seinem Stuhl zurück. »Ich bin nicht versessen darauf, es ist nur, daß...«

»Nein, Hiram, nein.« Dokks hob die Hand. »Verschone mich. Ich gehe zu der Auktion, nicht aus eigenem Antrieb, sondern damit du dich nicht weiter abmühen mußt, mich mit allen Mitteln dorthin zu bekommen.«

Hiram Steaks gab sich zutiefst entrüstet. »Nein, warte. Das war eine direkte Einladung. Wenn du sie ablehnen möchtest, dann sag es frei heraus. Du brauchst mir keinen Gefallen zu tun.«

»Das tue ich auch nicht, Hiram, ich erweise mir selbst einen Gefallen. Ich erspare mir, hören zu müssen, wie du dich brüstest, klug zu sein.« Er seufzte tief. »Also, wann findet diese Sache, die du dir ausgedacht hast, statt, und wo?«

»Ungefähr eine halbe Meile entfernt...«

Clark Ashley-Clarke sprach mit ernster Stimme auf jemanden am anderen Ende der Leitung ein. Vor der Telefonzelle stand eine ärgerliche Frau. Sie war mit Paketen beladen und wartete ungeduldig darauf, telefonieren zu können. Er blickte sie an und kehrte ihr den Rücken zu, damit er sie nicht mehr ansehen mußte.

»Nein, ich habe sie nicht aus den Augen verloren«, schnarrte Clark. »Sie war entschlossen, diesen Maler zu suchen, nein, sie hat mir nicht verraten, wie er heißt, und ich kann Dokks nicht dazu bewegen, mir das Bild zu zeigen, damit ich die Signatur entziffern könnte. Er möchte sie nicht noch mehr in Verlegenheit bringen, sagt er. Wenn ich zuviel Wirbel darum mache, bekomme ich es mit ihm zu tun. Ich konnte ihr nicht nachgehen. Bei den engen Straßen und Plätzen hätte sie mich bestimmt gesehen. Doch sie kommt ja zurück, und dann wird es mir schon gelingen, sie unter einem Vorwand zum Turm zu locken.«

Er schwieg, sah sich unbehaglich um. Der Mann am anderen Ende der Leitung sprach ruhig, fest und mit einem gefährlichen Unterton. Obwohl es ziemlich kühl war, spürte Clark, wie ihm der Schweiß ausbrach. Er wischte ihn ab und ließ seine Stimme ärgerlich klingen:

»Ja, natürlich, sie kommt zurück. Ich weiß, daß Sie sie lebend wollen. Doch, ehrlich gesagt, kann ich Sie nicht verstehen. Dachten Sie, als Sie ihr in Florida den Roten Baron hinterher schickten, damit er ihr Flugzeug abschieße, sie würde das überleben? Nun sagen Sie, lebend nütze sie Ihnen mehr. Mit dem Baron zusammen wäre von ihr nicht mehr als eine Handvoll Asche übrig geblieben.«

Die Stimme am anderen Ende schnarrte. »Die Dinge haben sich geändert. Der Chef hat entschieden, daß er sie lebend haben will.«

»Okay, erwiderte Clark mit einer Arroganz, die er gar nicht besaß. »Was soll ich also tun?«

»Den Job, für den Sie bezahlt werden. Und es wird Ihr letzter sein, wenn Sie ihn nicht zu unserer Zufriedenheit erledigen.«

Clark öffnete den Mund, um zu antworten, doch er hörte ein Klicken in der Leitung. Stirnrunzelnd hängte er den Hörer ein und starrte nachdenklich vor sich hin, bis die Frau draußen gegen die Tür trommelte. Er machte eine entschuldigende Geste, verließ die Telefonzelle, ging langsam die Champs Elysées hinunter und hing trüben Gedanken nach.

Er merkte nicht, daß er verfolgt wurde. Es war ein Mann im Trenchcoat, der sich immer in gebührendem Abstand hielt.

12. *Kapitel*

Saphir packte die Frau aufgeregt an den Schultern, und trotz ihrer Aufregung bemerkte sie die Wärme der bloßen Haut. Da die Frau sich eiskalt gab, dachte Saphir, die Haut müsse auch so sein. Doch das war nicht der Fall.

»Sie erkennen mich«, sagte sie aufgeregt.

Die schwarzhaarige Frau stieß hervor: »Aber natürlich. Von den Bildern. Wie könnte ich nicht?«

Plötzlich war Saphirs Erregung wie weggeblasen. »O ja, natürlich, Sie haben meine Bilder in der Zeitung gesehen.«

Sie fing einen erstaunten Blick auf. »Zeitungen? Nein. Ich lese nur sehr selten Zeitungen.«

Saphirs Hoffnung kehrte zurück. Aus irgendeinem Grund mochte sie die Stimme der Frau. Sie war tief, kehlig und ausdrucksvoll. Ihr Hals war lang und schlank. »Was für Bilder?«

Die schwarzhaarige Frau überlegte.

»Ich heiße Beth«, sagte sie unvermittelt. »Und Sie?«

»Saphir.« Sie streckte ihre Hand aus, Beth ergriff sie nicht, doch irgendwie fühlte sich die rothaarige Abenteurerin nicht gekränkt. Sie fragte schlicht: »Erkennen Sie mich, ja oder nein?«

Beth hob eine Augenbraue. »Im biblischen Sinne?«

Saphir lachte. »Egal in welchem.«

Beth neigte den Kopf und faltete die Hände über der Brust. »Kommen Sie herein, damit wir uns unterhalten können.«

Saphir folgte ihr in die Wohnung und schloß die Tür hinter sich. Die Wohnung hatte hohe Räume und große Fenster. Die Einrichtung war spartanisch, und Saphir erkannte auch weshalb. Jeder Platz war ausgefüllt mit einer

Leinwand. Überall waren Bilder in allen Phasen ihrer Vollendung. Meistens waren es Frauen, nur zwei oder drei Männer waren dabei – und alle waren nackt. Lasziv blickten sie den Betrachter an, hatten die Hände keusch über die Brust gelegt oder ihre wohlgeformten Beine bescheiden angewinkelt. Doch trotz der vorgetäuschten Bescheidenheit sah jede Frau so aus, als ob sie nichts lieber täte, als den Bewunderer in ihr Bett zu locken, um mit ihm einen prickelnden Abend zu verbringen. Im allgemeinen zog Saphir die Männer vor. Doch wenn sie die Frauenbilder betrachtete, dachte sie an warmes weiches Fleisch, erging sich in Fantasien. Sie sah Beth an, die sie mit einem kleinen, wissenden Lächeln beobachtete.

»Überwältigend für den Uneingeweihten, ich weiß.« Sie lachte kehlig. »Die Bilder können bewirken, daß man nur noch an das eine denkt. Warten Sie hier.«

Sie verschwand im nächsten Raum, und Saphir ging zum Fenster und blickte auf die Straße hinunter. Es war jetzt dunkel; sie mußte sich ein Taxi rufen lassen, um heimzukommen (wenn sie überhaupt das Verlangen verspürte, heimzugehen, sagte ihr eine innere Stimme).

Sie wußte auch nicht weshalb, doch plötzlich nahm sie eine Parfümflasche aus ihrer Tasche, öffnete sie und gab etwas Parfüm hinters Ohr, aufs Dekolleté und auf die Handgelenke.

Beths nackte Füße waren geräuschlos, doch Saphir spürte ihre Anwesenheit. Sie verstaute das Parfüm wieder in ihrer Tasche. Beth schien es nicht zu bemerken. Sie brachte zwei Bilder und lächelte Saphir an, voller Wärme.

»Ich dachte, diese beiden Bilder würden Sie vielleicht interessieren.« Das eine war ein Porträt von Beth selbst. Sie war nackt, über einen Stuhl hingegossen, hatte den gleichen einladenden Blick wie die anderen Frauen. Es war ein bemerkenswertes Bild. Dem Künstler war es gelungen, sie sinnenfreudig erscheinen zu lassen, obwohl sie kleine Brüste hatte (die sehr anziehend wirkten, stellte Saphir bei sich fest), und noch interessanter war das glühende Feuer in den dunklen Augen. Saphirs Blick wanderte zu Beth. Im Augenblick wirkte ihr Blick nur leicht amüsiert.

Dann zeigte ihr Beth das andere Bild. Saphir sah sich selbst. Dieses Bild zeigte die Vorderseite des Gemäldes, das in Marseille im Museum ausgestellt war. Das hier zeigte sie von vorn, doch es war unvollendet. Ihr Kopf und ihre Schultern waren da, ihre Beine auch, doch ihre Hüften waren erst angedeutet – und das war alles. Die Wirkung war verwirrend, denn sie glich hier eher einem Geist. Saphir stellte erfreut fest, daß Beth das Porträt intensiv studierte. Beths Augen wanderten vom Original zum Bild, und Saphir entdeckte in ihrem Blick dieses berühmte Funkeln, das sie an Beths Bild so fasziniert hatte.

»Wann hat er damit begonnen?« fragte Saphir.

Beth zuckte mit den Schultern und lehnte die Bilder sorgfältig an die Wand. »Das müssen Sie doch wissen, Sie haben ja Modell gestanden.«

»Bitte«, sie mühte sich, ihre zitternde Stimme unter Kontrolle zu halten, »erzählen Sie mir. Okay?«

»Ehrlich, ich weiß es nicht.« Beth durchschritt langsam den Raum, beobachtete Saphir. »Seit fast einem Jahr bin ich hier, und das Bild war schon da, als ich hier einzog. Marc redet nicht viel darüber.«

»Marc? Wer ist Marc?«

»Hm? O pardon. Antoine. Das ist sein zweiter Name, mit dem er signiert. Er findet das interessanter.« Sie schüttelte verwundert den Kopf. »Ich weiß nicht, welchen Bann Sie auf ihn ausüben. Dieses Bild stand die ganze Zeit im Schlafzimmer, und als ich es einmal wagte, unter die Umhüllung zu schauen, hätte er mich fast angesprungen. Er betrachtet es als etwas sehr Persönliches.« Sie beobachtete Saphir neugierig. »Wer sind Sie?«

»Wann kommt Marc zurück?«

»Bei Marc kann man das nie sagen.« Sie stellte die beiden Bilder nebeneinander an die Wand und forderte Saphir auf: »Nehmen Sie doch Platz.«

Saphir setzte sich auf den Teppich, nahm den Lotussitz ein. Beth setzte sich ihr gegenüber, zwei Fuß entfernt, in der gleichen Position. Ihr Rock rutschte nach oben, ließ ihre wohlgeformten Schenkel erkennen. Saphir war wie gebannt. Doch Beth verhielt sich kühl, als ob sie nicht wüßte, welche Gedanken Saphir bewegten. Es war frustrierend. Saphir mochte es nicht, in solchen Dingen im dunkeln zu tappen. Doch irgendwie wirkte der Frust aufreizend.

»Ich warte«, sagte Beth einladend.

Saphir hob eine Augenbraue. War das eine Aufforderung? Sie nahm es nicht an, fragte aber vorsichtig: »Worauf?«

Beth erwiderte mit einem kehligen Lachen: »Natürlich auf eine Antwort auf meine Frage. Wer sind Sie?«

Sie seufzte. »Haben Sie eine halbe Stunde übrig?«

»Für Sie, meine Kleine, habe ich soviel Zeit, wie Sie wollen.«

Beth beugte sich vor. Ihre kleinen, festen Brüste zeichneten sich unter dem Pullover ab. Sie trug keinen Büstenhalter, und Saphir fühlte einen dumpfen Schmerz in sich aufsteigen. Sie drängte ihn zurück. Sie kannte diese Frau kaum, wollte nicht einem schnellen Verlangen nachgeben, und übrigens war es jetzt an der Zeit, sich Informationen zu beschaffen und nicht sexuelle Abenteuer anzustreben.

»Oh«, sagte sie und bemühte sich, das Zittern in ihrer Stimme zu unterdrücken. »Ich erzähle Ihnen alles, was ich weiß, wenn Sie mir alles über Marc erzählen.«

Beth dachte darüber nach, dann nickte sie. Es war offensichtlich, daß sie neugierig war.

Saphir fing an zu reden. Sie hielt zwanzig Minuten lang einen Monolog, beschrieb in geraffter Form, was ihr seit ihrem Auftritt in der Bar in Los Angeles widerfahren war. Sie beobachtete Beths Gesichtsausdruck, achtete darauf, ob es nicht in ihren Augen irgendwie aufleuchtete. Doch Beth verriet nichts von ihren Gefühlen. Saphir bemerkte aber, daß sie genau aufpaßte, und alles registrierte.

Als sie ihren Bericht beendet hatte, nickte Beth langsam. Sie ließ Saphir keinen Augenblick aus den Augen. Nach kurzem Schweigen sagte sie: »Ich befürchte, ich komme bei der Angelegenheit besser weg. Die Information, die ich Ihnen geben kann, ist im Vergleich dazu recht dürftig.«

»Sagen Sie mir trotzdem, was Sie wissen.«

»Gut.« Sie schob ihren engen Rock noch weiter hoch. Saphir erhaschte einen Blick auf die dunkle, verlockende Stelle zwischen ihren Schenkeln und erkannte mit einem leichten Prickeln, daß Beth keinerlei Unterwäsche trug. Sie fühlte, wie ihr das Blut zu Kopf stieg, sie benommen machte, so daß sie kaum mehr Beths Worte hörte.

»Ich bin ein Modell«, erzählte Beth, zog ihr Bein an und stützte ihr Kinn aufs Knie. Anscheinend war sie sich nicht bewußt, welche Einblicke sie in dieser Stellung bot und welche Wirkung dies auf Saphir hatte. »Ich stehe Modell für Künstler.«

»Was versteht man darunter?« fragte Saphir.

Beth schien die Spannung in Saphirs Stimme zu überhören. Sie antwortete: »Ich stehe ihnen Modell, wie sie es wollen. Erotisch, exotisch, mütterlich. Ich verkörpere Lebende oder Tote, das macht keinen Unterschied für mich.« Sie nahm eine brennende Zigarette aus der Luft und nahm einen tiefen Zug. »Wenn ich...«

»Entschuldigen Sie..., aber wie haben Sie das mit der Zigarette gemacht?«

»Hm? O das.« Sie machte eine abwertende Geste, als ob das gar nichts wäre. »Der Zigarettentrick. Marc brachte ihn mir bei. Er malt nicht nur, sondern ist auch ein Amateurzauberer.«

»Hat er Ihnen noch andere Tricks beigebracht?«

Beth lächelte. Es war das erste Mal, daß ihr Lächeln auch ihre Augen erfaßte. »Ein paar. Wenn es Sie interessiert, zeige ich sie Ihnen.«

Die Worte waren unschuldig, doch der Sinn eindeutig, und Saphir unterdrückte den Impuls, Beth an sich zu ziehen. »Vielleicht später«, sagte sie in geschäftsmäßigem Ton.

»Sie sagten...«

Saphir freute sich, als sie Zweifel in Beths Augen erkannte. So hatte also Beth versucht, sie zu manipulieren. Saphirs veränderte Haltung hatte sie verwirrt, ihr Podest ins Wanken gebracht. Gut, dachte Saphir etwas blasiert, sie soll ruhig ein bißchen schmoren. Beth versuchte, den Faden ihrer Unterhaltung wieder aufzunehmen.

»Nun, wie ich sagte, eines Tages stand ich Modell für eine Klasse, und da war ein junger Mann, der mich so seltsam ansah.«

»Wie?«

»Sie wissen schon, so seltsam.« Und da war dieser Blick, den Saphir auf den Bildern gesehen hatte, dieser sehnsuchtsvolle Blick. Er war jetzt voll lebendig in Beths Augen. Vor diesem verführerischen Blick stürzten Saphirs Schutzwälle ein, die sie errichtet hatte, und sie bot dieser geheimnisvollen Frau ihr Inneres dar, ihr ganzes Verlangen.

Obwohl Saphirs Stimme vor Erregung bebte, sagte sie: »Und seit damals...?«

»Marc ist eine sehr anziehende Persönlichkeit«, erklärte Beth. »Seit damals bin ich mit ihm zusammen.«

»Wie hübsch.«

Beth stand unvermittelt auf und sagte mit ruhiger Stimme: »Saphir, du begehrst mich doch, oder?«

Sie unterdrückte den Impuls, ihr ein ja entgegenzuschreien, sagte statt dessen lediglich: »Ich habe... daran gedacht.«

Beth nestelte an ihrem Rock. Man hörte, wie ein Reißverschluß geöffnet wurde, und im Nu glitt der Rock zu Boden. Sie schob ihn mit dem Fuß zur Seite. Da ihr Pullover bis zur Hüfte reichte, wirkte sie immer noch züchtig.

Sie öffnete die Arme, und Saphir ging auf sie zu. Ihr Körper wirkte im Vergleich zu Beths schlankerem, eckigerem geschmeidig und biegsam. Sie preßten ihre Lippen aufeinander, erschauerten unter der Berührung.

Dann blickten sie sich sehnsuchtsvoll an. »Ich mache das nicht oft«, sagte Beth mit einer erfrischend natürlichen Stimme. Das war das erste Mal, daß sie ganz spontan etwas sagte, und Saphir wurde es warm ums Herz.

»Ich auch nicht«, erwiderte Saphir mit einem leichten Lächeln.

»Du duftest wunderbar, wie Blumen.«

»Danke. Du riechst auch nicht gerade schlecht.«

Beth vergrub ihr Gesicht in Saphirs braunem Nacken und küßte ihn.

Saphir fühlte, wie warme Lust sie durchströmte. Sie ließ ihre Hand unter Beths Pullover gleiten und tastete sich nach oben. Ihre suchenden Finger fühlten Beths weiche, warme Haut, und sie überlegte, daß Beths Anziehungskraft wohl von ihrer Haut ausging.

Und Beth gab ihrem Verlangen nach, auch wenn sie nach außen hin noch so kühl wirkte. Es kam selten vor, daß sie spontan reagierte. Doch vom ersten Augenblick an, als sie Saphir auf der Straße gesehen hatte, war sie entschlossen gewesen, sie zu verführen. Sie hatte auf die Wirkung der Nacktbilder gebaut, war davon überzeugt, daß ihr eigenes Nacktbild Saphir stimulieren würde. Doch sie war erstaunt über die Intensität ihres Verlangens, ihrer Sehnsucht, die sie in Saphirs Arme getrieben hatte. Einerseits wollte sie die Situation unter Kontrolle haben, andererseits wünschte sie sich, daß Saphir die Initiative ergreife, damit sie sich geliebt, sinnlich und erfüllt fühlen konnte.

Saphir, die einen halben Kopf größer war, fühlte, wie sich Beths Finger an ihrer Kleidung zu schaffen machten. Sie ließ sie gewähren, bis sie nackt war. Sie wußte, Beth kam bei ihrem Anblick auf Hochtouren, und merkte auch, wie ihre eigene Begierde übermächtig wurde. In ihr wütete ein Vulkan, der übersprudelte. Sie befreite Beth von ihrem Pullover. Gemeinsam gingen sie zu Boden, eng umschlungen. Sie drängte ihre Schenkel gegen Beths Schenkel.

Saphir spürte, wie sie dem Höhepunkt zustrebte. Sie kämpfte dagegen, da alles zu schnell ging. Ihre Hände suchten die Quelle von Beths Lust. Sie fand sie und stimulierte sie zärtlich. Sie genoß Beths sinnliche Freude, und als Beths Hand zu ihrer Lustquelle wandern wollte, gebot sie ihr Einhalt. Beth blickte sie überrascht an.

»Nein«, sagte Saphir entschlossen. Sie umarmte Beth und leitete sie. »Wenn du mich jetzt berührst, explodiere ich. Aber...«

Beth nickte verständnisvoll und lächelte glücklich. Sie nahm Saphirs hochaufgerichtete Röschen zwischen die Lippen, ließ die Zunge darüber tanzen, kostete ihre Vollkommenheit. Als sie Saphirs Erregung spürte, wurde sie noch weiter aufgeputscht und sie umarmten sich noch fester. Saphir zitterte vor Erregung und Beth keuchte, ließ ekstatisch die Hüften kreisen, entsprechend dem Rhythmus von Saphirs zärtlichen Händen. Sie verschmolzen miteinander, waren *eine* Frau, die wußte, was ihr gefiel, was sie zur höchsten Ekstase treiben konnte. Beth hatte einen überwältigenden Orgasmus. Sie zitterte und bebte in Saphirs Armen und atmete schwer, als sich ihr Körper konvulsivisch hin und her warf. Saphir wurde von ihrer Leidenschaft angesteckt und konnte nicht länger widerstehen. Sie erreichten gemeinsam den Höhepunkt, hielten sich solange sie konnten in schwindelerregender Höhe und entspannten sich dann ganz gemächlich, behutsam.

Sie hielten sich umfaßt, genossen die Ruhe und Wärme, die ihre Körper, die sich gerade in der Liebe verausgabt hatten, verbreiteten.

Da öffnete sich die Tür.

Saphir sah Beths überraschtes Gesicht, das sofort wieder gelassen wirkte. Widerstrebend löste sie sich aus Beths Umarmung, um zu sehen, wer sie gestört hatte. In der Tür stand ein Mann. Er war mager und hatte eine schlechte Haltung. Sein Körper schien aus den Körperteilen mehrerer Personen zusammengesetzt zu sein, doch dieses Gemisch hatte durchaus seinen Reiz. Seine Hose flatterte an ihm, und er trug ein schwarzes Sweatshirt. Sein Gesicht war genau wie das von Beth – knochig. In seinen blauen Augen blitzte es humorvoll. Er nahm seine schwarze Baskenmütze ab und enthüllte dunkelbraune Haare, die sich bereits lichteten.

Er beobachtete die beiden nackten Frauen, die immer noch auf dem Boden lagen. Dann legte er die große Mappe ab, die er unter den Arm geklemmt hatte, verschränkte die Arme über der Brust und sagte mit leiser Stimme:

»Schatz.«

»Ja, Marc?« erwiderte Beth leicht amüsiert.

»Du hast mir nicht gesagt, daß wir Gäste erwarten. Dann hätte ich mich etwas formeller angezogen.«

»Wie du siehst«, sagte Beth mit einer vagen Geste, »besteht kein Kleiderzwang.«

»Ja, anscheinend. Kenne ich deine Freundin, oder ...?« Plötzlich schwieg er, beugte sich vor und musterte Saphir intensiv. Er kniff die Augen zusammen, dann holte er eine Nickelbrille aus seiner Hose. Er setzte sie umständlich auf und stieß keuchend hervor: »Du.«

In Saphirs Kopf schlug eine Alarmglocke an. Irgend etwas, irgendein undefinierbarer Instinkt sagte ihr, daß Marc Antoine Charles über ihre Anwesenheit nicht so erstaunt war, wie er sie gerne glauben machen wollte. Doch ihr schnell aufflackernder Instinkt war genauso schnell wieder eingeschlafen und machte ungeheurer Erleichterung Platz. Die Reise hatte sich gelohnt. Sie hatte tatsächlich jemanden gefunden, der sie von früher her kannte, der ihr einen Tip über ihre Vergangenheit geben konnte.

Alles entwickelte sich prächtig.

13. Kapitel

Der Pariser Verkehr, durch den sich seine schwarze Limousine quälte, konnte Poppa Dokks Stimmung nicht aufhellen und die Unterhaltung, die er gerade übers Autotelefon führte, trug auch nicht dazu bei.

»Aber Saphir«, sagte er klagend und warf Clark Ashley-Clarke, der neben ihm saß, einen enttäuschten Blick zu, »es sind drei Tage her. Hast du etwas erfahren? Ich mache mir Sorgen um dich.«

Ihre unbekümmerte Stimme entgegnete: »Aber Poppa, weswegen denn? Wenn ich hier irgendwelche Schwierigkeiten hätte, könnte ich dich bestimmt nicht anrufen, oder...? Hör auf damit.«

»Womit?« fragte er überrascht.

»Ich habe nicht dich gemeint, Poppa.« Sie unterdrückte ein Kichern. »Ich rede mit... Hör auf, an mir rumzulecken.«

Ihre Stimme erfüllte den ganzen Wagen. Clark beobachtete, wie sich Dokks Gesicht langsam dunkelrot färbte. »Wer leckt dich?«

»Es ist nur ein junger Hund, Poppa«, erwiderte sie sanft. »Er schnüffelt hier überall herum.«

Kelly, der neben dem Fahrer vorne saß, schloß die Augen. Darauf möchte ich nicht wetten, dachte er bei sich.

»Ein junger Hund?« Und tatsächlich hörte man am anderen Ende kläffende Laute. Seine Augen spiegelten Zweifel. »Nun, sei vorsichtig.«

»Poppa, ich komme ja bald, vielleicht in einem Tag.«

»Wo wohnst du?«

»Bei einem jungen Paar, das ich kennengelernt habe. Sie sind sehr nett.«

»Gut, beeil dich, Prinzessin. Vergiß nicht diese Kunstauktion. Ich hatte gehofft, du würdest mich begleiten.«

»O Poppa, muß ich?«

Er lächelte nachsichtig. Sie klang mehr nach einem Teenager als nach einer Dame, die zum Jet-Set gehörte.

»Ich würde mich darüber freuen, Saph. Hiram Steaks legt so großen Wert darauf, daß ich dort erscheine, daß ich den Verdacht habe, da stimmt etwas nicht. Ich weiß nur nicht was. Ich wäre froh, wenn du dabei sein könntest.«

»Okay, Poppa. Du kannst mit mir rechnen. Morgen früh komme ich zurück.«

Clark beugte sich vor. »Saphir«, rief er unnötig laut, und Dokks flüsterte, er brauche nicht so zu schreien. »Saphir, hier spricht Clark!«

»Hallo, Clark. Was ist los? Was machst du mit Poppa? Hoffentlich nichts Illegales.«

Dokks kicherte, als sich Clark räusperte. »Dein Vater führt mich zum Lunch aus. Das ist sehr freundlich von ihm.«

»Nun, mein Poppa ist immer freundlich...« Durch die Leitung ertönte lautes Gelächter.

»Wieder der junge Hund?« erkundigte sich Poppa.

»Es ist – hör auf... genau, Poppa.«

»Wenn er zu ausgelassen ist, dann gib ihm mit einer zusammengerollten Zeitung eins auf die Schnauze.«

»Mal sehn. Bis morgen.«

»Saphir«, schrie Clark, »wie wäre es, wenn wir morgen früh auf Besichtigungstour gingen?«

»Hört sich gut an, Cl...« Und sie brach wieder in schallendes Gelächter aus. Poppa wartete, daß sie sich beruhigte, doch vergeblich. Er schüttelte den Kopf, sagte schließlich: »Dann bis morgen, Saph«, und drückte einen Knopf. Damit war das Gespräch beendet.

Einen Augenblick sagte niemand etwas.

»Ein sehr ausgelassener Hund«, bemerkte dann Clark

etwas hilflos. Langsam wandte sich der mächtige Schädel ihm zu. Nicht einmal die geräumige Limousine reichte aus, Dokks massige Gestalt bequem unterzubringen.

Dokks erwog verschiedene Erwiderungen. Schließlich erklärte er mit überraschend angenehmer Stimme: »Clark, Sie dürfen einen Vater nicht auf den Arm nehmen, du auch nicht, Kelly«, fügte er hinzu und sprach etwas lauter, damit er auch vorne gehört werden konnte. »Ich weiß verdammt gut, was im Leben meiner Tochter vor sich geht. Ich wäre ein lausiger Vater, wenn mir das entginge.«

Er lehnte sich in seinem Sitz zurück und fuhr fort: »Zu meiner Zeit benahm sich eine junge Frau ganz anders, auch die jungen Männer. Natürlich gab es immer einige Frauen, die den Männern zu willen waren. Heutzutage sind die Frauen emanzipiert oder dergleichen Unsinn. Es ist eine andere Zeit. Wenn ich nicht erkannt hätte, daß sich die Zeiten ändern, wäre ich nicht da, wo ich heute bin.«

»Genau«, pflichtete ihm Clark etwas zu übereifrig bei.

Dokks beachtete ihn nicht.

»Ich weiß, meine Saphir ist sehr sexbegeistert. Ich kann das nicht stillschweigend übersehen – und liebe sie dennoch. Es gehört zu ihr. Also akzeptiere ich es. Sie glaubt, sie könne meine Gefühle schonen, indem sie mir Märchen auftischt. Sie ist eine verdammt schlechte Lügnerin. Ich müßte blind, stumm und taub sein, um nicht zu erkennen, was gespielt wird. Sie versucht, diskret zu sein. Sie ist noch jung und so diskret wie ein feuerspeiender Vulkan. Doch sie wird es schon noch kapieren. So setzen wir unser ›Was ich nicht weiß, macht mich nicht heiß Spiel‹ fort, bis sie entweder so überzeugt von meiner Zuneigung ist, daß sie mir keine Lügen mehr auftischt, oder so klug, daß es ihr tatsächlich gelingt, mich hinters Licht zu führen.«

Kellys Vertrauen zu seinem langjährigen Freund und

Chef wurde voll wiederhergestellt, denn er hatte festgestellt, daß es ihn ehrlich betrübte, daß Dokks gegenüber den Abenteuern seiner Tochter so blind war. Clark gab seiner Bewunderung offen Ausdruck. »Diogenes, Sie sind ein Mordsvater.«

Dokks kaute an einer Zigarre, spuckte die Spitze aus, zündete sie an und zog genüßlich daran. »Ich weiß. Sie ist aber auch eine Mordstochter.«

Clark machte es sich in seinem Sitz gemütlich und ließ seinen Gedanken freien Lauf. Morgen blieb noch Zeit genug. Er würde alles arrangieren, würde dafür sorgen, daß sie beim Eiffelturm hielten. Bis Dokks merken würde, daß etwas nicht stimmte, wäre es schon spät am Tag. Er könnte nichts dagegen unternehmen. Alles lief wie geschmiert.

14. Kapitel

»He«, Marc rückte gebührend von ihr ab und hielt sich seine Nase mit gespieltem Schmerz. »Wofür soll das gut sein?«

Dem Künstler gegenüber saß Saphir, beide waren nackt. Links von ihr stand ein Stuhl mit einem Morgenmantel und in der Nähe des Stuhls Saphirs Porträt, das fast vollendet war. Auf einem Bündel Kleider lag eine Farbpalette, die Marc noch vor kurzem benutzt hatte.

Saphir beugte sich vor, nahm eine drohende Miene an. In der Hand hielt sie eine zusammengerollte ›Paris Match‹.

»Mein Poppa hat mir das empfohlen«, erklärte sie unschuldig. »Er sagte, ich solle dir damit eins auf die Nase geben.« Sie legte den Kopf auf die Seite und lächelte eines ihrer unschuldigsten Lächeln. »Es funktioniert.«

»Du hast ihm gesagt, ich sei ein junger Hund«, protestierte er. »Ich habe es ja selber gehört.« Er zeigte auf das Telefon. »Du hast gesagt, ich sei ein Hund.«

»Nun, Gott sei Dank bist du der Sohn einer...«

»Du!« Mit lautem Gebrüll stürzte er sich auf sie. Er hatte sein Gesicht so verzerrt, daß er aussah wie ein tollwütiger Hund.

Saphir rollte sich schnell zur Seite und hörte, wie er mit einem lauten Plumps auf dem Boden landete.

Lachend rollte sich Saphir über ihn, genoß eine Sekunde lang die knochige Brust und sein weiches Körperhaar. Er war zart gebaut, doch erstaunlich stark und drahtig und bewegte sich mit Anmut und sparsamen Bewegungen, was ihr sehr gefiel.

Er hatte eine kauernde Stellung eingenommen und

fletschte seine weißen Zähne. Seine blauen Augen waren enge Schlitze. Er ließ sich hin und her rollen.

»Was ist los, mein kleines Hündchen«, flötete Saphir honigsüß. »Hast du dich verletzt?«

Er nickte stumm und blickte nach unten.

»Hat sich der Zauberer wehgetan? Hm?« Sie machte sich an seinen angezogenen Knien zu schaffen. »Los, laß mal Schwester Saphir ran.« Sie wechselte auf englisch über. »Ich bin eine RN.«

»Registrierte Nymphomanin?«

Sie kräuselte ärgerlich die Lippen. »Du stiehlst mir die Zeit. Los, laß mal sehen.«

Mit gespielter Schüchternheit streckte Marc seine Beine aus und bot Saphir einen unbehinderten Anblick. Ein Lächeln spielte um ihre Mundwinkel.

Sie nahm sein Glied, das schnell zu beachtlicher Größe anschwoll, in die Hand und sagte dann mit deutschem Akzent. »Wir werden dich schon zum Reden bringen.«

»O mein Gott«, murmelte Marc.

»Sei brav«, warnte sie ihn und rollte das R. Sie verstärkte den Druck ihrer Hand. »Wir wissen, daß du Familie in Düsseldorf hast.«

»Du bist von Sinnen«, sagte er verträumt.

»Das entscheidet die Gestapo.«

»Wunderbar.«

Sie schlief gern mit Marc, auch mit Beth. Mühelos hatten sie eine Dreierbeziehung aufgebaut, die Saphir gerne fortgesetzt hätte. Die Liebe mit Marc und Beth war völlig anspruchslos. Wenn das Vorspiel zur Vereinigung führte, prima, wenn nicht, auch gut. Gab es einen Orgasmus, wunderbar, wenn nicht, war das auch kein Weltuntergang. Es war Liebe ohne Zwang. Saphir wünschte, sie würde auf die Art von mehr Leuten praktiziert werden. Die drei genossen ihre sexuellen Begegnungen mit träumerischer Leichtigkeit. Die kleine Wohnung war voller Frieden. Marc arbeitete fieberhaft an der Vollendung ihres Porträts.

Einmal hatte sie ihn gefragt, ob er unter Termindruck stehe. Wäre sie nicht verträumt gewesen, hätte sie bemerkt, wie es in seinen Augen überrascht aufflackerte – seine Maske sich einen Augenblick lüftete. Hätte man sie ihm ganz weggezogen, dann wäre die Wahrheit zutage gekommen – daß er unter Termindruck stand. Doch sie bemerkte es nicht. Saphir versuchte, sich in diesem sinnlichen Märchenland zu erholen, die Ereignisse der letzten Tage zu vergessen. Den schrecklichen weißen Mann mit dem Messer, den gefährlichen Spaziergang auf dem Zugdach, bei dem jeder falsche Schritt ihr letzter hätte sein können, die Frau, die von dem anscheinend harmlosen Reiseagenten erschossen worden war – all diese Erinnerungen hätte sie gerne begraben. Sie war keine Geheimagentin, kein eiskalter Töte-oder-werde-getötet-Automat. Sie hatte ihrem Schöpfer ins Auge gesehen und wollte jetzt nur noch vergessen. Es war ein irreführendes und schließlich ein gefährliches Spiel, das sie da spielte, von dem sie aber nicht abgehalten werden konnte. Nur ein einziger Mann, Rex Sauvage (ihr Savage), hätte dies gekonnt, doch kein Mensch wußte, wo er im Augenblick war.

Sie leckte mit ihrer feuchten, rosigen Zunge die Innenseite ihrer Handflächen und setzte sch rittlings auf ihn. Bei ihrem bloßen Anblick fing er an zu zittern, drängte sich ihr entgegen, befahl ihr, bettelte.

Sie sah zu, wie seine Erektion immer noch weiter zunahm, und sie spürte dieses Prickeln zwischen ihren Beinen, das ihren ganzen Körper erfaßte, alle ihre Sinne entflammte. Da Marc nichts von Eau de Cologne hielt, atmete sie seinen natürlichen Schweißgeruch ein. Marc schwitzte sehr, vor, während und nach dem Sex und dieser Geruch erweckte in ihr angenehme Assoziationen an Männer, die auf ihr lagen, deren Körper glänzten vor Schweiß, wenn sie immer tiefer in sie eindrangen.

Ihre erfahrenen Finger streichelten ihn. Er stöhnte, da sie alle seine Sinne stimulierte, alle Dämme in ihm löste.

Als sie seinen stahlharten Penis massierte, redete sie wieder mit dem deutschen Akzent: »So, jetzt reden wir aber, oder?«

»Ja, ja.«

»Wann hast du mich zum erstenmal gesehen?«

»Vor einem Jahr... o Gott... nein, vor anderthalb Jahren. Vielleicht waren es auch zwei. Du warst sehr nett, aber sehr geheimnistuerisch.«

»Wie hast du mich genannt?«

»Du sagtest, ich solle dich Star nennen.«

Sie erinnerte sich, wie geschockt sie gewesen war, als er ihr das zum erstenmal erzählt hatte. Obwohl sie jetzt die Antwort schon kannte, fragte sie trotzdem: »Warum?«

»Da wir uns am Etoile, dem Star (Stern), von dem zwölf Straßen ausgehen, kennengelernt hatten.«

Er bewegte seine Hüften rhythmisch, und sie ließ ihre Hüften ebenfalls kreisen. Sie verstärkte den Druck und spürte, wie die Stelle zwischen ihren Beinen entflammte, wie ihre Bedürfnisse sich anmeldeten. Ihre Erregung wurde übermächtig, doch sie versuchte, sich auf seine Worte zu konzentrieren, hoffte, sie könne weitere Informationen erhalten.

»Wir waren am Triumphbogen«, sagte er. »Beim Grab des Unbekannten Soldaten. Du standest lange dort, und ich fragte dich, weshalb. Du hast nicht geantwortet, mich nur angelächelt, und wir unterhielten uns. Du hast nicht viel von dir erzählt, lediglich, daß du geschäftlich in Paris seist. Du erwähntest aber nicht, um welche Art von Geschäft es sich handelte. Und du warst einverstanden, mir Modell zu stehen, für zwei Bilder. Das eine sollte dich von vorne und das andere von hinten zeigen. Ich beendete das Bild, das dich von hinten zeigte und fing mit dem anderen an, doch eines Tages warst du verschwunden. Ich dachte nicht, daß ich dich wiedersehen würde.«

»Sprach ich genauso fließend Französisch wie jetzt?«

»Ja.«

Die echte Saphir konnte kein Französisch. Also war es sie gewesen. Doch was hatte sie damals getan? Es war so verdammt frustrierend. Ihre Gedanken wanderten und sie zwang sich, sich auf Marc zu konzentrieren. »Ich muß die Dinge fest in der Hand behalten«, sagte sie und drückte etwas fester.

Er legte ihr die Hand auf die Hüfte, und sie blickte ihn überrascht an.

»Bitte«, sagte er. »Benimm dich nicht so, als wenn du mich einem Verhör unterziehen wolltest.« Er warf den Kopf zurück und blickte traurig. »Ich fühle mich... so benutzt.«

Saphir lachte und empfand ein leichtes Schuldgefühl, denn er hatte ja recht. »Tut mir leid, soll nicht wieder vorkommen.«

Er streichelte ihre Wange. »Ich weiß.« Sanft zog er sie zu sich herunter, sanft, ohne Eile, und ihr geschmeidiger Körper bot keinen Widerstand. Sie bettete den Kopf an seine Brust und konnte hören, wie sein Herz hämmerte. Er fuhr ihr mit den Fingern durch ihr weiches Haar und sagte: »Saphir, mein Herz sagt mir, du bist zu mir zurückgekehrt, damit ich mein Porträt von dir beenden kann.«

Er bekämpfte das Zittern, das ihn erfaßt hatte, das ihm das Gefühl gab, ein Schuljunge zu sein. »Ich versuchte, das Bild aus der Erinnerung zu vollenden, doch das reichte nicht.«

Sie spielte mit seinem spärlichen Haar, wickelte eine Strähne um ihren Mittelfinger. »Anscheinend habe ich doch nicht genug Eindruck auf dich gemacht«, sagte sie tadelnd.

Er lächelte darüber, seine blauen Augen funkelten.

Er zog ihren Kopf herunter und küßte sie zwischen seinen Worten. »Doch wie... könnte es... eine bloße... Erinnerung... mit dem... Original aufnehmen?«

Sie hob den Kopf. Ihr Blick war entschlossen. »Mal sehen, wie das läuft!« Sie beugte sich zu ihm herunter und küßte ihn gierig.

Er war ein liebenswürdiger Typ. Trotz seines nicht gerade umwerfenden Äußeren zog er sie an. Als ihre sensiblen Hände seinen Körper streichelten und sie seine Erregung spürte, war sie froh, daß sie ihn gefunden hatte. Die Verschmelzung ihrer Körper und Seelen erfüllte sie mit Heiterkeit, erfaßte ihr innerstes Wesen. Sie liebte ihn auch als Künstler. Die Anmut, mit der er einen Strich zeichnen konnte, Dinge auf die Leinwand bannen, sie mit Leben erfüllen konnte – dieses Talent war etwas Einmaliges.

Sie fühlte, wie der warme Druck gegen ihren Leib stärker wurde und lächelte vor Wohlbehagen und Liebe, Verlangen und Bedürfnis. Sie küßte ihn zärtlich auf seine Brustwarzen.

Er war voll und ganz auf sie eingestellt, reagierte auf jede Bewegung, keuchte vor Lust. Marc besaß in bezug auf sein Aussehen kein Selbstbewußtsein, da einige Frauen ihn nicht für attraktiv hielten. Doch unter Saphirs zärtlichen Händen blühte er auf, gewann Selbstvertrauen. Noch nie hatte er so eine Erektion wie heute gehabt. Im allgemeinen war er eher passiv, doch heute spürte er eine Spannung in sich, die unbedingt nach Erlösung strebte. Sie küßte ihn, streichelte ihn unermüdlich, um sein Feuer zu schüren. Er seufzte, und ihre Lippen wanderten abwärts über den flachen, weißen Leib...

In diesem Augenblick betrat Beth die Wohnung. Sie trug eine große Tasche mit Wein, Käse, Brot und Gemüse. Sie blickte auf das Paar herunter und setzte die Tasche ab, ohne ein Wort zu sagen. Dann schlüpfte die rätselhafte Frau aus ihrer Jacke und öffnete den Reißverschluß ihres schwarzen Baumwollkleides. Mit einer Bewegung fiel das Kleid zu Boden. Sie zog ihre Schuhe aus und war jetzt von Kopf bis Fuß nackt, ihre schwarzen

Haare und ihre dunklen Augen funkelten im Licht, das durchs Fenster flutete.

Sie ging, nein sie schwebte zu Saphir und Marc hinüber, die sich nicht von der Stelle gerührt hatten. Auch ihr Gesichtsausdruck war noch der gleiche – Saphirs Gesicht drückte unbezähmbare Neugier aus und Marcs Gesicht eine Art wohligen Friedens. Sie kniete in einiger Entfernung von ihm, die Hände auf den Schenkeln, und sagte ruhig: »Laßt euch nicht stören.«

Und dann bildeten alle drei einen menschlichen Kreis, eine Kette der Leidenschaft, wurden von einer Welle der Lust zur nächsten getragen.

»Ja, o ja«, flehte Saphir, und als sie selber den Gipfel erstürmte, fühlte sie, wie Marc und Beth ebenfalls dem Höhepunkt zustrebten. Jede Spannung in ihnen löste sich...

Mit einem Seufzer verharrte Saphir in ihrer Stellung. Langsam öffnete sie ein Auge und sah Beths glückliches Lächeln. Dann fiel sie in einen erquickenden Schlummer.

Am anderen Morgen blickten Marc und Beth ihr aus dem Fenster nach, als ihre Gestalt auf der belebten Straße immer kleiner wurde. Bevor sie um die Ecke verschwand, drehte sie sich noch einmal um, hauchte ihnen einen Kuß zu und entschwand ihrer Sicht.

Als die beiden beobachteten, wie Saphir um die Ecke bog, vermieden sie es, sich zu berühren. Eine unsichtbare Schranke war zwischen ihnen. Noch einige Zeit, nachdem Saphir gegangen war, standen sie unbeweglich. Dann riß sich Marc zusammen, klatschte in die Hände und forderte Beth auf:

»Los, ruf unseren Auftraggeber an. Wir müssen schnell handeln.«

Sie wandte sich ab und sagte leise: »Ich kann wirklich nicht behaupten, daß ich begierig darauf sei.«

Sie erwartete sein ärgerliches Murren, doch er

schwieg. Sie drehte sich nach ihm um und bemerkte einen überraschend warmen Glanz in seinen Augen. »Du wirkst so nachdenklich«, sagte sie voll Verwunderung.

Er erwiderte so neutral wie möglich: »Ja, das stimmt. Doch ich habe ein Versprechen gegeben, und ich muß es halten, auch wenn ich es jetzt abscheulich finde.«

Sie ging zu ihm. Er liebte ihre Bewegungen. Sie waren so leicht wie das Wasser eines Springbrunnens. Er berührte sie leicht an der Schulter, hielt sich aber immer noch in gebührendem Abstand.

Er dachte an ihren Abschied von Saphir, die sich die Tasche mit den vielen Parfümflaschen umgehängt hatte. Sie trug eine einfache weiße Bluse und einen kurzen schwarzen Rock. Genauso war Beth angezogen gewesen, als sie sich das erste Mal trafen. Aus ihrem Knoten hatte sich eine Haarsträhne gelöst, was ihr ein verletzliches Aussehen gab.

Beth hatte sie begeistert gemustert. »Saphir, du siehst jetzt aus wie eine Französin.«

Saphir hatte gelacht und ihren Kopf in der ihr eigenen Art zur Seite gelegt. Ihre Augen funkelten. »Ich kann jetzt mit Fug und Recht behaupten, daß ich echte Pariser Kleider trage.«

Ihre Augen wanderten zu dem fertigen Bild von ihr, das in einer Ecke stand, um nicht dem direkten Sonnenlicht ausgesetzt zu sein.

»Erstaunlich, wie schnell du es gemalt hast«, sagte sie. »Ich befürchtete, ich würde steif werden vor lauter Modellstehen. Warum hast du dich so beeilt?«

Er machte eine vage Geste, verbarg sein Mißbehagen. »Manchmal überkommt es einen Künstler zu arbeiten. Man muß diesem Drang nachgeben und in der Zeit so viel wie möglich leisten.«

»Ja«, bemerkte Beth neckend, »das reicht dann für die Zeit, wo ihr wieder faul herumlungert.«

Doch Saphir spürte, daß da noch etwas anderes im

Spiel war. Sie blickte neugierig von einem zum anderen. »Los, ihr zwei, was wird hier gespielt?«

»Das ist der Grund«, sagte Marc und streckte seine geballte Faust aus. »Wir wollen nichts verschenken, wir sind ganz egoistische Menschen.« Die Muskeln seiner Hand bewegten sich, und plötzlich hatte er einen dünnen, einen Meter langen Zauberstab in der Hand. Saphir gab einen kleinen unterdrückten Schrei von sich und klatschte begeistert in die Hände. »Wie hast du das gemacht? Extra für mich?«

Er nickte graziös und ließ den Stab in einem Zylinder verschwinden, den er plötzlich in der Hand hielt.

»Für dich«, sagte er ernst. »Ein kleiner Trick von einem sehr kleinen Magier. Ich bin nicht Houdin...«

»Du meinst Houdini.«

»Nein, Robert Houdin. Ein bekannter französischer Magier. Euer Harry Houdini hat sich den Namen nach dem Vorbild unseres obersten Hexenmeisters zugelegt.«

Als er ihr den Trick beibrachte, beglückwünschte er sich für die kluge Anwendung des Haupttricks des Magiers – die Irreführung. Durch einige kleine Tricks konnte er ihre Aufmerksamkeit von dem Bild, das er in so großer Hast fertiggestellt hatte, ablenken. Da er sie mochte, ekelte ihm vor sich selber.

»Marc, ich bin so froh, daß ich dich kennengelernt habe«, sagte Saphir und küßte ihn keusch auf die Wange. Genauso tat sie es bei Beth. »Ich weiß nicht, wann ich abreise, ich hoffe, wir sehen uns noch einmal.«

»Gib uns Bescheid, wenn sich in bezug auf deine Nachforschungen etwas Neues ergeben sollte.«

»Natürlich, Marc.« Sie umarmte beide herzlich, schulterte ihre Tasche und ging aus der Wohnung, ohne sich noch einmal umzublicken. Sie lauschten ihrem leichten Schritt, gingen dann ans Fenster und blickten ihr nach, wie sie in die Morgensonne hinaustrat. Sie drehte sich um, winkte ihnen und rief »Au revoir!« Zögernd winkten sie zurück, als sie sich ihren Weg durch die Menge bahnte.

Das Telefon läutete, riß Marc aus seinen Träumen. Er und Beth tauschten einen Blick, bevor Marc zum Telefon ging und den Hörer abnahm. »Hallo?«

»Sind Sie's, Charles?« sagte eine barsche Stimme am anderen Ende. »Können Sie reden?«

»Ja«, erwiderte er müde und ließ sich auf den Stuhl neben dem Telefon fallen. Er nickte Beth zu, die sich abwandte. Sie war wütend auf Marc, auf sich selber. »Sie ist gegangen.«

»Ist das Bild fertig?«

»Ja, doch Sie können es noch nicht abholen. Es braucht einige Tage, bis es trocken ist.«

»Solange kann ich nicht warten. Die Auktion findet heute um vier Uhr statt. Keine Sorge, ich übernehme die volle Verantwortung. Ich komme gleich vorbei.«

Man hörte das Klicken des Telefons, als Marcs Gesprächspartner einhing. Einen Augenblick lang hielt Marc den Hörer in der Hand und legte ihn dann auf die Gabel zurück. Er warf Beth einen düsteren Blick zu. »Er kommt gleich vorbei.«

Jedes Wort erübrigte sich. Eine halbe Stunde lang beschäftigten sie sich mit allem möglichen, gingen einander aus dem Weg. Als unten die Türglocke anschlug, war dies wie ein Zeichen der Befreiung, als ob sie dadurch, daß das Bild aus dem Haus kam, die ganze leidige Geschichte hinter sich bringen könnten.

Als er das Apartment betrat, sträubten sich Beth die Haare im Nacken. Was für ein gräßlicher kleiner Mann, dachte sie bei sich. Marc machte eine knappe Verbeugung. »Monsieur Steaks«, und er zeigte auf Saphirs Bild. »Da ist Ihre Errungenschaft.«

Hiram Steaks durchquerte den Raum und rieb sich die Hände.

»Großartig, einfach großartig. Allerdings ist mir ein

Rätsel, weshalb Sie es nicht ohne sie fertig machen konnten.«

»Monsieur Steaks«, erwiderte Marc knapp, »als Sie mich, nachdem Sie die Sache mit dem Bild in Marseille herausgefunden hatten, aufgesucht hatten, erklärte ich Ihnen, daß ich es längst vollendet hätte, wenn das möglich gewesen wäre. Ich brauchte das Modell dazu. Das ist ganz einfach. Ich hatte nicht erwartet, daß ich sie je wiedersehen würde. Dann erzählten Sie mir, sie sei auf dem Weg nach Paris, um mich zu suchen. Sie sagten, sie sei die Tochter Ihres ärgsten Rivalen, und dennoch zahlen Sie mir für die Vollendung dieses Bildes mehr, als ich je verdient habe. Ehrlich gesagt, Monsieur, ich verstehe Sie nicht, insbesondere, da dieses Bild so lange unvollendet war und plötzlich so schnell fertig sein mußte.«

»Sie finden das seltsam?« Hiram Steaks lachte unangenehm. »Ich gebe Ihnen noch ein Rätsel auf: Ich möchte dieses Bild nicht für mich. Es soll heute nachmittag versteigert werden, und aus diesem Grunde benötigte ich es.«

»Warum sind Sie hinter Saphir her?« fragte Beth plötzlich.

Er starrte sie an, ohne zu verstehen. »Wie?«

»Sie hat uns von den Leuten erzählt, die Sie im Zug auf sie gehetzt hatten. Von dem einen, der sie über das Zugdach gejagt hatte und dem schrecklichen blassen Mann mit dem Messer.«

Er wurde rot vor Zorn. »Süße, ich weiß wirklich nicht, wovon Sie sprechenn. Saphir kümmert mich einen Dreck. Mich interessiert vielmehr ihr alter Herr, den ich mit diesem Porträt auf die Palme bringen möchte. Ah, da sind ja schon meine Jungs.«

Man hörte ein Poltern auf der Treppe, und zwei bullige Männer in T-Shirts und zerrissenen Jeans stolperten herein. Sie trugen eine Kiste, die fast genauso groß war wie sie selber. Sie öffneten sie und Marc sah, daß sie eine Vorrichtung für das Bild enthielt.

»Das Gemälde wird vorschriftsmäßig verpackt«, erklärte Steaks liebenswürdig, »schließlich soll es ja nicht verschmiert werden. Ihr macht das schon, Jungs.«

Steaks beobachtete, wie die Männer das Bild verstauten. Er rieb sich die Hände und stellte fest, daß Saphir eine sehr gutaussehende Frau war. Mein Gott, wenn er sie ›umlegen‹ könnte, da würde ja den alten Diogenes der Schlag treffen. Doch das schien ziemlich unwahrscheinlich – er mußte sich jetzt erst mal um seinen augenblicklichen Angriffsplan kümern.

Beth ließ nicht locker. »Sie behaupten also, daß Sie nicht hinter dem Überfall auf Saphir stehen?«

»Hört zu, meine Lieben, das einzige, was ich euch sagen kann, ist, daß ein paar gefährliche Killer hinter Miß Dokks her sind. Ich bin gefährlich auf meine Art, doch Mord steht nicht auf meinem Programm, kapiert?«

»Kapiert.«

»Gut.« Er zog einen flachen gelben Umschlag aus dem Jackett, hielt ihn einen Augenblick zwischen den Fingern, musterte ihn. Dann schleuderte er den Umschlag auf den Teetisch. Ohne ein Wort zu verlieren folgte er seinen Männern, die Tür ließ er offen.

Marc trat an den Tisch, nahm den Umschlag in die Hand und öffnete ihn. Ein Bündel Banknoten quoll ihm entgegen. Dann sagte er gelassen: »Noch nie in meinem Leben habe ich soviel Geld gesehen.«

»Und macht es dich glücklich?« fragte sie ohne eine Spur von Groll.

Er ließ seinen Blick lange auf dem Geld ruhen.

»Sollte es wohl.«

»Doch du machst keinen glücklichen Eindruck.«

»Nein.«

»Wir könnten sie warnen.«

Er blickte sie an. »Du meinst, wir sollten sie über den Kauf des Bildes aufklären?«

Sie nickte. »Du hast unserem Auftraggeber versprochen, nicht zu verraten, daß er mit dem Bild zu tun hat. Das hindert dich aber nicht daran, Saphir oder ihren Vater anzurufen und sie zu warnen. Verdammt«, fuhr sie fort, »du hättest das schon längst tun können, wenn du gewußt hättest, was er plante.«

»Ja, du hast recht.« Er eilte ans Telefon, nahm den Hörer auf und stand da, den Finger auf der Wählscheibe.

»Was ist los?« fragte sie.

»In welchem Hotel ist sie abgestiegen?«

Beths Gesicht erstarrte. Verzweifelt versuchte sie sich zu erinnern, ob Saphir es erwähnt hatte. Doch so sehr sie sich auch anstrengte, sie konnte sich nicht erinnern.

»Verdammt«, murmelte sie und sagte dann laut. »Fang an.«

»Wen soll ich anrufen?«

»Alle Hotels.«

»Alle?« Er war erstaunt. »Weißt du eigentlich, wie viele Hotels Paris hat?«

»Ich glaube, wir können guten Gewissens die Jugendherbergen überspringen«, sagte sie verstimmt, »ich kann mir auch nicht vorstellen, daß Saphirs Vater der Typ ist, der mit einem anderen das Bad teilt.«

»Versuchen wir es also mit den besseren Hotels. Bring mal das Telefonbuch.«

Als Beth das Telefonbuch suchte, seufzte Marc: »Wir haben sie betrogen, eine Freundin betrogen. Eine ganz faule Sache. Selbst wenn wir Buße leisten, müssen wir damit leben.«

»Ich weiß«, rief Beth ihm über die Schulter zu.

»Laß uns nur hoffen, daß unsere Saphir nie mehr in ihrem Leben jemandem begegnet, der mit ihren Gefühlen spielt...«

15. Kapitel

»Clark!«

Sie stürmte ins Hotelzimmer, legte ihre Tasche aufs Bett und küßte Clark liebevoll. »Ist Poppa hier?«

»Er ging heute schon sehr früh weg, sagte etwas von wegen er müsse einiges im Schloß von Versailles erledigen.«

Sie klopfte ihm auf die Schulter. »Typisch Poppa. Findet diese Auktion, zu der ich ihn begleiten sollte, tatsächlich heute nachmittag statt?«

»Ja. Einen Moment.« Er griff in seine Jackentasche und holte ein Stück Papier heraus. »Hier ist die Adresse.«

Sie warf einen Blick darauf und steckte das Papier in die Tasche ihrer Bluse. Als sie in die Tasche faßte, spürte sie einen harten Gegenstand und überlegte, was das wäre. Dann erinnerte sie sich.

»Clark, möchtest du etwas Hübsches sehen?«

Er lächelte sparsam. »Ehrlich, Darling, ich hoffte, daß...« Bestürzt schwieg er, sah an ihr vorbei und entfernte sich einige Schritte.

Ihre Hände beschrieben nervöse Kreise. »Was haben denn heute alle? Mein Gott, die Leute benehmen sich, als ob sie auf Eier gingen. Was ist denn los?«

Er drehte sich zu ihr um, machte einen gefaßten Eindruck.

»Nein, Saphir, das ist es nicht. Es ist nur, daß du einige Tage weg warst und...«

»Ach so, das ist es?« Sie lächelte. »Jetzt verstehe ich.«

Sie liebten sich mit einer Intensität, die sie Clark gar nicht zugetraut hätte. Sie fühlte die Spannung in seinem Körper. Er schlief nicht mit ihr aus Leidenschaft oder reinem Verlangen. Als er ihren biegsamen Körper an sich drückte, seine Arme um sie schlang, als ob er sie in einen Kokon packen wollte, wurde Saphir klar, daß er von inneren Dämonen getrieben wurde, die nach Erlösung verlangten. Sie fanden keine Zeit, sich ihrer Kleider zu entledigen. Seine Liebkosungen waren wild. Er zeigte ein verzweifeltes Bedürfnis, sie zu besitzen, als ob ... als ob es das letzte Mal wäre ... Dieser Gedanke kam Saphir nicht, da er ja zu abwegig war, als daß er ihr hätte in den Sinn kommen können.

Sie waren sehr schweigsam. Die Sonne hüllte sie in ihren warmen Glanz, als sie sich vereinigten. Ihre Hüften bewegten sich in wilder Raserei. Sie klammerte sich an ihn und verschlang ihn förmlich. Als er seinen Höhepunkt erreichte, wirkte er wie ein triumphierender Wolf, der seine Beute besiegt hatte. Saphir beobachtete ihn voller Erstaunen, bemerkte kaum seinen Orgasmus, auch nicht ihren eigenen. Sie nahm kaum etwas um sich wahr, nur die Tatsache, daß sie noch nie einen Liebhaber gehabt hatte, der so voller Widersprüche steckte wie der Mann mit dem seltsamen Namen Clark Ashley-Clarke – Reiseagent und britischer Spion.

Als er kraftlos auf ihr lag, fuhr sie ihm mit der Hand sachte über den Rücken, betastete die Spuren ihrer Nägel.

»Bist du okay?« Als er zustimmend brummte, fuhr sie fort: »Du wolltest mir doch erzählen, was los sei.«

Langsam hob er den Kopf, sein Gesicht wirkte seltsam verzerrt.

»Wie ich dir schon sagte, litt ich unter deiner Abwesenheit.«

»So? Weißt du, Clark, ich komme mir vor wie eine Droge. Ohne mich leiden die Leute unter Entzugserscheinungen. Was machst du nur, wenn ich nach Amerika zurückkehre? Willst du alle paar Tage mit dem Flugzeug rüberjetten?« Sie streichelte seinen Hals und fuhr fort: »Es wäre besser, du hättest einen anderen Plan auf Lager.«

Er lächelte und nickte. »Vielleicht hast du recht.«

Dann ging sie unter die Dusche. Clark wartete, bis er das Wasser rauschen hörte, dann griff er nach dem Telefon und wählte eine Ortsnummer.

Der Teilnehmer war sofort zur Stelle. »Ja?«

Er warf einen Blick auf die Badetür. »Sie ist hier. Dokks und sein Gefolge sind unterwegs. Warum kommst du nicht einfach hierher und holst sie dir?«

»Nein«, erwiderte der andere. »Es sind zu viele Leute. Zu viel könnte schiefgehen. Es bleibt beim ursprünglichen Plan.«

»Okay. In zwei Stunden sind wir dort.«

»Ausgezeichnet.« Es entstand eine Pause. »Wir fingen schon an, an dir zu zweifeln.«

Clark fröstelte. »Das wäre bedauerlich.«

»Ja, das wäre es – für dich.« In der Leitung klickte es.

Clark legte den Hörer auf und ging zum Bad. Irgend etwas hielt ihn zurück hineinzugehen, als ob er in eine Intimsphäre eindringe. »Saphir«, rief er und hoffte, er könne sie trotz des rauschenden Wassers verstehen.

»Ja?« rief sie zurück. »Möchtest du unter die Dusche kommen?«

»Nein, Darling. Doch ich habe mir gerade überlegt, daß du schon fast eine Woche hier bist und von der Stadt noch kaum etwas gesehen hast. Was hältst du von einer Sightseeing-Tour heute nachmittag?«

Es entstand eine kurze Pause. Er bekam eine Gänsehaut, überlegte, ob sie etwas wüßte, etwas vermutete, vielleicht schon alles wußte und daß jeden Augenblick ein Polizist an die Tür hämmern konnte...

»Hört sich gut an. Was möchtest du mir zeigen?«

Er lehnte sich an die Tür, hielt jedoch seine Stimme unter Kontrolle.

»Es gibt alles mögliche, was wir uns ansehen könnten.«

Saphir beendete ihre Dusche und zog sich schnell an:

das gleiche Hemd wie vorher, aber Jeans statt des Rokkes. Clark sah ihr voller Bewunderung zu.

»Welch schönen Körper du hast«, sagte er.

Sie stemmte die Hände in die Hüften, zog den Bauch ein und streckte ihre festen Brüste heraus. »Danke.« Sie griff nach ihrer Schultertasche, erwog, die Parfümflaschen herauszunehmen, ließ es aber dann sein.

»Nach Ihnen, Monsieur Ashley-Clarke.«

»Sehr freundlich.«

Genau neunzig Sekunden, nachdem sie den Raum verlassen hatten, läutete das Telefon durchdringend, bis sich der Rezeptionist des Hotels einmischte und sagte: »Tut mir leid, Monsieur, Miß Star meldet sich nicht.«

»Und ihr Vater?« lautete die Frage am anderen Ende. »Es ist äußerst dringend.«

»Ja, Monsieur«, antwortete der Rezeptionist und gab sich keine Mühe, seine Ungeduld zu verbergen. Viele Touristen behaupteten, daß die Franzosen Ausländern gegenüber ungeduldig seien. Das stimmt nicht. Die Franzosen sind jedem gegenüber ungeduldig. »Einen Augenblick, bitte.«

Marc war aufs äußerste gespannt. Dann hörte er den Vermittler sagen:

»Monsieur, ich bekomme keinen Anschluß. Soll ich eine Nachricht hinterlassen?«

»Ja«, erwiderte er und überlegte krampfhaft, wie er sich kurz fassen könnte. »Bitte, Mr. Dokks soll Marc Antoine Charles wegen des Bildes anrufen.«

»In Ordnung, Monsieur.« Und die Verbindung war abgebrochen, noch bevor er seine Telefonnummer durchgeben konnte. Mit einem Fluch auf sich selbst, weil er so lange gebraucht hatte, das richtige Hotel zu finden, und einem höllischen Fluch auf die Rezeptionisten im allgemeinen und diesen einen im besonderen, wählte er erneut die Nummer.

»Der Eiffelturm«, sagte sie erstaunt. »Er ist tatsächlich nicht nur ein Postkartenprodukt.« Sie fuhr sich aufgeregt mit den Fingern durchs Haar. »Ich kann es noch gar nicht fassen.«

Langsam schlenderten sie die Rue de l'Université hinauf; der Eiffelturm hob sich stolz gegen den wolkenlosen Himmel ab. Aus irgendeinem Grund hatte sich Saphir den Turm golden vorgestellt, doch in Wirklichkeit war er dunkelbraun. In der Nähe entdeckte sie Springbrunnen, die blaues Wasser versprühten. Sie fragte sich, wie sich die Pariser daran gewöhnen konnten, jeden Tag ein so imposantes Monument anzusehen.

In der Nähe des Seineufers blieben sie stehen. Clark bewahrte eiserne Ruhe, als sie zum Eiffelturm hochblickten. Fußgänger gingen an ihnen vorbei, die Autos wühlten sich wie immer durch den Verkehr. Arbeiter standen vor einem Kanalschacht und bemühten sich, geschäftig auszusehen.

Saphir ging, immer noch mit dem Blick nach oben, weiter. Plötzlich blieb sie stehen und gab einen überraschten Laut von sich. Clark bemerkte das Kind, man wußte nicht, war es ein Junge oder ein Mädchen, das sich ihnen in den Weg gestellt hatte.

Saphir lächelte breit. »Das ist mein kleiner Informant! Clark, das ist der kleine Kerl, der mir einfach vorschlug, nach dem Telefonbuch zu greifen, um Antoine Charles zu finden. Du weißt doch, der Maler, von dem ich dir erzählt habe, der...«

»Ja, ja, ich erinnere mich«, sagte er mit einem Lächeln, das nicht seine Augen erfaßte.

Saphir entging sein Gesichtsausdruck. Sie wandte sich dem Kleinen zu: »Du bist weit von zu Hause entfernt, nicht wahr?«

Das Kind zuckte die Achseln. »Paris ist mein Zuhause«, erwiderte es.

»Es ist doch seltsam, daß ich wieder auf dich stoße«, sagte sie mit einem Anflug von Mißtrauen.

»Sie sind eine reiche Lady«, sagte er listig und trat von einem Fuß auf den anderen. »Ich versuche, reichen Ladys auf der Spur zu bleiben.«

Sie versuchte das Lachen zu unterdrücken, was ihr nur zum Teil gelang. »Soll das heißen, daß du mir gefolgt bist?«

»Ich bin nicht der einzige.«

Als Clark das hörte, packte er Saphir am Arm und zog sie weiter.

»Komm, Saph, wir haben genug Zeit verplempert...«

»Nein, warte einen Augenblick.« Sie schüttelte ihn ab und musterte das Kind. Es erwiderte ihren Blick mit seinen fast schwarzen Augen. Die Mütze saß ihm immer noch fest auf dem Kopf, als ob es fürchtete, der Wind könne sie wegwehen.

»Was meinst du damit?«

»Wie ich es sagte.«

Clark machte eine fast unmerkliche Bewegung. Zwei der Kanalarbeiter setzten langsam ihre Werkzeuge ab und bewegten sich gemächlich auf Saphir und Clark zu.

»Wer sonst ist mir nachgegangen?«

Das Kind machte keine Bewegung, sondern nur eine Andeutung mit der Augenbraue. Saphir drehte sich um und sah in einiger Entfernung einen Mann im hellen Trenchcoat, der ganz fasziniert auf einen Kiosk starrte. Sie konnte sein Gesicht nicht erkennen und fragte aus den Mundwinkeln. »Bist du sicher?«

»Aber gewiß. Im übrigen macht er seine Sache nicht sehr geschickt. Wer trägt an einem solchen Tag wie heute einen Regenmantel, besonders, wenn er nicht auffallen möchte? Ich glaube, er hat zu viele Filme gesehen.«

»Vielleicht, und doch...« Sie musterte ihn sorgfältig, bis er einen Blick in ihre Richtung warf. Er trug eine Sonnenbrille, seine Frisur war unverwechselbar und sogar auf die Entfernung war die tiefe Bräune seiner Haut zu erkennen.

»Mein Gott«, keuchte sie, »das ist ja Rex.«

Clark versuchte, die Panik in seiner Stimme zu unterdrücken und fragte: »Bist du sicher?«

»Sogar aus dieser Entfernung, ja, eindeutig.« Sie winkte ihm und rief laut: »Rex.«

Unvermittelt stand einer der Kanalarbeiter vor ihr. Sie betrachtete ihn leicht verärgert und sagte: »Entschuldigen Sie, doch würden Sie bitte...«

Der Arbeiter trug eine enganliegende Strickmütze, die er sich tief ins Gesicht gezogen hatte. Er schob sie hoch, so daß Saphir ihn erkennen konnte. Sie preßte die Hand auf die Lippen und flüsterte: »Aber Sie sind doch im Gefängnis.«

Der Mann mit dem fahlen Gesicht trat einen Schritt auf sie zu, stand Auge in Auge mit ihr, bevor sie die geringste Bewegung machen konnte. Seine Augen hefteten sich auf sie, versuchten, ihr seinen Willen aufzudrängen.

»Saphir, es wird Zeit, daß Sie sich entspannen«, sagte Kobra in ruhigem Ton. Er starrte sie an, brach mühelos ihren Widerstand. »Sie wissen, kein Gefängnis kann mich halten...« Er grinste. »Im Zug haben Sie's mir besorgt. Dieser Trick mit der Truhe war umwerfend. Doch jetzt bin ich dran, und wer zuletzt lacht, lacht am besten. Nun, hübsche Saphir, sind Sie in meiner Gewalt.«

Saphir fühlte, wie ihr Widerstand schmolz. Auf solch eine Situation war sie nicht gefaßt. Als einziges brachte sie ein weinerliches Gemurmel, ein ungläubiges Kopfschütteln zustande. Sie sah Kobras höhnische Grimasse, wollte sie ihm vom Gesicht wischen. Doch sie konnte nichts tun. Ihr Geist befahl ihren Gliedern zu reagieren, doch ohne Erfolg. Sie verlor allmählich ihr Gleichgewicht. Dann wurde sie von starken Armen aufgefangen. Sie fühlte es, ohne hinzusehen, konnte den Blick nicht von Kobra wenden. Es war Clark. Aber warum, verdammt noch mal, half er ihr nicht?

Das Blut stockte ihr in den Adern, als sie Clark sagen hörte:

»Okay, bringen wir's schnell hinter uns. Wir sind hier nicht in New York City und jeden Augenblick kann jemand auftauchen, wenn wir nicht... paß auf!«

Plötzlich funktionierte ihr Gehirn wieder. Sie blinzelte, um ihren Kopf ganz klar zu bekommen und sah, wie Kobra auf einem Fuß herumhüpfte und sich den Knöchel hielt. In der anderen Hand hielt er ein Stilett, das er wie wild in Richtung des Straßenjungen schwang, aber ohne zu treffen. Der Bengel, der schon x-mal die Füße unter den Arm genommen hatte, wenn die Polizei im Anmarsch war, duckte sich blitzschnell. Der zweite ›Kanalarbeiter‹ blickte überrascht, konnte nicht glauben, daß der mächtige Kobra von einem Dreikäsehoch außer Gefecht gesetzt wurde.

Noch bevor sich Clark bewußt wurde, daß Kobras hypnotische Wirkung auf Saphir verflogen war, versetzte sie ihm einen Hieb gegen das Schienbein. Er stöhnte vor Schmerz. Sie packte ihn und schleuderte ihn über die Schulter, so daß er mit einem dumpfen Laut auf dem Rücken landete.

Verzweifelt suchten ihre Augen Rex. Der Mann im Trenchcoat hatte voller Staunen die Szene beobachtet und eilte jetzt auf sie zu. Sie war erstaunt, daß Rex so ungewohnt langsam reagierte, aber immerhin griff er jetzt ein. Einen kurzen Augenblick entspannte sie sich, was Kobra sofort dazu benutzte, sie mit brutaler Gewalt anzugreifen. Sie versuchte, sich ihm zu entwinden, doch ihre Reflexe waren noch nicht ganz da. Plötzlich hatte er ein Taschentuch in der Hand, das er ihr auf den Mund preßte. Sie wußte sofort, daß es mit Chloroform getränkt war und schlug auf seinen Arm, konnte die aufkommende Panik aber nicht verhindern. Das Chloroform fing bereits zu wirken an, und verzweifelt hörte sie auf zu atmen, versuchte, sich gegen die Betäubung zu wehren.

Kobra drückte ihr das Taschentuch noch fester aufs Gesicht, doch dann drängte ihn sein Partner: »Wir müssen weg! Sauvage ist direkt hinter uns!«

Kobra blickte sich um, sah wie der braungebrannte Mann auf sie zuspurtete. Er zog die widerstrebende Saphir zu dem Schacht.

»Los, du Idiot«, schnauzte er Clark an, der sich mühsam erhob und hinterher taumelte. Dann sah er den kleinen Straßenjungen und warf ihm einen Blick zu, der hätte töten können. Das Kind zitterte und trat einen Schritt zurück, hielt aber seinem Blick stand.

Saphir versuchte verzweifelt, gegen die Benommenheit anzugehen. Sie brauchte nur die Augen zu schließen, sich einen Augenblick zu erholen, und dann wäre sie wieder okay. Wenn sie nur ein oder zwei Sekunden die Augen schließen...

Sie hatten Aufsehen erregt. Mehrere erstaunte Passanten, die gesehen hatten, wie ein paar mürrisch blickende Männer ein hilfloses Mädchen zu einem Kanalschacht geschleppt hatten, waren mißtrauisch geworden. Einen Meter vor dem Schacht wandte sich Kobra um und reichte die halb bewußtlose Saphir an seinen Partner weiter. Clark umfaßte ihre Taille und stieg in die Tiefe hinunter. Saphir umklammerte immer noch ihre Handtasche, als ob ihr Leben davon abhinge. Sie hob den Kopf und versuchte, die Situation abzuschätzen...

Mehrere Männer stürmten jetzt auf sie zu. Kobra behielt vor allem Rex Sauvage im Auge und stand drohend vor dem Schacht, mit dem Stilett in der Hand. Ein halbes Dutzend der Passanten bedrängte ihn, und er stieß mit dem Messer nach dem rechten Arm des größten Mannes aus der Gruppe, die sich ihm drohend näherte. Der Mann heulte auf, ging in die Knie und hielt sich den Arm. Blut quoll zwischen seinen Fingern vor. Die anderen wichen zurück, denn Kobra hielt bereits ein zweites Messer in der Hand, bereit, es auf den nächsten zu schleudern.

Dann ließ sich Kobra in den Schacht hinunter. Die Menge, die inzwischen noch angewachsen war, stand herum und wußte nicht, was sie tun sollte – und wo, zum Teufel, war die Polizei? Sie waren immer noch am Überlegen, was zu tun sei, als der Mann im Trenchcoat an ihnen vorbeistürmte. Er blickte sich um, war verwirrt, denn die Leute hatten ihm die Sicht auf die Ereignisse, die sich soeben abgespielt hatten, versperrt.

»Wo ist sie?« fragte er auf französisch und einer der Männer entgegnete aggressiv. »Wer sind Sie? Die Polizei? Wo waren Sie, als das Mädchen Sie brauchte?«

Der Braungebrannte wollte gerade antworten, als ihn jemand am Hosenbein zog. Ein Kind mit unglaublich schwarzen Augen sah zu ihm auf und sagte: »Sie ist im Schacht, mit den Männern.«

Er runzelte die Stirn und rieb sich das Kinn. »Wie viele sind es?«

»Drei.«

»Okay«, nickte er dem Kind zu. Dann zog er seinen Trenchcoat aus. Die Leute sahen ihn erstaunt an, sogar der verletzte Mann auf dem Boden, denn der braungebrannte Mann trug Reithosen mit Stiefeln und ein Khakihemd, das völlig ramponiert war. Sein Gesicht zeigte grimmige Entschlossenheit, als er einen Anlauf nahm und in den Schacht sprang.

Saphir taumelte gegen die kühle Steinmauer der Rampe. Die Rampen, Verbindungsstege, die zur Zeit Napoleons in die Schächte gebaut worden waren, boten den Arbeitern und den Reisegruppen, die dreimal in der Woche hierher kamen, Zugang. Einige Meter unter ihr rauschte unglaublich laut das Kanalwasser. Ihre Sicht war eingeschränkt. Sie erkannte, daß das Licht von den Taschenlampen kam, die die drei Männer trugen. Sie konnte kaum den Tunnel vor sich erkennen und, als sie den Kopf wandte, die Männer hinter sich.

Plötzlich hörte sie ein Geräusch, und auch die Männer

wandten die Köpfe und sahen in der Dunkelheit eine Gestalt in gebückter Stellung.

Clark schleuderte dem braungebrannten Mann die Taschenlampe entgegen.

Saphir sah das Gesicht ihres Retters und rief geschockt und ängstlich:

»Jean-Paul!« Doch im gleichen Augenblick hätte sie sich auf die Zunge beißen können.

Kobra, der sich in der Mitte befand, starrte Saphir an und dann den Neuankömmling. Er lachte gehässig und wandte sich an den anderen Mann.

»André«, sagte er knapp, »das ist Jean-Paul Gascon. Er hat sich in den Kopf gesetzt, Rex Sauvage zu spielen. Laß ihn uns so behandeln, wie wir es mit Monsieur Sauvage tun würden, wenn er hier wäre.«

André zog eine Pistole aus seinem Schulterhalfter. Der Schauspieler erkannte, daß er sich in einer verzweifelten Situation befand, da die engen Rampen ihn bewegungsunfähig machten und die Taschenlampen ihn blendeten.

Clark und Kobra drückten sich an die Wand. Kobra hatte einen Arm um Saphir gelegt und zog sie eng an sich.

Als André sich gerade anschickte, auf Jean-Paul zu schießen, nahm Saphir allen Mut zusammen. Sie ließ ihre Tasche von der Schulter gleiten und schwang sie wie eine Keule durch die Luft in Richtung André.

Ein Schuß bellte, hallte im Schacht wider. Jean-Paul hielt sich die Brust, bevor er zitternd feststellte, daß die Kugel ihr Ziel verfehlt hatte. Sie hatte Saphirs Tasche durchschlagen, und nun floß duftende Flüssigkeit aus beiden Seiten heraus. Saphir schwang erneut die Tasche und traf André am Kopf. Man hörte einen knirschenden Laut – nicht von Andrés Schädel, sondern von den kleinen Parfümflaschen, die zerdrückt worden waren. André wurde von Kopf bis Fuß in den betäubenden Duft von ›Jonquil‹ gehüllt.

Ein Messer blitzte in Kobras Hand auf, mit dem er in Sekundenschnelle die Henkel durchschnitt. Die Tasche landete mit einem Platsch im Wasser und ging unter.

Das alles war so schnell geschehen, daß Jean-Paul keine Möglichkeit gehabt hatte, in Aktion zu treten. Und jetzt war es zu spät, denn Kobra hielt Saphir noch fester im Griff, und drückte ihr das Stilett ans Kinn.

»Eine Bewegung und sie stirbt!« rief er Jean-Paul zu.

Jean-Paul starrte ihn an. Dann huschte ein boshaftes Lächeln über sein Gesicht. »Wenn du sie tötest«, sagte er vorsichtig, »werden deine Auftraggeber aber nicht entzückt sein.«

»Das stimmt«, entgegnete Kobra. »Aber das ist mein Problem, tot ist tot.«

Saphir ließ den Kopf hängen. Der Teufel sollte sie holen, daß sie Jean-Pauls echten Namen herausgeplappert hatte. Die Angst vor Rex Sauvage hätte die Männer in Schach gehalten. Doch sie hatte alles verdorben. Aber warum um Gottes willen rannte er auch durch die Gegend und versuchte, wie Rex Sauvage auszusehen? Langsam hob er die Hände.

Kobra nickte zufrieden. »Ausgezeichnet. Jetzt, Monsieur Jean-Paul oder Monsieur Sauvage oder Monsieur Wer-auch-immer, sind Sie unser Gefangener. Dieser Brite da drüben drückt Ihnen eine Waffe in die Rippen. Wenn Sie eine schnelle Bewegung machen, müssen Sie sterben, oder sie stirbt. Nicken Sie, wenn Sie mich verstehen.« Jean-Paul tat, wie ihm geheißen.

Dann gingen die fünf – zwei Kidnapper, ein Überläufer und zwei Opfer – die Rampe des Kanals entlang, ohne eine Spur zu hinterlassen.

Doch halt, da war doch etwas.

Die Menge hatte sich verstreut, ging wieder ihren eigenen Geschäften nach. Zwei Gendarmen hatten den

Schacht untersucht und festgestellt, daß nichts zu finden war.

Nun saß nur noch der kleine Straßenjunge hier. Dieser Mann, den sie Rex genannt hatten, war doch ein Waschlappen, wie?

Mit einer Geste, die sich für einen Siebenjährigen seltsam ausnahm, stützte er sein Kinn auf die Hand. Er runzelte die Stirn und behielt den wieder geschlossenen Schacht im Auge, als ob er ihn öffnen wollte, um die schöne Frau mit den roten Haaren zu befreien.

In diesem Augenblick bemerkte er den Mann neben sich. Aus purer Neugier blickte der Junge zu ihm auf, und konnte dann den Blick nicht von ihm wenden.

Er war sehr groß, noch größer als der erste, sie hätten Brüder sein können. Sie hatten fast die gleichen Haare, doch dieser Mann besaß etwas, was der andere nicht hatte: Selbstvertrauen. Er war ein kraftvoller Mann, der wußte, wie er seine Kraft am besten einsetzen konnte. Er trug ein weißes T-Shirt und Jeans. Unter dem Hemd zeichneten sich kräftige Muskeln ab.

Der große Mann kauerte neben dem Kind nieder und sagte freundlich: »Ich suche jemand.«

Die Augen des Kindes blickten interessiert. »Die rothaarige Lady?«

Wenn er erstaunt war, so zeigte er das zumindest nicht.

»Genau.«

»Nun, alle suchen sie.«

»Hast du gesehen, wohin sie gegangen ist?«

Er sah, wie das Kind einen langen Augenblick zögerte und dann auf den Schacht zeigte. Der Mann blinzelte. »Bist du ganz sicher?«

»Ganz sicher. Viel Glück. Sie ist sehr nett.«

»Ist sie auch.« Der Mann versuchte, den Deckel zu heben.

Das Kind stand auf. »Das sollten Sie nicht machen. Sie

können es so nicht schaffen. Dazu gehören ein paar Männer.

»Keine Zeit«, erwiderte der Mann.

Er grätschte seine Beine, um mehr Kraft zu haben, und machte sich über den mörderisch schweren Schachtdeckel her. Er spannte alle Muskeln an und verstärkte seine Anstrengung. Der Deckel gab nicht nach, doch der braungebrannte Mann gab nicht auf, konzentrierte alle Kräfte.

Plötzlich gab der Deckel nach, er ließ ihn mit einem Krachen auf den Boden fallen.

Mit einem Lächeln kletterte der Braungebrannte den Schacht hinunter. Das Kind blickte ihm nach und nahm dann seinen Platz wieder ein, um die weitere Entwicklung der Dinge abzuwarten.

16. Kapitel

Diogenes Dokks war immer wieder von neuem erstaunt, welche Menschen man bei Kunstauktionen antraf.

Kelly zur Rechten ging Dokks durch die Menge, und zog aufgrund seiner imposanten Gestalt neugierige Blicke auf sich. Die Unterhaltung ging nie über die normale Lautstärke hinaus, auch wenn über den einen oder anderen Künstler Unmut geäußert wurde. Dokks seufzte. Kunst war für ihn nie ein Streitobjekt gewesen. Entweder gefiel einem ein Bild oder nicht, und das war's auch schon.

»Diogenes, muß das denn sein?« murmelte Kelly und nestelte an seinem steifen Hemdkragen.

Dokks lächelte. »Aber Kelly. Unser lieber Freund und Rivale, Hiram Steaks, fand es unerläßlich, daß wir an dieser Auktion teilnehmen. Anscheinend führt er irgend etwas im Schilde, um sich dafür zu rächen, daß ich ihn beim Kartenspiel immer schlage. Solange ich zurückdenken kann, war es zwischen uns beiden nie anders.«

Er hielt inne und blickte auf Kelly hinunter. »Am Ende bin ich immer der Sieger, da er meist irgend etwas übersehen hat. Er reicht mir meine Siege auf dem Silbertablett.« Diogenes räusperte sich.

»Da ist ja schon unser guter Freund.«

Da die Auktion zur Unterstützung einer Kochschule abgehalten wurde, hatten einige der Schüler ihre Meisterwerke ausgestellt, die großen Anklang fanden. Die Tische mit allerlei Süßspeisen standen an der Wand. Dokks und Kelly waren fast allein in der Mitte des Raumes und stellten leicht schockiert fest, welch gräßliche Manieren Hiram Steaks an den Tag legte. Mit dem Ärmel wischte er sich über den Bart, in dem noch Krümel und Sahnereste hingen.

»Nun«, sagte Kelly, der kaum seinen Ekel verbergen konnte, »wenn ich einen Augenblick Appetit verspürt hätte, so wäre er mir jetzt gründlich vergangen.«

Dokks versetzte ihm einen Klaps auf die Schulter. »Du nimmst solche Dinge zu ernst, mein Freund.«

Ein kleiner Mann, der wie aus dem Ei gepellt wirkte, forderte die Anwesenden auf: »Meine Damen und Herren, bitte begeben Sie sich auf Ihre Plätze, wir wollen anfangen.«

Es herrschte geräuschvolles Stühlerücken, bis alle Platz genommen hatten. Jeder hatte eine Nummer.

»Diogenes«, murmelte Kelly, »hast du irgendwelche der Bilder gesehen?«

Dokks schüttelte den Kopf. »Man hat sie weggebracht, bevor ich kam. Ich wartete eine Ewigkeit auf Saphir, langweilte mich zu Tode.«

»Saphir ist ein verantwortungsbewußtes Mädchen«, sagte Kelly ernst. »Ich bin sicher, sie kreuzt hier noch auf.«

»Nun, mal sehn. Irgendein Künstler bearbeitete den Rezeptionisten, mich anzurufen und zu fragen, ob ich seinen Anruf entgegennehme. Anscheinend hatte er kurz vor Mittag angerufen und versucht, Saphir zu erreichen. Dann rief er wieder an, als ich da war.«

»Was wollte er denn?«

Dokks zuckte die Schultern. »Keine Ahnung. Natürlich habe ich seinen Anruf nicht entgegengenommen.«

Der Auktionator räusperte sich vernehmlich, und sofort trat Ruhe im Saal ein. Die Schüler verfolgten alles aufmerksam, sie hofften wohl, daß viel Geld einginge.

»Mesdames et Messieurs«, verkündete der Auktionator, »der Dekan der Chef Antoine-Schule von Paris, Monsieur Renaldi.«

Ein wohlbeleibter Mann mit einem glänzenden Schnurrbart bestieg das Podium und wandte sich ans Publikum: »Ich danke Ihnen allen für Ihr Kommen«, sagte er mit einer Fistelstimme. »Wie Sie wissen, dient ein Teil des Erlöses dieser Auktion der Unterstützung unserer Kochschule. Einige von Ihnen haben ja schon von unseren Erzeugnissen gekostet, aber wir können nichts bakken, wenn wir keinen Teig haben.«

Es herrschte bedrückendes Schweigen, nur einige Schüler kicherten. Renaldis Lächeln verschwand unter seinem Schnurrbart, und nach einigen Dankesworten räumte er so schnell wie möglich das Feld.

Der Auktionator nahm wieder seinen Platz ein.

In der ersten Reihe kreuzte Dokks die Beine und lehnte sich zurück. Er warf Hiram Steaks einen flüchtigen Blick zu und winkte fröhlich.

Hiram hielt sich ungewöhnlich zurück. Er nickte nur kurz. Die Auktion kam in Gang. Bilder wurden gezeigt, ausgezeichnete, mittelmäßige und mehr als stümperhafte. Doch irgendwie gelang es dem Auktionator, an jedem etwas Positives zu finden, und sei es nur der Rahmen. Es spielte sich alles sehr zivilisiert ab.

»Als nächstes kommt Bild Nummer elf«, verkündete der Auktionator.

»Monsieur...« Dokks betrachtete den besorgt dreinblickenden jungen Mann und die junge Frau, die sich an ihn drängten. Der Auktionator warf ihnen einen ungnädigen Blick zu, doch er sprach weiter.

Dokks hob eine Augenbraue. »Was kann ich für Sie tun?«

»Sie sind doch Monsieur Dokks? Ich bin Antoine Charles. Ich habe den ganzen Tag versucht, mit Ihnen Verbindung aufzunehmen. Ich befürchte, jetzt ist es zu spät.«

»Ach, Sie waren das?« sagte Dokks. »Sie sind der Künstler, der...« Dann kniff er die Augen zusammen. »Warten Sie. Ich kenne doch Ihren Namen irgendwoher. Und was meinen Sie mit ›zu spät?‹«

»Gott, o Gott«, stöhnte Kelly und zeigte nach vorn.

Dokks Kopf fuhr herum, und er erstarrte, als Bild

Nummer elf gebracht wurde. Seine Adoptivtochter lächelte, splitternackt und fast in Lebensgröße, verführerisch ins Publikum.

Dokks wurde unter seiner Bräune totenblaß, auch wenn ein beifälliges Gemurmel durchs Publikum ging.

»O Gott«, stöhnte Kelly erneut.

»Sei ruhig«, befahl Dokks streng. »Und Sie?« wandte er sich an Charles. »Sie haben es gemalt, nicht wahr? Und das andere auch? Sie haben meine Tochter benutzt.«

»Sie stand mir aus eigenem Antrieb Modell«, sagte Marc Antoine Charles hitzig. »Und es ist ein ausgezeichnetes Bild – mir widerstrebt nur der Gebrauch, der davon gemacht wird, und davor wollte ich Sie warnen, wenn Sie bereit gewesen wären, mich anzuhören.«

»Ein Neuerwerb«, sagte der Auktionator. »Die Farbe ist noch feucht. Es ist das neueste Werk des talentierten Malers Antoine Charles. Die junge Frau ist wirklich erstaunlich gut getroffen. Sehen Sie die runden Hüften...«

»Fünfzigtausend Dollar«, sagte Dokks schnell.

Der Auktionator blinzelte, aus dem Konzept gebracht, war aber beeindruckt von dem höchsten Angebot des Tages. »Sehr schön, mein Herr. Es werden also fünfzigtausend Dollar geboten.«

Von hinten ertönte es: »Sechzigtausend Dollar.«

Dokks verdrängte all seinen Ärger und seine Demütigung, lehnte sich vor und lächelte Hiram Steaks an, der gerade geboten hatte. Dessen Schadenfreude war unübersehbar.

»Diogenes, hältst du mit?«

»Alter Freund«, sagte Diogenes freundlich, »selbstverständlich halte ich mit. Fünfundsiebzigtausend Dollar.«

Der Auktionator und das Publikum erkannten, daß es hier um mehr als um den Erwerb eines Kunstwerks ging. Jeder beschloß, sich zurückzuhalten und das Feld den beiden Männern zu überlassen.

Bevor Steaks sein Angebot erhöhen konnte, sagte der Auktionator brüsk: »Meine Herren, ich muß Sie auf etwas aufmerksam machen. Wenn die Bieter Ausländer sind und noch nie mit unserer Galerie Geschäfte gemacht haben, dann muß der Preis bar auf den Tisch gelegt werden.«

Hiram Steaks öffnete seine Jacke, deren Innentaschen mit Banknoten vollgestopft waren.

Er lächelte Dokks an. »Fünfundachtzigtausend Dollar.«

Saphir zerrte an den Fesseln, die ihre Handgelenke an den Stuhl banden.

Jean-Paul saß ihr gegenüber. Auch er war gefesselt. Er sagte resigniert: »Es ist hoffnungslos. Ich habe es auch versucht.«

Sie blickte ihn an. »Sei du ja ruhig! Dich als Rex Sauvage zu verkleiden, um eine Rolle zu spielen. Es gibt hier keine Rolle! Wir sind hier nicht im Kino. Du hast wohl den Verstand verloren?«

»Ich folgte dir nach Paris. Als du bei dem jungen Paar wohntest, beschloß ich, deinen englischen Freund im Auge zu behalten, und das war auch gut so.«

»O ja. Sonst würdest du ja nicht mit mir hier stecken.« Sie blickte sich in dem dunklen Raum um. »Wo zum Teufel sind wir denn hier?«

»Ich vermute, in einem Lagerhaus, in der Rue du Vaugirard, in der Nähe des Montparnasse.«

Ihre Augen verengten sich. »Woher weißt du das?«

»Als sie uns den Schacht entlang schleppten, entdeckte ich die Straßennamen, die die Arbeiter als Orientierungszeichen benutzen, um sich nicht zu verirren. Somit behielt ich einigermaßen die Übersicht.«

Sie blickte ihn an und mußte dann unwillkürlich lächeln.

»O Gott, du siehst so schlimm aus in dieser Verkleidung! Ist das eine Perücke?«

»Nein. Ich habe mir die Haare so schneiden lassen, und für das Make-up brauche ich jeden Tag anderthalb Stunden. Doch es hat sich gelohnt. Es war ein erhebendes Gefühl, als Rex Sauvage durch die Stadt zu streifen, als Richter der Übeltäter und Verteidiger der Gerechtigkeit...«

»Das hört sich ja an, als ob er ein Übermensch wäre. Das ist er nicht. Er ist ein Mann wie jeder andere auch. Nur einfach stärker als alle. Und besser aussehend, strahlender, ein umwerfender Liebhaber und...«, sie hielt inne und runzelte die Stirn.

»Wie lang werden wir wohl noch hier bleiben müssen?« fragte er nach einer Weile.

Sie zuckte die Achseln. »Keine Ahnung. Doch es wäre gut, wir kämen bald heraus. Ich versprach Poppa, ihn zu einer Auktion zu begleiten, ich muß unbedingt dorthin.«

Er lachte. »Typisch Saphir. Du wirst von geheimnisvollen Kidnappern gefangengehalten und denkst an deine nächste Verabredung.«

Von der Tür hörte man ein Geräusch. Saphir blickte hin, und Jean-Paul wandte den Kopf, um zu sehen, was los wäre.

Man hörte noch einmal einen durch Schalldämpfer gedämpften Schuß, und dann öffnete sich die Tür.

Clark trat ein und durchquerte den Raum. Saphir blickte ihn erstaunt an, als er ein Messer aus der Tasche zog.

Als er ihren Gesichtsausdruck sah, schüttelte er den Kopf. »Nicht das, was du denkst«, sagte er schlicht, trat hinter ihren Stuhl und löste die Fesseln.

Sie stand auf und bewegte ihre Handgelenke, um ihren Kreislauf in Schwung zu bringen.

»Auf welcher Seite stehst du eigentlich?«

»Ursprünglich auf ihrer. Jetzt auf meiner eigenen.« Er wies auf Jean-Paul. »Ihn auch?«

Sie nickte und redete leise weiter.

»Was soll das alles, Clark? Was, zum Teufel, wird hier gespielt?«

»Ich gehöre zur Unterwelt Frankreichs«, sagte er heiser, als er hinter Jean-Paul trat. »Wir wurden von einer ausländischen Agentur beauftragt, dich zu schnappen, sobald du in Frankreich wärst. Wir versuchen, unsere Unternehmungen auf dieses Land zu beschränken, das gibt weniger Probleme.«

»Doch was ist das: eine ausländische Agentur?«

»Ich weiß auch nicht. Ihre Repräsentanten wollen dich in einer Stunde abholen, um dich zu ihrem Hauptquartier zu bringen, und wir sollten uns um ihn kümmern.« Er nickte in Richtung Jean-Paul, der seine Handgelenke rieb. »Ich werde euch beide hier rausholen.«

Sie schüttelte verständnislos den Kopf. »Warum? Warum...«

»Weil« – er griff ihr unters Kinn – »bei unserem Plan Liebe nicht inbegriffen war, meine liebe Saphir. Vielleicht sehe ich dich nie wieder, doch ich will verdammt sein, wenn ich zulasse, daß dir ein Leid geschieht.«

»Du wirst wahrscheinlich verdammt sein«, schnarrte Kobras Stimme. Er stand in der Tür und kam langsam herein. Dabei stieg er über den Wächter, den Clark außer Gefecht gesetzt hatte. Ein halbes Dutzend Männer folgten ihm. Saphirs Herz schlug ihr bis zum Hals, und sie griff sich mit der Hand an die Brust. In der Tasche ihres Hemdes fühlte sie wieder etwas Hartes. Einen Augenblick überlegte sie, was das wäre, dann nahm sie mit einer unbemerkten Bewegung den kleinen Gegenstand aus der Tasche.

Kobras Aufmerksamkeit war voll und ganz auf Clark gerichtet, der ihn genau beobachtete, ohne ihm dabei direkt in die Augen zu blicken.

»Clark, ich war dir gegenüber immer mißtrauisch«, sagte Kobra leichthin. »Die Geschichte mit Tasha, die du liquidiert hast, weil sie gegen die Weisung gehandelt hat, war faul, doch ich akzeptierte sie. Und jetzt zeigt sich deine wahre Führungsqualität. Doch ich werde keine Zeit mehr mit dir vergeuden.«

Wie vorhin hatte er plötzlich ein Messer in der Hand und schleuderte es auf Clark, der kaum Zeit hatte, den Arm zur Abwehr zu heben. Statt in seiner rechten Lunge landete das Stilett in seinem rechten Bizeps. Er fiel gegen Saphir. Kobra ging auf ihn zu und schenkte Saphir kaum einen Blick.

»Na, wie gefallen dir die Giftzähne der Kobra?« Er lächelte.

»Halt!« rief Saphir flehend.

Kobra blickte sie an.

Jetzt, funkte es in ihrem Gehirn. Sie schnellte den rechten Arm hoch. Er sah sie spöttisch an, doch in Sekundenschnelle hatte sie einen schwarzen Zauberstab in der Hand und ließ diesen gegen seine grinsenden Zähne krachen. Der Schlag brachte ihn aus dem Gleichgewicht, er fiel zu Boden. Saphir stürzte sich auf die Gruppe der Männer. Sie kämpfte um ihr Leben, um das Leben von zwei anderen, und war nicht zu bremsen. Noch bevor sie nach ihren Waffen greifen konnten, war der rothaarige Taifun unter ihnen und verteilte nach allen Seiten Hiebe.

Saphir rief Jean-Paul zu: »Lauf!« und er rannte zur Tür, Saphir ihm hinterher. Sie zog den protestierenden Clark mit.

Kobra befühlte stöhnend seine Zähne. »Ihnen nach«, befahl er. »Ihr alle, ich komme gleich. Nein, François bleibt bei mir. Wenn sie entwischen, hetzen sie uns die Polizei auf den Hals. Dieses verdammte Weib.« Er spuckte einen Zahn aus. »Worauf wartet ihr noch? Los!«

Alle rannten hinaus, um das Trio zu verfolgen.

Kobra setzte sich und wischte sich das Blut ab.

»François, ich wünschte, ich wüßte die Namen der Leute, die diese amerikanische Hexe so dringend wollen.

Ich würde gern für sie arbeiten, damit ich es dem Biest zur rechten Zeit heimzahlen könnte.«

Er blickte angeekelt auf den schwarzen Stock auf dem Boden. »Uff, ein billiger Magiertrick.«

Und dann erschien eine Gestalt im Türrahmen. Kobra und François blickten überrascht hoch. »Wer ist da?« fragte Kobra.

Der Mann entdeckte einen Lichtschalter und knipste ihn an, so daß der Raum hell erleuchtet war.

»Ha«, spottete Kobra. »Unser Schauspieler ist zurückgekehrt.«

Und dann gefror ihm das Blut in den Adern, als der andere den Kopf schüttelte. »Ich fürchte, nein. Wo ist Saphir?«

Mit einem Schritt war er im Raum. Rex Sauvage fragte noch einmal. »Wo ist Saphir? Antworte mir, Kobra.«

Kobras Stimme versagte, doch dann riß er sich zusammen. »Sie ist uns entkommen. Sie muß beim Garagenausgang hinausgegangen sein.« Seine Stimme krächzte. »Das ist die Wahrheit, Sauvage.«

Rex kniff die Lippen zusammen und machte dann einen Schritt nach vorne. »Stimmt das? Warum glaube ich dir nicht?«

So schnell wie noch nie zauberte Kobra ein Messer in die Hand. Ein richtiges Wurfmesser, flach und schwer. Er schleuderte es mit aller Gewalt auf den Mann, der ganz in seiner Nähe stand. Er konnte ihn nicht verfehlen.

Rex schlug das Messer zur Seite, das in der Wand hinter ihm landete. Lächelnd sagte er: »Ich hoffte, du würdest das tun. Jetzt kann's losgehen.«

»Das Angebot lautet jetzt drei Millionen«, sagte der Auktionator erstickt. Er blickte erwartungsvoll auf Hiram Steaks, der wie ein Buddha mit gekreuzten Armen dasaß. Sein Gesicht war unbeweglich. »Monsieur?«

Kelly zählte das Geld in Dokks Geldbörse. Er hatte ungefähr vier Millionen dabei.

»Diogenes, wir schaffen es schon«, murmelte Kelly. »Ich könnte zur Bank gehen...«

»Du würdest nicht rechtzeitig zurückkehren«, sagte Dokks und lächelte immer noch Hiram Steaks an, als ob er eine unendliche Geldquelle in seiner Jacke habe. Die Frage war nur, wieviel hatte Hiram dabei? Würde es reichen, das Bild zu bezahlen? Er mußte gewußt haben, daß es diese Barzahlungsklausel gab. Der kleine Miesling hatte seine Hausaufgaben gemacht, mußte Dokks brummend anerkennen.

»Drei Millionen zum ersten«, sagte der Auktionator vorsichtig, »zum zweiten und...«

»Drei Millionen und drei«, sagte Hiram Steaks mit einem Grinsen.

»Drei Millionen und drei.«

»Drei Millionen und vier«, sagte Dokks und verfluchte sich selbst innerlich. Zu schnell. Er klang überängstlich. Es brach ihm das Genick, wenn er auf Steaks Spielart einging, doch was sollte er tun?

Er hoffte, Saphir ginge es gut. Wenn ja, dann würde er sie übers Knie legen.

»Du bringst uns noch um!« schrie Jean-Paul und hatte die Arme um Saphirs Taille geschlungen.

Das Motorrad jagte die Rue du Vaugirard hinunter, mit aufheulendem Motor. Saphir lenkte es, ihre Haare wirkten wie ein Feuerhelm. Im Beiwagen stöhnte Clark leise vor sich hin und versuchte das Messer aus seinem Arm zu ziehen.

Jean-Paul vergrub sein Gesicht in Saphirs Rücken, um nicht auf die Straße sehen zu müssen, die in rasender Geschwindigkeit an ihm vorbeijagte.

»Das war das einzige, das einen Schlüssel hatte!« rief sie ihm zu. »Erwartest du Wunder von mir?«

Sie jagten in unglaublicher Geschwindigkeit am Jardin de Luxembourg vorbei. Und als sie um die Kurve bogen, wurde ein Schuß auf sie abgefeuert.

Saphir warf einen Blick in den Seitenspiegel. »O Gott«, stöhnte sie. Eine schwarze Limousine verfolgte sie, die sie in der Garage gesehen hatte.

»Los, hier herein!« schrie Jean-Paul, und gehorsam bog Saphir in den Boulevard Saint-Germain ein, Richtung Bastille.

Vor ihnen war der Verkehr zum Erliegen gekommen.

Es fiel ein weiterer Schuß. Ohne zu überlegen ratterte Saphir auf den Gehsteig. Fußgänger sprangen zur Seite. Die schwarze Limousine lag weit hinten.

Jean-Paul rief ihr zu: »Die Polizei!« und warf Clark, der leichenblaß war, einen besorgten Blick zu. »Sie sind direkt hinter uns.«

»Okay!« rief Saphir zurück, und dann fluchte sie vor sich hin. »Wie zum Teufel bringe ich dieses Ding zum Stehen?«

Das Motorrad schwankte von einer Seite zur anderen, und Saphir versuchte verzweifelt herauszufinden, wie es zum Stehen gebracht werden könnte. Dann sah sie auf der rechten Seite ein rotes Gebäude mit einem vertrauten Namen.

»Das ist das Auktionshaus!« schrie sie. »Da ist Poppa, er wird mir helfen.«

Sie schwang nach rechts. Die Doppeltür zur Straße stand offen, und es mußten keine Stufen bewältigt werden.

In diesem Augenblick stand Hiram Steaks auf und sagte mit einem hämischen Lächeln: »Vier Millionen fünf.«

Der Auktionator blickte Dokks an, dessen Gesicht keine Regung zeigte.

»Vier Millionen fünf«, sagte der Auktionator. Draußen ließen anscheinend Jugendliche ein Motorrad auf Hochtouren laufen. »Vier Millionen fünf zum ersten, zum zweiten, und...«, er hob den Hammer, und Dokks schluckte hart und verfluchte sich wegen seiner zu großen Zuversicht.

Der Gedanke, daß das Nacktbild in Steaks Wohnung hängen würde, der Gedanke, es kaufen zu können, aber nicht genug Geld bei sich zu haben hatte die Wirkung, die Steaks erhofft hatte. Noch nie war er so frustriert, so ärgerlich gewesen. Es mußte doch etwas geschehen, irgend etwas. Und dieses verdammte Motorrad störte seine Gedanken.

»Verkauft«, sagte der Auktionator und ließ den Hammer heruntersausen.

Und genau in diesem Augenblick wurde die Tür aufgestoßen. Die Besucher schrien auf, als drei Verrückte auf einem Motorrad hereinratterten, als ob sie direkt der Hölle entsprungen wären.

»Nein!« schrie Hiram Steaks.

Sie schossen auf das Podium zu. Clark, der immer elender aussah, registrierte zum erstenmal, was um ihn herum geschah. Er griff nach vorne, nach der Bremse.

Instinktiv hielt sich Jean-Paul die Hände vors Gesicht. Als sie die erste Reihe erreichten, sprang Poppa Dokks vor und stellte sich vor den Beiwagen.

Das Motorrad kam zum Stillstand, doch nicht Saphir. Wie ein Pfeil schoß sie vorbei an Poppa Dokks hilfreichen Händen, direkt auf das Bild zu, das links und rechts von einem Mann gehalten wurde.

Sie flog durch die Leinwand, wie eine Rakete.

»Verdammt«, jaulte Hiram Steaks.

Saphir kam hinter dem Bild auf die Füße und sah erst jetzt das Chaos, das sie angerichtet hatte.

Im Saal herrschte Tumult, Gendarmen drängten herein. Dokks stand neben dem Motorrad und betrachtete verwundert diesen Mann, der starke Ähnlichkeit mit Rex Sauvage hatte. Das Gemälde lag auf dem Boden. Hiram Steaks beugte sich schluchzend darüber.

Beth streichelte Marcs Arm, als er bestürzt auf die Trümmer seiner Arbeit blickte. »O Liebster, es tut mir ja so leid.«

Doch er seufzte nur resigniert und sagte: »Nun gut, zurück an die Staffelei!«

»Sie sind alle verhaftet«, erklärte einer der Gendarmen lautstark.

Dokks ging auf den Polizisten zu und versuchte, so gewinnend wie möglich auszusehen. »Officer, ich glaube, ich kann alles erklären. Ich bin Diogenes Dokks.«

»Bonjour, Monsieur Dokks, Sie stehen unter Arrest.«

Das Gemurmel wurde immer lauter, da jeder Anwesende versuchte, seine Version der Dinge zu geben. Da es der Pariser Polizei nicht möglich war, die Wahrheit von der Unwahrheit zu unterscheiden, hatte sie beschlossen, alle gleichermaßen für schuldig zu befinden.

»Wirklich, Officer, keiner trägt hier die Schuld«, sagte Saphir. »Ich allein bin die Schuldige, doch ich wurde von Gangstern in einer schwarzen Limousine verfolgt.«

Der Sergeant blickte sie mißtrauisch an. »Verfolgt, Mademoiselle?«

»Ja«, wiederholte sie, als ob das das Natürlichste auf der Welt wäre. »Wissen Sie, ich bin eine reiche Erbin, weiß aber nicht, wer ich bin. Ich kam nach Frankreich, um Urlaub zu machen. In Paris traf ich diesen Filmstar, der Rex Sauvage sein wollte, entdeckte dieses Nacktbild von mir und verfolgte die Spur des Malers nach Paris. Im Zug nach Paris traf ich einen Mann, der sagte, er sei britischer Reiseagent, doch in Wirklichkeit war er ein Geheimagent, das heißt, eigentlich ist er ein Krimineller, der mir jedoch letzten Endes geholfen hat. Und« – sie holte tief Luft – »ich wurde über ein Zugdach gejagt und traf diesen Künstler, der ein weiteres Bild von mir malte, das irgendwie hier landete. Die Männer, die mich im Zug verfolgt hatten, waren wieder hinter mir her. Doch sie wollen nicht eigentlich mich. Sie arbeiten für jemanden, der mich verfolgt, doch ich weiß nicht weshalb. Vielleicht hängt es mit meiner geheimnisvollen Vergangenheit zusammen. Habe ich Ihnen schon gesagt, daß ich unter Amnesie leide und nicht weiß, wer ich bin?«

Der Sergeant starrte sie an. »Sie sind verrückt!«

»Nein, bin ich nicht. Ich bin Saphir. Und das da drüben ist Poppa Dokks, und das sind Beth und Marc und dieser heulende Typ ist Hiram Steaks und der blutende Mann im Beiwagen ist der Reiseagent bzw. Kriminelle, von dem ich Ihnen berichtet hatte und...«

»Schafft sie hier raus«, sagte der Sergeant gequält. Dann legte ihm jemand die Hand auf die Schulter, und er bellte: »Wer immer Sie sind, Sie sind unter Arrest...«

Er blickte hoch und japste nach Luft.

»Hallo, Henri«, sagte Rex Sauvage freundlich. »Habe dich nicht mehr gesehen, seit ich dir geholfen habe, diese Schmugglergeschichte aufzuklären.«

»Oui, Monsieur Sauvage«, stammelte Henri. »Aber...« Er zeigte hilflos auf die beiden Männer, die Rex mit der rechten Hand fast mühelos einen Zentimeter über dem Boden hielt.

»Ach, die?« Rex hielt sie hoch wie tote Kaninchen. »Das sind zwei der Männer, von denen dir Saphir berichtet hat. Ist 'ne hübsche Geschichte, wenn auch etwas an den Haaren herbeigezogen...«

»Nun, aber ich...«, stammelte der Sergeant.

»Mach dir keine Sorgen, Henri«, sagte Rex leichthin. »Wir gehen alle mit dir, ich, Saphir und ihr Vater, diese beiden Herren und ihre Landsleute in der schwarzen Limousine.«

»Rex«, fragte Saphir, »Wie bist du mir gefolgt?«

»Bin ich gar nicht«, erwiderte er. »Ich folgte der schwarzen Limousine. Diese Burschen sind ganz up to date, mit allen Wassern gewaschen. Übrigens traut einer nicht dem anderen. Und als ich auf die Limousine stieß, die im Verkehr steckengeblieben war, war es ein leichtes, dich zu finden.«

»O Rex.« Sie fiel ihm um den Hals.

Beklommen ging Jean-Paul auf Rex zu, und der blickte ihn überrascht an. Sein Blick wanderte von Saphir zu Jean-Paul.

»Das kann doch nicht wahr sein«, sagte er verblüfft.

Einer der Polizisten drängte den schluchzenden Hiram Steaks von dem zerstörten Bild weg. »Monsieur«, sagte er streng, »wir brauchen das als Beweisstück.«

»Laß mich in Ruhe, du aufgeblasener Frosch«, schnarrte Hiram, griff nach der Leinwand, vielmehr nach dem, was davon übriggeblieben war, und verzog sich damit in eine Ecke. »Das gehört mir, Sie können es mir nicht nehmen.«

Der Gendarm ging drohend auf ihn zu. Hiram Steaks griff nach einer der Pasteten, die sich auf dem Tisch hinter ihm befanden.

»Monsieur, wagen Sie es nicht«, warnte der Polizist.

»Friß es!« schrie Hiram und warf die Pastete. Der Gendarm duckte sich, die Pastete segelte durch den Raum und landete direkt im Gesicht des erstaunten Kelly.

Er stand da wie ein begossener Pudel, und Diogenes Dokks brüllte vor Lachen.

Kellys Blick verriet Mordlust, als er nach einer anderen Pastete griff und sie mit aller Wucht durch den Raum schleuderte. Er wollte sich rächen, doch er traf den Gendarm, der sich wutentbrannt umwandte: »Wer war das?« brüllte er.

»So einfach kommst du nicht davon, Steaks!« schrie Dokks und schnappte sich eine Torte, die er wie einen Baseball schleuderte. Sie landete direkt auf Hirams Brust.

»Oh«, sagte Dokks.

»Alle, die Pasteten geworfen haben, sind unter Arrest!«

»Gut so!« rief Saphir, griff ebenfalls nach einer Pastete

und warf sie auf Hiram Steaks. Doch sie verfehlte ihr Ziel und traf statt dessen einen Polizisten und eine Frau, die nun nach links und rechts griff und alles warf, was sie in die Hände bekam. Sie wußte nicht, wer ihr Oleg Cassini-Kleid ruiniert hatte, doch sie würden alle dafür bezahlen. Pasteten flogen in alle Richtungen, allgemeines Gebrüll ertönte.

Jean-Paul fühlte sich ganz in seinem Element. Er rief fröhlich: »Ich habe diesen Film auch gesehen!« Er sprang über die Stühle, breitete seine Arme aus und rief: »Die Schlacht am kalten Büfett!«

Das Chaos brach aus.

Epilog

Saphir schmiegte ihren Kopf an Rex nackte Brust und berührte mit den Fingerspitzen seine festen Muskeln unter der bronzefarbenen Haut.

»Rex, du hast mir noch gar nicht erzählt«, sagte sie sanft, »wie du uns durch den Kanalschacht gefolgt bist. Schließlich waren da ja keine Wegweiser angebracht.«

»Laß mich noch etwas weiter ausholen«, sagte er, blickte nach oben und genoß die Wärme ihrer Berührung. »Ich hatte tatsächlich der Polizei bei der Aufdekkung einer Verbrecherbande geholfen und hielt mich in Paris auf, redete gerade mit dem Commissioner, als gemeldet wurde, daß ein Mann – man glaubte, es handle sich um Kobra – mit ein paar Ganoven in der Nähe des Pont d'Alma eine rothaarige Frau entführt habe. Aus der Beschreibung, wie die Frau die Männer angegriffen hatte, schloß ich, daß diese Frau du sein könntest. Ich eilte so schnell ich konnte dorthin, und ein Kind erzählte mir, sie hätten dich gezwungen, mit in den Schacht hinunterzusteigen.«

»Und als du dann im Schacht warst?«

Er lächelte. »Ich erkannte deinen Geruch.«

»Das verstehe ich nicht.«

»Es ist genau, wie ich sagte. Es lag ein Duft von ›Jonquil‹ in der Luft, und der konnte nur zu dir gehören. Der Duft war so stark, daß er mich leitete. In Zukunft solltest du vielleicht etwas sparsamer damit umgehen. Das roch ja, als ob du ein paar Liter vergossen hättest.«

Saphir lachte und dachte daran, wie recht er hatte. Sie sagte feierlich: »Rex, ich werde mich bemühen.«

»Ich bin ein guter Bluthund, nehme ich an.«

»Ja, das bist du, trotzdem bin ich frustriert.«

Sie lehnte sich zurück. Er blickte sie seltsam an. »Warum das?«

»Weil diese Pastetenschlacht fast fünf Minuten dauerte und ich von Kopf bis Fuß beschmiert wurde und du völlig ungeschoren davon kamst, nicht einmal einen Spritzer abbekommen hast.

»Nun«, lächelte er, »ich hatte halt Glück.«

»Dein Glück ist vorbei.«

»Was meinst du damit?« fragte er und wandte sich ihr zu.

Sie holte unter dem Kissen einen Sahnespender hervor und schüttelte ihn.

»Mach dich auf alles gefaßt«, sagte sie feierlich.

»O Saphir, nein.«

Sie spritzte ihm die Sahne direkt ins Gesicht. Er verzog keine Miene. Sie betrachtete ihn lauernd. »So siehst du viel besser aus.«

Das Gesicht hinter der Schlagsahne nickte: »Danke. Kann ich ihn bitte mal haben?«

»Gern.«

Sie reichte ihm den Sahnespender. Er betrachtete ihn einen Augenblick, dann streifte er die Decke von ihrem Oberkörper und spritzte auf ihre hochaufgerichteten Brüste kleine Kreise.

Sie schauerte leicht unter der Kälte. »Das ist gemein«, kicherte sie.

»Magst du es?« fragte er. Inzwischen hatte er sich die Sahne im Gesicht abgewischt.

»Ich weiß nicht.«

»Ich werde versuchen, dich zu überzeugen.« Er zog ihren geschmeidigen Körper an sich und begann mit langsamen, behutsamen Bewegungen die Sahne von ihrer linken Brust zu lecken, ließ seine Zunge am längsten an ihrer harten Knospe verweilen, ließ seine Zunge kreisen und stimulierte sie immer drängender, bis sie spürte, wie die Begierde in ihr aufstieg.

Sie zitterte, als sie seine Härte an ihrem Schenkel fühlte. Mit einer brüsken Bewegung stieß sie ihn von sich.

»Was... was ist los?«

»Nichts.« In ihren Augen sprühte Feuer, und dann hielt er es nicht länger aus. Er rollte sich zur Seite und suchte ihre Lippen. Als sie sich leidenschaftlich küßten, spürten sie den Sahnegeschmack, bis sie in einer leidenschaftlichen Umarmung eins wurden. Glück hüllte sie in eine heiße Decke. Gemeinsam erlebten sie den Orgasmus, ließen sich davon in die Lüfte tragen, kehrten sanft zur Erde zurück und fielen in einen friedlichen Schlummer.

Kelly betrat das Hotelzimmer. »Wo sind Rex und Saphir?« fragte er. »Es ist schon spät.«

Dokks, der seine Beine hochgelegt hatte, antwortete, ohne von seinem Buch aufzublicken: »Sie sagten, sie wollten ins ›Moulin Rouge‹ gehen.«

»Wie hübsch für sie.«

»Hm. Sie sind nebenan in ihrem Zimmer.«

»Wie? Aber du hast doch gesagt...«

»Eine gnädige Lüge, um meine Gefühle zu schonen.« Er lachte. »Diese Wände sind nicht gerade schalldicht.«

Kelly setzte sich ihm gegenüber. »Wie lange läßt du es noch zu, daß sie dir etwas vorlügt?«

Dokks blickte von seinem Buch hoch. »Bis sie in bezug auf ihr Sexualleben mehr Vertrauen zu mir hat. Bis dahin spiele ich das Spiel mit.«

»Wir verdanken Rex viel«, sagte Kelly nachdenklich. »Er hat auch die Sache mit der Polizei geregelt.«

»Hm. Obwohl es eine Schande ist. Der arme alte Hiram fing mit allem an, und ich befürchte, er wird eine Woche im französischen Knast verbringen müssen.« Er schüttelte den Kopf. »Wie schade, daß sie die Bastille abgerissen haben.«

»Was ist mit diesem Clark Ashley-Clarke?«

»Er wird sich wieder erholen. Er arbeitet jetzt mit den Behörden zusammen, um mildernde Umstände zu bekommen.«

»Und was ist mit den Leuten, die Saphir entführen ließen?«

»Deswegen bin ich sehr besorgt«, sagte Dokks ernst. »Ich weiß nicht, wer sie sind. Doch ich schwöre, daß ich sie finden werde.« Er hielt inne. »Und weißt du, wen ich noch finden möchte? Diesen Straßenjungen, der Saphir geholfen hat. Ich möchte ihn gern belohnen. Es ist wirklich eine Schande... Wie du weißt, hatte Saphir ein Kind, obwohl sie sich nicht erinnern kann. Dieses Kind verhielt sich klug, handelte schnell. Wenn Saphirs Kind noch am Leben sein sollte, würde es bestimmt so reagiert haben wie der Bengel, dem wir alle sehr viel verdanken.«

Er wandte sich wieder seinem Buch zu. »Kelly, erhol dich ein bißchen. Morgen geht's wieder in die Heimat.«

»Gute Nacht, Diogenes.«

»Gute Nacht, alter Freund.«

Am nächsten Morgen las ein gewisser Straßenjunge, was in der Zeitung über Saphirs Auktions-Abenteuer geschrieben stand.

Saphir war sogar abgebildet.

Der Straßenjunge, der Saphir irgendwie bekannt vorgekommen war, betrachtete lange ihr Foto. Dann nahm das Kind seine Mütze ab – prachtvolle, glänzend rote Locken fielen ihm auf die Schultern.

Das Mädchen kannte nur seine Adoptiveltern, denen es vor langer Zeit weggerannt war. Sie fragte sich, ob sie je herausfinden würde, wer ihre richtigen Eltern wären.

Und als Saphirs Flugzeug am Morgenhimmel von Paris entlangzog, nahm das Gassenkind eine Spiegelscherbe auf, betrachtete sein Spiegelbild und verglich es mit dem Zeitungsfoto von Saphir. Die Ähnlichkeit war unverkennbar.